BASTEI
LÜBBE

Bisher sind im BASTEI-LÜBBE Taschenbuchprogramm von ROBERT ASPRIN nachstehende Bände erschienen:

20 084 Ein Dämon auf Abwegen
20 085 Ein Dämon kommt selten allein
20 086 Ein Dämon macht noch keinen Sommer
20 109 Dämonen-Futter
mit
Ein Dämon zuviel
und
Drachenfutter

Geschichten aus der Diebeswelt
20 089 Die Diebe aus Freistatt
20 091 Der blaue Stern
20 093 Zum wilden Einhorn
20 095 Die Rache der Wache
20 098 Die Götter von Freistatt
20 101 Verrat in Freistatt
20 107 Der Krieg der Diebe

Robert Asprin (Hg.)

Geschichten aus der Diebeswelt

DER BLAUE STERN

BASTEI
LÜBBE

BASTEI-LÜBBE-TASCHENBUCH
Fantasy
Band 20 091

Erste Auflage: Dezember 1986
Zweite Auflage: September 1988

Deutsche Lizenzausgabe 1987
Bastei-Verlag Gustav H. Lübbe GmbH & Co., Bergisch Gladbach
Originaltitel: Thieves' World, Tales from the Vulgar Unicorn
Ins Deutsche übertragen von Lore Straßl
Redaktion: Dr. Helmut Pesch
Titelillustration: Walter Velez
Umschlaggestaltung: Dieter Kreuchauff
Druck und Verarbeitung:
Elsnerdruck, Berlin
Printed in Western Germany
ISBN 3-404-20091-8

Der Preis dieses Bandes versteht sich einschließlich
der gesetzlichen Mehrwertsteuer.

Inhalt

Anmerkung des Herausgebers

Dem aufmerksamen Leser fallen möglicherweise kleine Unstimmigkeiten bei den Figuren dieser Stories auf. Ihre Sprechweise, ihre Darstellung bestimmter Ereignisse, und ihre Ansichten, wer in der Stadt mehr oder weniger zu sagen hat, variieren von Zeit zu Zeit.

DAS SIND JEDOCH KEINE UNSTIMMIGKEITEN!

Der Leser sollte diese scheinbaren Widersprüchlichkeiten noch einmal genauer betrachten und dabei dreierlei bedenken:

Erstens: Jede Geschichte wird aus einer anderen Sicht erzählt, und jeder sieht und hört die Dinge eben ein bißchen anders. Selbst augenscheinliche Tatsachen werden durch Wahrnehmung und Standpunkt des einzelnen beeinflußt. So wird ein Spielmann ein Gespräch mit einem Magier anders wiedergeben als ein Dieb, der dasselbe Gespräch mit anhörte.

Zweitens: Die Bürger von Freistatt sind zwangsläufig mehr als nur ein bißchen paranoid. Sie neigen dazu, im Gespräch manche Dinge entweder ganz zu übersehen oder abzuwandeln. Sie tun das eher automatisch als vorsätzlich, weil es für das Überleben in dieser Gesellschaft notwendig ist.

Drittens: In Freistatt ist der Konkurrenzkampf groß. Man wird z. B. nicht angeheuert, wenn man von vornherein zugibt, »der zweitbeste Schwertkämpfer der Stadt« zu sein. Man schneidet also nicht nur auf, was die eigene Person betrifft, sondern setzt auch seinen gefährlichsten Rivalen herab oder ignoriert ihn. Folglich variiert die Rangordnung in Freistatt je nachdem, wer erzählt – oder mehr noch, wem man glaubt.

Eindaumen

Der Preis für zweifelhafte Geschäfte

Robert Lynn Asprin

Jubal war mächtiger, als es den Anschein hatte. Nicht, daß sein Körper Gebrechlichkeit oder Schwäche verriet – im Gegenteil, die festen, geschmeidigen Muskeln, über die sich die glänzende ebenholzfarbene Haut spannte, erweckten sofort den Eindruck von Kraft. Und seinem narbigen Gesicht mit den strengen Zügen war anzusehen, daß er nicht zögerte, diese Kraft für sich zu nutzen.

Was ihm jedoch die eigentliche Macht verlieh, waren weit mehr sein Reichtum und die Schläue, mit der er ihn zusammengetragen hatte, als eiserne Muskeln und ein messerscharfes Schwert. Sein Geld und die unerbittliche Kämpferschar, die er damit gedungen hatte, gaben ihm eine Machtposition in der Gesellschaftsordnung von Freistatt, mit der man rechnen mußte.

Blut war der Preis für seine Freiheit gewesen: große Mengen von Blut, die seine Gegner in den Gladiatorengruben von Ranke verloren hatten. Durch Blut hatte auch sein Reichtum seinen Anfang genommen: Er hatte eine schlechtbewachte Sklavenkarawane überfallen und sie mit hohem Profit veräußert.

Wo andere sich mit bescheidenem Gewinn zufriedengeben mochten, fuhr Jubal fort, sein Vermögen mit fanatischem Eifer anzuhäufen. Er hatte eine bittere Lehre gezogen, während er durch haßverkniffene Augen auf die Zuschauermenge starrte, die seine blutigen Siege in der Kampfgrube bejubelt hatte: Schwerter und jene, die sie führten, wurden gekauft und verkauft, und galten nichts für die Gesellschaft. Lediglich Geld und Macht, nicht Geschicklichkeit und Mut, bestimmten die Stellung in der Gesellschaft. Und Furcht wiederum gab den Ausschlag, wer auf dieser Welt spuckte und wer aufwischte.

So pirschte Jubal nun durch das Reich der Kaufleute, wie früher durch die Gruben. Skrupellos stürzte er sich auf jede Gelegenheit, nutzte jegliche Verwundbarkeit, so wie er einst verletzte Gegner mitleidlos niedergeschlagen hatte. Mit Jubal einen Handel abzuschließen, war, als würde man seinen Verstand mit jemandem messen, dem es zur Gewohnheit geworden war, Versagen mit Tod gleichzustellen.

Bei dieser Einstellung trug alles, was Jubal in Freistatt anpackte, beachtliche Früchte. Von seinen ersten Gewinnen kaufte er sich eines der alten Landhäuser westlich der Stadt. Dort wohnte er wie eine fette Spinne in ihrem Netz und lauerte auf immer neue Gelegenheiten. Seine Fänge waren gedungene Kämpfer, die, mit blauen Falkenmasken vor den Gesichtern, durch die Straßen von Freistatt stolzierten. Sein Spinnengewebe war ein Netz von Informanten, die er dafür bezahlte, daß sie ihm über jeden Vorfall, jedes Geschäft, jeden Wechsel der Politik in der Stadt, über jedes Ereignis also, das für ihn, ihren großzügigen Herrn und Meister, von Interesse sein mochte, berichteten.

Zur Zeit bewegte die Umwälzung in der Stadt dieses Netz. Der rankanische Prinz und seine neuen Ideen rüttelten an den Grundmauern des Wirtschafts- und Gesellschaftsgefüges von Freistatt.

Jubal saß in der Mitte seines Netzes und lauschte. Es dauerte nicht lange, und alle Berichte liefen zusammen und wurden ihm auf ermüdende Weise vorgetragen.

Jubal saß zusammengesunken in seinem thronähnlichen Sessel und starrte abwesend auf eine der Räucherschalen, die er in der Hoffnung gekauft hatte, damit dem Gestank Herr zu werden, den der Ostwind mit sich brachte. Diese Hoffnung hatte sich leider nicht erfüllt. Die Berichte nahmen kein Ende. Früher, als er gerade angefangen hatte, war es anders gewesen. Damals hatte er selbst alle Angelegenheiten seines wachsenden Unternehmens zu regeln vermocht. Jetzt dagegen mußte er zuhören, während andere ... Etwas an dem Bericht erweckte seine Aufmerksamkeit.

»Wen hast du getötet?« fragte er scharf.

»Einen Sündenbock«, antwortete Saliman. Er blinzelte erstaunt über die Unterbrechung. »Einen Informanten, der keiner war. Ich tat es, um ein Exempel zu statuieren – wie Ihr es befohlen habt.«

»Ja, natürlich.« Jubal winkte ab. »Fahr fort.«

Bei seinen Unternehmungen verließ er sich sehr auf die Auskünfte, die seine Informanten ihm beschafften. Es war ein offenes Geheimnis, daß jemand, der ihm eine falsche Auskunft verkaufte, bald mit aufgeschnittener Kehle und einem Kupferstück zwischen den Zähnen gefunden wurde. Bekannt war es, weil es geschah – des öfteren. Weniger bekannt war, daß Jubal, wenn er glaubte, seine Informanten brauchten ein abschreckendes Beispiel, um sie an die Strafe für erfundene Auskünfte zu erinnern, seinen Männern befahl, irgend jemanden aufs Geratewohl umzubringen und an seiner Leiche die verräterischen Zeichen anzubringen. Seine echten Informanten waren davon nicht betroffen, denn gute Informanten ließen sich nicht so leicht ersetzen. So wurde irgendeiner ausgewählt, der noch nie mit Jubal zu tun gehabt hatte. Da seine Informanten einander nicht kannten, würde ein solches Exempel seinen Zweck nicht verfehlen.

»... heute morgen gefunden«, leierte Saliman unermüdlich weiter. »Die Person, die die Leiche entdeckte, stahl die Münze. Es wird demnach zu keiner Untersuchung kommen. Da der Dieb jedoch den Mund sicher nicht halten wird, ist zu erwarten, daß die Kunde von Mund zu Mund geht.«

»Ja, ja.« Jubal verzog ungeduldig das Gesicht. »Mach mit etwas anderem weiter!«

»In der Tempelallee herrscht einige Entrüstung über die neuen Andachtsstätten, die für Savankala und Sabellia errichtet werden ...«

»Betrifft es in irgendeiner Weise unsere Geschäfte?« unterbrach ihn Jubal.

»Nein«, entgegnete Saliman. »Aber ich dachte, Ihr solltet es wissen.«

»Jetzt weiß ich es«, brummte Jubal. »Verschone mich mit Einzelheiten. Der nächste Punkt!«

»Man verweigerte in der vergangenen Nacht zweien unserer Männer die Bedienung im Wilden Einhorn.«

»Wer hat sie ihnen verweigert?« Jubal zog finster die Brauen zusammen.

»Eindaumen! Er ist verantwortlich für den Nachtbetrieb von ...«

»Ich weiß, wer Eindaumen ist!« schnaubte Jubal. »Ebenso weiß ich, daß er noch keinem meiner Leute die Bedienung verweigert hat, solange sie bezahlen konnten und sich anständig benahmen. Wenn die zwei nichts im Wilden Einhorn bekamen, dann bestimmt nicht, weil sie meine Leute sind und Eindaumen etwas gegen mich hat, sondern gewiß, weil sie sich irgendwie danebenbenommen haben. Nächster Punkt.«

Saliman machte eine kurze Pause, um seine Gedanken zu sammeln, dann sprach er weiter:

»Aufgrund des zunehmenden Drucks durch des Prinzen Höllenhunde sind den Schmugglern die Kais verschlossen. Man raunt, daß sie sich gezwungen sehen, ihre Waren im Sumpf der nächtlichen Geheimnisse abzusetzen, wie sie es früher taten.«

»Das wird sicher ihre Preise in die Höhe treiben«, sagte Jubal nachdenklich. »Wie gut sind ihre Landeplätze dort bewacht?«

»Das ist nicht bekannt.«

»Kümmere dich darum. Wenn es eine Möglichkeit gibt, einige der Lieferungen abzufangen, besteht kein Grund für uns, ihre erhöhten Preise im Basar zu bezahlen.«

»Aber wenn die Schmuggler einen Teil ihrer Lieferungen verlieren, werden sie die Preise erst recht erhöhen, um die Verluste wieder hereinzuholen.«

»Natürlich.« Jubal lächelte. »Und das bedeutet, daß wir für die gestohlene Ware mehr verlangen können und die Schmuggler trotzdem noch unterbieten.«

»Wir werden uns mit den Möglichkeiten beschäftigen. Aber ...«

»Aber was?« erkundigte sich Jubal und studierte die Miene des Mannes, der seine rechte Hand war. »Sprich schon! Etwas stört dich an meinem Plan. Ich möchte wissen, was!«

»Ich fürchte, wir könnten Schwierigkeiten mit den

Höllenhunden bekommen«, sprudelte Saliman hervor. »Wenn auch sie von den neuen Anlegestellen gehört haben, könnte es doch durchaus sein, daß sie ebenfalls einen Hinterhalt beabsichtigen. Schmugglern eine Ladung abzunehmen ist etwas anderes, als die Höllenhunde um beschlagnahmtes Beweismaterial zu bringen ... Ich weiß nicht, ob die Männer das fertigbringen.«

»Meine Männer? Angst vor Gardisten?« Jubals Gesicht verfinsterte sich. »Ich dachte, ich bezahle gutes Gold, um auch wirklich die besten Kämpfer zu meiner Verfügung zu haben.«

»Die Höllenhunde sind keine üblichen Gardisten«, entgegnete Saliman. »Sie sind auch nicht von Freistatt. Ehe sie hierherkamen, hätte ich ebenfalls gesagt, unsere Männer seien die besten. Jetzt ...«

»Die Höllenhunde!« fluchte Jubal. »Es hat schon fast den Anschein, als sprechen alle nur noch von den Höllenhunden!«

»Und Ihr tätet gut daran, Eure Ohren nicht zu verschließen.« Salimans Stimme klang gereizt. »Verzeiht mir, Jubal. Ihr selbst sagt, die Männer, die Ihr anheuert, seien erfahrene Kämpfer. Wenn sie von einer neuen Truppe in Freistatt sprechen, solltet Ihr ihnen wahrhaftig zuhören, statt ihnen ihr Urteilsvermögen oder ihre Fähigkeiten abzusprechen.«

Einen Moment funkelte Ärger in Jubals Augen auf. Dann verschwand er und der Mächtige lehnte sich in seinem Sessel vor.

»Nun gut, Saliman. Ich werde zuhören. Erzähle mir von den Höllenhunden.«

»Sie – sie sind anders als die Gardisten, die wir aus Freistatt kennen, ja, anders als die üblichen Soldaten der rankanischen Armee.« Saliman suchte sichtlich nach den passenden Worten. »Sie wurden extra für den besonderen Dienst hier mit größter Sorgfalt aus der Leibgarde des Kaisers ausgewählt.«

»Fünf Männer zum Schutz eines Prinzen aus dem Kaiserhaus«, murmelte Jubal nachdenklich. »Ja, dann dürften sie wirklich gut sein.«

»So ist es«, bestätigte Saliman eilig. »Aus der gesamten rankanischen Armee wurde die Auswahl getroffen, und diese fünf wurden aufgrund ihrer Tüchtigkeit im Umgang mit Waffen und ihrer unerschütterlichen Treue zum Reich auserkoren. Seit ihrer Ankunft in Freistatt endete jeder Versuch, sie zu bestechen oder umzubringen, mit dem Tod eines jeden, der sich um ersteres oder letzteres bemühte.«

»Du hast recht.« Jubal nickte. »Gegen sie dürfte nicht so leicht anzukommen sein. Trotzdem, sie sind auch nur Menschen, und jeder Mensch hat die eine oder andere Schwäche.«

Eine Weile dachte er angestrengt nach. Schließlich befahl er:

»Laß dir tausend Goldstücke aus der Schatzkammer geben. Verteile sie an die Männer, damit sie sie unter die Leute in der Stadt bringen, vor allem sollen sie sich mit den Bediensteten des Statthalterpalasts beschäftigen. Für das Gold erwarte ich Auskunft über die Höllenhunde – über jeden einzelnen und alle zusammen. Achte besonders auf Unstimmigkeiten in ihren eigenen Reihen – eben auf alles, das gegen sie verwendet werden und sie gegeneinander aufbringen kann.«

»Ich werde alles veranlassen.« Saliman verneigte sich knapp. »Möchtet Ihr, daß auch eine magische Untersuchung vorgenommen wird?«

Jubal zögerte. Die uneingestandene Furcht des Kriegers vor Zauberern verschonte auch ihn nicht, und so wollte er so wenig wie möglich mit ihnen zu tun haben. Wenn die Höllenhunde jedoch eine so große Gefahr darstellten ...

»Verwende das Geld für die üblichen Informanten«, entschied er. »Sollte es nötig werden, einen Zauberer zu konsultieren, werde ich persönlich ...«

Ein plötzlicher Tumult an der Tür lenkte die Aufmerksamkeit der beiden Männer auf sich. Zwei blau maskierte Gestalten zerrten jemanden mit sich in das Gemach. Trotz ihrer Masken erkannte Jubal die beiden. Es waren Mor-Am und Moria, Bruder und Schwester, beide Meister des Schwertes. Ihr Gefangener trug die schmutzigen Lumpen eines Freistätter Straßenjungen. Älter als zehn konnte er kaum sein, aber die Schimpfworte und Verwünschungen, die er hinausbrüllte, während er sich heftig wehrte, hätte man eher von einem weit älteren erwartet.

»Wir haben diese Gossenratte auf dem Hof erwischt«, meldete Mor-Am, ohne sich um die Gegenwehr des Jungen zu kümmern.

»Wollte vermutlich etwas stehlen«, fügte seine Schwester hinzu.

»Ich habe nichts gestohlen!« schrie das Bürschchen und riß sich los.

»Eine Freistätter Gossenratte, die nicht stiehlt?« Jubal hob eine Braue.

»Natürlich stehle ich!« fauchte der Straßenjunge. »Das tut doch jeder. Aber dazu bin ich nicht hierhergekommen!«

»Aus welchem Grund dann?« Mor-Am puffte das Kind, daß es aufs Gesicht fiel. »Um zu betteln? Um deinen Körper zu verkaufen?«

»Ich habe eine Nachricht!« heulte der Junge. »Für Jubal.«

»Genug, Mor-Am«, befahl Jubal plötzlich interessiert. »Komm her, Kleiner.«

Der Junge stolperte auf die Füße und nahm sich nur die Zeit, sich die Wuttränen aus den Augen zu reiben.

Er bedachte Mor-Am und Moria mit einem giftigen Blick, dann ging er auf Jubal zu.

»Wie heißt du denn, Junge?« fragte Jubal.

»Man – man nennt mich Mungo«, stammelte das Kind plötzlich schüchtern. »Seid Ihr Jubal?«

»Der bin ich.« Jubal nickte. »Und nun, Mungo, wo ist diese Botschaft, die du für mich hast?«

»Sie – sie ist nicht niedergeschrieben«, erklärte Mungo mit einem hastigen Blick auf Mor-Am. »Ich soll sie Euch sagen.«

»Gut, dann sag sie mir«, forderte ihn Jubal mit wachsender Ungeduld auf. »Und erzähl mir auch, von wem diese Nachricht ist.«

»Sie ist von Hakiem«, sprudelte der Junge heraus. »Ich soll Euch von ihm sagen, daß er eine wichtige Auskunft zu verkaufen hat.«

»Hakiem?« Jubal runzelte die Stirn.

Der alte Geschichtenerzähler hatte so manche nützliche Information für Jubal gehabt, wenn die Leute vergessen hatten, daß er nicht nur reden, sondern auch zuhören konnte.

»Ja, Hakiem. Er verkauft Geschichten im Basar ...«

»Ich weiß, ich weiß«, unterbrach Jubal den Jungen unwirsch. Aus irgendeinem Grund schienen heute alle zu denken, daß er nichts über die Leute in der Stadt wußte. »Was hat er mir denn zu sagen? Und warum ist er nicht selbst gekommen?«

»Was er für Euch hat, weiß ich nicht, nur, daß es wichtig ist. So wichtig, daß Hakiem sich versteckt hält, weil er um sein Leben fürchtet. Er hat mich bezahlt, Euch zu ihm zu bringen, weil die Mitteilung für Euch von besonderem Wert ist.«

»Mich zu ihm zu bringen?« grollte Jubal mit wachsendem Ärger.

»Einen Augenblick, Junge«, mischte sich Saliman ein. Es waren seine ersten Worte, seit er in seinem Bericht unterbrochen worden war. »Du sagst, Hakiem habe dich bezahlt. Wieviel?«

»Ein Silberstück«, antwortete der Junge stolz.

»Zeig es uns«, befahl Saliman.

Die Hand des Jungen verschwand in seinen Lumpen, dann zauderte er.

»Ihr wollt es mir wegnehmen?« fragte er argwöhnisch.

»Zeig mir die Münze!« donnerte Jubal.

Erschrocken über diese plötzliche Heftigkeit, streckte Mungo seine Faust aus.

Er öffnete sie und offenbarte das Silberstück in seiner Hand.

Jubals Augen suchten die Salimans, dessen Brauen sich in stummer Überraschung hoben. Die Tatsache, daß der Junge tatsächlich eine Silbermünze hatte, bedeutete so allerhand.

Mungos Worte mochten der Wahrheit entsprechen. Straßenjungen besaßen selten mehr als ein paar Kupferstücke, also mußte er die Silbermünze von einem Wohltäter bekommen haben. Hätte er sie gestohlen, würde er sich jetzt selbst verstecken und sich seines unrechtmäßigen Besitzes heimlich erfreuen und nicht offen herzeigen.

Angenommen, die Worte des Jungen stimmten, dann mußte Hakiems Information wahrhaftig wertvoll und die Gefahr, in der er sich befand, echt sein. Hakiem trennte sich nicht so leicht von Silber, außer, er war überzeugt, daß es sich lohnte und er einen guten Gewinn machen würde. Doch selbst in diesem Fall würde er die Ausgabe scheuen und die Information selbst überbringen – außer, er fürchtete tatsächlich um sein Leben.

All das ging Jubal durch den Kopf, als er das Silberstück sah, und Salimans Reaktion bestätigte seine Vermutung.

»Nun gut, wir wollen sehen, welche Information Hakiem hat. Saliman, nimm Mor-Am und Moria mit und laß dich zu dem Geschichtenerzähler führen. Bringt ihn hierher und …«

»Nein!« unterbrach ihn der Junge. »Hakiem wird nur mit Jubal persönlich reden, und er soll allein zu ihm kommen!«

»Wa-as?« rief Saliman.

»Hört sich an wie eine Falle!« sagte Moria finster.

Jubal gebot ihnen zu schweigen und blickte das Bürschchen durchdringend an. Es konnte eine Falle sein. Aber andererseits könnte Hakiem einen wichtigen Grund für seine Bitte haben. Was er erfahren hatte, mochte einen von Jubals eigenen Leuten belasten! Ein Meuchelmörder – oder schlimmer noch, ein Informant! Das würde Hakiems Weigerung hierherzukommen erklären.

»Ich werde zu ihm gehen!« Jubal stand auf und ließ seinen Blick druch den Raum schweifen. »Allein mit Mungo. Saliman, ich brauche deine Maske.«

»Ich will mein Messer zurückhaben!« sagte Mungo plötzlich.

Jubal blickte Mor-Am fragend mit erhobener Braue an. Der Mann verlagerte sichtlich verlegen sein Gewicht und holte einen kurzen Dolch aus seinem Gürtel.

»Wir nahmen ihm das Messer ab, als wir ihn erwischten«, erklärte Mor-Am. »Eine reine Sicherheitsmaßnahme. Ich hatte wahrhaftig nicht die Absicht, es zu behalten.«

»Gib es ihm zurück.« Jubal lachte. »Ich würde meinen ärgsten Feind nicht unbewaffnet auf die Straßen Freistatts schicken.«

»Jubal«, murmelte Saliman, während er seine Falkenmaske abnahm. »Wenn das eine Falle ist ...«

Jubal legte seine Rechte um den Schwertgriff.

»Wenn es eine ist, wird man feststellen, daß ich nicht so leicht zu überwältigen bin. Ich kam heil aus den Gruben zurück, selbst wenn meine Chancen eins zu fünf und schlechter standen.«

»Aber ...«

»Du wirst mir nicht folgen!« bestimmte Jubal streng. »Und laß auch nicht zu, daß jemand anders mir folgt. Ich werde keine Gnade walten lassen, falls es jemand trotzdem tut!«

Saliman holte Luft für eine Antwort, doch dann bemerkte er Jubals Blick und nickte nur stumm.

Während sie das Haus verließen und die Richtung zur Stadt einschlugen, musterte Jubal heimlich seinen kleinen Führer. Obgleich er es nicht offen gezeigt hatte, war er doch beeindruckt gewesen von der Haltung des Jungen. Allein und unbewaffnet zwischen ihm keineswegs wohlgesinnten Kämpfern ... Männer, doppelt so alt wie Mungo und älter hatten gezittert und ihre Furcht bei einem Besuch in Jubals Haus nicht verbergen können.

Auf mehr als eine Art erinnerte der Junge Jubal an seine eigene frühe Jugend. Schon damals war er rebellisch und voll Kampfgeist gewesen. Er hatte keine Eltern gehabt, die ihn gelenkt hätten, nur seinen Stolz und seine Hartnäckigkeit. Ein Gladiatorenausbilder mit einem Auge für unerschrockene, harte Kämpfer hatte ihn aus dem Sklavenpferch gekauft. Hätte ihn statt dessen ein sanfter, gütiger Herr erstanden ... Wenn jemand sich in den zweifelhaften

Weg stellte, den das Schicksal für Mungo ausgesucht hatte ...

Mit einer Grimasse beendete Jubal diesen Gedankengang, als ihm klar wurde, wohin er führte. Den Jungen in seinem Haus aufnehmen? Lächerlich! Saliman und die anderen würden glauben, das Alter mache sich bei ihm bemerkbar. Schlimmer noch, seine Konkurrenz würde es als Zeichen der Schwäche auslegen, als Hinweis, daß man mit Gefühlsduselei an Jubals Herzen rühren konnte. Er war über seinen eigenen trostlosen Anfang hinausgewachsen; der Junge mußte eben das gleiche tun!

Die Sonne stand hoch und ihre Glut war sengend, als Jubal dem Jungen die Führung überließ. Schweiß rann in Bächen unter der blauen Falkenmaske über sein Gesicht, aber er wischte ihn nicht ab, weil er nicht zeigen wollte, daß er ihn störte. Auf den Gedanken, die Maske einfach abzunehmen, kam er überhaupt nicht. Die Masken waren erforderlich, um jene unter seinen Leuten unkenntlich zu machen, die vom Gesetz gesucht wurden, und um die Tarnung komplett zu machen, mußten alle, die für ihn arbeiteten, sie tragen. Sich selbst auszuschließen, war undenkbar.

Um sich abzulenken, fing Jubal an, unauffällig die Leute um ihn herum zu beobachten, die auf dem Weg zum Basar waren. Seit sie die Brücke überquert und die armseligen Hütten der Abwinder hinter sich gelassen hatten, wurde die Kleidung der Fußgänger zusehends besser, ebenso wie ihr Benehmen.

Sein Blick fiel auf einen Zauberer, und er wunderte sich über den tätowierten Stern auf dessen Stirn. Ihm fiel auf, daß der Magier sich hitzig mit einem auffallend bunt gekleideten jungen Spitzbuben unterhielt, der mit mehreren Messern bewaffnet war: Ihre Griffe ragten warnend aus Armbändern, Schärpe und Stiefelschaft heraus.

»Das ist Lythande«, sagte Mungo, dem Jubals Interesse auffiel. »Er ist ein Schwindler. Wenn Ihr einen Zauberer braucht, gibt es bessere – billigere.«

»Du bist sicher, daß er ein Schwindler ist?« erkundigte Jubal sich, belustigt über das Urteil des Jungen.

»Wenn er ein echter Magier wäre, brauchte er kein Schwert«, entgegnete der Junge und deutete auf die Waffe, die der Zauberer an der Hüfte trug.

»Gut beobachtet«, lobte Jubal. »Und der Mann, mit dem er streitet?«

»Nachtschatten«, erklärte der Junge fast von oben herab. »Ein Dieb. Arbeitete mit Kauer Eidschwörer, ehe man den alten Narren henkte.«

»Ein Zauberer und ein Dieb«, murmelte Jubal nachdenklich und blickte erneut auf die zwei. »Eine interessante Verbindung.«

»Unwahrscheinlich«, sagte Mungo naserümpfend. »Was auch immer Nachtschattens letztes Unternehmen gewesen war, es hat sich gelohnt. Er ist im Augenblick recht freizügig mit Geld, deshalb ist nicht anzunehmen, daß er an Arbeit interessiert ist. Ich glaube eher, sie streiten sich um eine Frau. Beide bilden sich ein, sie seien für Frauen ein Geschenk der Götter.«

»Du scheinst dich wirklich gut auszukennen«, bemerkte Jubal, erneut vom Wissen des Jungen beeindruckt.

»Auf der Straße hört man so allerhand.« Mungo zuckte mit den Schultern. »Je niedriger man steht, desto wichtiger sind Informationen fürs Überleben – und nur wenige sind geringer als meine Freunde und ich.«

Jubal dachte darüber nach, während der Junge ihn

an der Schlachthauskreuzung vorbeiführte. Vielleicht hatte er sich eine wertvolle Informationsquelle entgehen lassen, als er sein Netz aufbaute, denn an die Straßenjungen hatte er nicht gedacht. Einzelne erfuhren vermutlich nicht viel, aber es gab ihrer so viele. Setzte man ihre Aussagen alle zusammen, müßte sich herausfinden lassen, ob ein Gerücht stimmte oder nicht.

»Sag mir, Mungo«, wandte er sich an seinen kleinen Führer, »du weißt doch, daß ich für Informationen gut bezahle, oder?«

»Das weiß jeder.« Das Bürschchen bog ins Labyrinth und hüpfte leichtfüßig über einen Liegenden, ohne sich zu vergewissern, ob der Mann schlief oder tot war.

»Wieso kommt dann keiner deiner Freunde mit seinem Wissen zu mir?« Jubal stieg vorsichtig über das Hindernis und schaute sich wachsam um. Selbst am hellichten Tag konnte das Labyrinth für einen einzelnen Mann gefährlich sein.

»Wir Straßenratten halten fest zusammen«, erklärte Mungo ihm über die Schulter. »Noch fester als die Basarleute oder die S'danzo. Geteilte Geheimnisse verlieren ihren Wert, also behalten wir sie für uns.«

Jubal erkannte die Weisheit in dem Verhalten der Straßenjungen, doch das bestärkte ihn nur in seinem Entschluß, die Kinder anzuwerben.

»Besprich es mit deinen Freunden«, drängte er den Jungen. »Ein voller Bauch kann ... Wo bringst du mich denn hin?«

Sie hatten den Schlangenweg verlassen und waren in eine so enge Gasse eingebogen, daß Jubal seitwärts gehen mußte, um Mungo folgen zu können.

»Zu Hakiem«, antwortete der Junge, ohne langsamer zu gehen.

»Aber wo ist er?« fragte Jubal. »Ich kenne diesen Rattenschlupf nicht.«

»Wenn Ihr ihn kennen würdet, gäbe er kein gutes Versteck mehr ab.« Mungo lachte. »Es ist nicht mehr weit.« Er hatte den Satz kaum ausgesprochen, da erreichten sie einen winzigen Hof.

»Wir sind da«, erklärte er nun und blieb mitten in dem Hof stehen.

»Wo ist Hakiem?« fragte Jubal und stellte sich neben ihn. »Hier gibt es nirgends Türen oder Fenster. Er wird sich doch nicht in diesen Abfallhaufen ...«

Er unterbrach sich, als ihm die Einzelheiten ihrer Umgebung bewußt wurden. Keine Türen und Fenster! Der einzige Weg hier heraus, außer dem, den sie gekommen waren, war eine weitere Gasse, ebenfalls so eng, daß er nur seitwärts hindurchkam – und der Eingang zu ihr war mit aufgeschichteten Pappschachteln versperrt.

Ein plötzliches Krachen ließ ihn herumwirbeln und gleichzeitig den Schwertgriff umfassen. Mehrere Holzkisten waren von einem Dach gefallen und blokkierten nun auch den Eingang zu der Gasse, durch die sie gekommen waren.

»Eine Falle!« zischte er und wich in eine Ecke zurück, während sein Blick angespannt über die Dächer wanderte.

Da spürte er einen Schlag auf dem Rücken. Er stolperte leicht und schlug blindlings mit dem Schwert hinter sich. Die Klinge pfiff jedoch bloß durch die Luft. Er drehte sich zu seinem Angreifer um.

Mungo tänzelte gerade außerhalb der Reichweite des Schwertes, und seine Augen glänzten triumphierend und höhnisch.

»Mungo?« fragte Jubal, obwohl er die Antwort bereits kannte.

Zu oft in seinem Leben war er schon verwundet worden. Er kannte die zunehmende Taubheit in seinem Rücken nur zu gut. Ein brennender Schmerz, als er einen weiteren Schritt machte, verriet ihm den Rest. Der Junge hatte ihm das Messer in den Rücken gestoßen und dort steckte es noch. In seiner Vorstellung konnte Jubal es in einem unnatürlichen Winkel aus der Schulter herausragen sehen.

»Ich sagte dir doch, daß wir fest zusammenhalten«, höhnte Mungo. »Vielleicht fürchten die Großen sich vor dir, wir jedenfalls nicht. Du hättest Gambis Tod nicht anordnen dürfen.«

»Gambi?« Leicht schwankend hob Jubal die Brauen. »Wer ist Gambi?«

Einen Moment erstarrte der Junge überrascht. Dann verzog sich sein Gesicht vor Wut und er spuckte aus.

»Er wurde heute morgen mit durchschnittener Kehle und einer Kupfermünze im Mund gefunden. Dein Zeichen! Weißt du denn nicht einmal, wen deine Leute töten?«

Der Sündenbock! Jubal verfluchte sich, weil er sich Salimans Bericht nicht genauer angehört hatte.

»Gambi hat dir nie Informationen verkauft!« brüllte Mungo. »Für das, was du seiner Mutter hast antun lassen, haßte er dich aus tiefster Seele. Du hattest kein Recht, ihn als falschen Informanten umzubringen!«

»Und Hakiem?« fragte Jubal, um Zeit zu gewinnen.

»Da haben wir richtig geraten – daß Hakiem dein Informant ist!« höhnte der Junge. »Er liegt auf dem großen Kai und schläft seinen Rausch aus. Wir haben unser ganzes Geld zusammengetan und es gegen die Silbermünze eingetauscht, die dich von deinen Wächtern fortlockte.«

Diese Worte schmerzten Jubal mehr als der Dolch in seiner Schulter. Ohne auf das Blut zu achten, das seinen Rücken hinabrann, richtete er sich hoch auf und blickte grimmig auf das Bürschchen hinunter.

»Für deinesgleichen brauche ich keine Wächter!« donnerte er. »Du bildest dir ein, etwas vom Töten zu verstehen? Eine Straßenratte, die von oben zusticht? Wenn du das nächstemal versuchst, jemanden umzubringen – wenn es ein Nächstesmal für dich gibt! – dann stoß von unten! Stich zwischen die Rippen, nicht durch sie! Und nimm ein paar Freunde mit – einer wie du genügt nicht, einen echten Mann zu töten.«

»Ich habe Freunde hier!« antwortete Mungo lachend. »Sie dürften genügen, meinst du nicht?«

Jubal warf einen schnellen Blick über die Schulter. Die Straßenjungen von Freistatt quollen geradezu auf den Hof. Dutzende! Und nicht nur über die Kisten und Pappschachteln kamen sie, sondern auch wie Spinnen von den Dächern. Zerlumpte Kinder waren es – kein einziges davon auch nur halb so groß wie Jubal –, aber alle mit Messern, Steinen und spitzen Stöcken bewaffnet.

Jeder andere hätte vor diesen haßerfüllten Augen kapituliert, um sein Leben gebettelt, sich mit Versprechungen herausgewunden, behauptet, nichts von dem Meuchelmord an Gambi gewußt zu haben. Nicht jedoch Jubal. Seine Augen waren so kalt wie sein Schwert, als sein Blick über die Meute wanderte.

»Ihr sagt, ihr wollt Rache nehmen!« höhnte er. »Ahnt ihr denn, wie viele von euch es nicht überleben werden, wenn ihr mich niederzumachen versucht?«

»Du denkst dir nichts dabei, uns aufs Geratewohl, grundlos umbringen zu lassen«, entgegnete Mungo und schloß sich in einem weiten Bogen seiner Horde an. »Wenn du einige von uns mit in den Tod nimmst, werden die anderen wenigstens sicher vor dir sein!«

»Nur wenn es euch gelingt, mich tatsächlich zu töten«, gab Jubal zu bedenken. Ohne den Blick von den Bürschchen abzuwenden, griff seine Linke über die rechte Schulter, fand den Griff des Messers und zog es heraus. »Und dafür«, er wandte sich nun an Mungo, »wirst du dein Messer brauchen.« Jubal schleuderte es gegen ihn.

Mungo sah das Messer durch die Luft sausen, aber er erstarrte einen Augenblick, und in diesem Moment bohrte die Klinge sich bereits in seinen Hals. Die Welt um ihn verschwamm, und er spürte nichts mehr, als er fiel.

Die Meute drängte vorwärts, und Jubal kam ihr entgegen. Sein Schwert blitzte in der Sonne, als er verzweifelt versuchte, zum Ausgang zu gelangen.

Einige gingen unter seinem Ansturm zu Boden – wie viele, wußte er nicht –, aber der Rest verteilte sich und bedrängte ihn von allen Seiten. Stöcke stachen nach seinem Gesicht, schneller als er sie zu parieren vermochte, und er spürte die Messer, wenn die Kinder hastig vor und zurück sprangen.

Er erkannte, daß er auf diese Weise zu Boden gehen würde, ehe er die Kisten hinter sich hatte. So hielt er in seinem Ansturm inne, schwang das Schwert rundum und bemühte sich, Platz zu schaffen. Die Bürschchen waren spitzzahnige, schwer faßbare Phantome, die vor ihm verschwanden, um ihn von hinten anzugreifen. Der Gedanke durchzuckte ihn, daß er hier nicht lebend herauskam! Sollte der Überlebende zahlloser Gladiatorenkämpfe sein Ende durch Kinderhände finden?

Das veranlaßte ihn zu verzweifeltem Vorgehen.

Mit einem letzten kraftvollen Hieb gab er seine Verteidigungsversuche auf und machte sich daran, zur nächsten Wand zu sprinten, um wenigstens Rückendeckung zu haben. Ein kleines Mädchen warf sich auf seinen Fuß und klammerte sich an seine Knöchel. Er stolperte, fiel fast und schwang, ohne hinzusehen, das Schwert nach unten. Sein Bein kam frei, aber ein anderes Kind sprang ihm auf den Rücken und hämmerte mit einem Stein auf seinen Kopf.

Jubal taumelte seitwärts und schabte den Jungen an der Wand ab, dann wandte er sich wieder der wilden Meute zu. Eine Stockspitze durchbohrte seine Maske, und Blut tropfte aus einer Stirnwunde in die Augen. Für einen Moment konnte er nichts sehen, er schlug blindlings mit dem Schwert um sich, spürte manchmal Widerstand, doch meistens durchschnitt die schwere Klinge lediglich Luft. Ein Stein prallte von seinem Kopf ab, aber er achtete längst nicht mehr auf seine Schmerzen und setzte seine blinden Hiebe fort.

Allmählich nur wurde ihm in seiner Benommenheit bewußt, daß die Schreie der Kinder anders klangen als zuvor, und gleichzeitig wurde ihm auch klar, daß sein Schwert bereits seit mindestens fünfzehn Hieben auf keinen Widerstand mehr gestoßen war. Er bemühte sich, die Benommenheit abzuschütteln und sich umzusehen.

Auf dem Hof lagen kleine Leichen verstreut. Der Rest der Meute hatte die Flucht über die Hindernisse ergriffen und wurde verfolgt von ...

Jubal sackte gegen die Wand. Er rang nach Atem und kämpfte gegen die Schmerzen aus zahllosen Wunden. Völlig erschöpft blickte er seinem Retter entgegen, als der, sein Schwert in die Scheide zurücksteckend, auf ihn zukam.

»Euer – Euer Name?« krächzte Jubal.

»Zalbar«, antwortete der Angesprochene keuchend. »Leibwächter seiner Kaiserlichen Hoheit des Prinzen Kadakithis. Eure Verwundungen – sind sie ...?«

»Ich habe schlimmere überlebt.« Jubal zuckte die Schultern und verstärkte dadurch die stechenden und brennenden Schmerzen.

»Sehr gut.« Der Mann nickte. »Dann werde ich mich wieder auf den Weg machen.«

»Einen Augenblick«, bat Jubal und hob eine Hand, um ihn zurückzuhalten. »Ihr habt mir das Leben gerettet – ein Leben, das ich sehr hochschätze. Ich schulde Euch Dank und mehr, denn mit Worten allein könnt Ihr nichts anfangen. Nennt Eure Belohnung selbst.«

»Das ist nicht nötig«, sagte Zalbar von oben herab. »Ich habe nur meine Pflicht getan.«

»Pflicht oder nicht«, entgegnete Jubal, »ich kenne keinen anderen Wächter, der es wagen würde, das Labyrinth zu betreten, und erst recht keinen, der sein Leben einsetzte, um mich zu retten ... Habt Ihr gesagt, Ihr seid kaiserlicher Leibwächter? Seid Ihr etwa ...«

»Ein Höllenhund«, beendete Zalbar mit grimmigem Lächeln den Satz für ihn. »So nennt man uns zumindest. Und ich verspreche Euch, der Tag ist nicht mehr fern, an dem ich nicht mehr der einzige Wächter im Labyrinth sein werde.«

Er wandte sich zum Gehen, aber Jubal hielt ihn erneut zurück und nahm die Falkenmaske ab, um sich das Blut aus den Augen zu wischen.

»Wartet!« bat er. »Ich möchte Euch ein Angebot machen. Ich brauche Männer wie Euch. Wie hoch auch immer Euer Sold ist, ich verdopple ihn – und Ihr bekommt noch eine zusätzliche Belohnung, für den Dienst, den Ihr mir heute geleistet habt. Was meint Ihr dazu?«

Er bekam keine Antwort. Jubal blinzelte, um das Gesicht des Höllenhunds richtig zu sehen, und stellte fest, daß der Mann ihn offenbar erkannt hatte und ihn nun wie erstarrt ansah.

»Ihr seid Jubal!« stieß Zalbar schließlich hervor.

»Der bin ich«, bestätigte Jubal. »Und wenn Ihr so viel wißt, müßt Ihr auch gehört haben, daß es niemanden in Freistatt gibt, der mehr für einen Dienst zahlt als ich.«

»Ich kenne Euren Ruf«, entgegnete der Höllenhund eisig. »Schon allein deshalb würde ich um keinen Preis für Euch arbeiten.«

Die Abfuhr war hart, aber Jubal beschloß, sie nicht zu beachten und die Bemerkung auf die leichte Schulter zu nehmen.

»Aber das habt Ihr ja bereits«, bemerkte er. »Ihr habt mir das Leben gerettet!«

»Ich habe einen Bürger der Stadt vor einer Meute Straßenratten geschützt«, stellte Zalbar klar. »Wie ich bereits erwähnte, das ist meine Pflicht.«

»Aber ...«, versuchte Jubal es erneut.

»Hätte ich früher gewußt, wer der Bedrängte ist«, fuhr der Höllenhund fort, »wäre ich möglicherweise versucht gewesen, mein Eingreifen etwas zu verzögern.«

Diesmal konnte er die offene Beleidigung nicht ignorieren. Eher überrascht als verärgert, musterte Jubal seinen Gegner.

»Ich habe das Gefühl, Ihr wollt mich reizen, damit ich mit Euch kämpfe. Habt Ihr mich nur gerettet, um Eurer persönlichen Rache nachgehen zu können?«

»In meiner Stellung kann und werde ich mich nicht auf kleine Streitigkeiten einlassen«, knurrte Zalbar.

»Ich kämpfe lediglich, um die Bürger des Reiches und mich selbst zu verteidigen.«

»Und ich werde nicht ohne Anlaß das Schwert gegen jemanden erheben, der mir das Leben gerettet hat«, erklärte Jubal. »Demnach sieht es also ganz so aus, als würden wir die Klingen nicht wechseln. Trotzdem scheint Ihr etwas gegen mich zu haben. Dürfte ich mich erkundigen, was?«

»Die gleiche Abneigung, wie ich sie für jeden empfinde, der sich die Vorteile rankanischer Staatsbürgerschaft zunutze macht, ohne die daraus resultierende Verantwortung ebenfalls auf sich zu nehmen«, erwiderte der Höllenhund heftig. »Nicht nur, daß Ihr dem Reich, das Euch Obdach gewährt, nicht dient, schmäht Ihr es auch noch, indem Ihr durch Eure Geschäfte seine Gesetze offen mißachtet.«

»Was wißt Ihr denn schon von meinen Geschäften, daß Ihr Euch ein solches Urteil erlaubt?« fragte Jubal herausfordernd.

»Ich weiß, daß Ihr Euer Geld auf eine Weise verdient, vor der jeder anständige Mensch zurückschrecken würde«, antwortete Zalbar. »Ihr handelt mit Sklaven, Suchtmitteln und anderem, das Sittenlosigkeit verrät, Euch jedoch hohen Gewinn bringt – aber hauptsächlich macht Ihr doch wohl Geschäfte mit dem Tod!«

»Ein Berufssoldat verurteilt mich, weil ich mir dadurch mein Geld verdiene?« Jubal lächelte.

Der Höllenhund errötete sichtlich. »Es stimmt, auch ich verdiene am Tod. Aber ein Soldat wie ich kämpft zum Wohle des Reiches, nicht für selbstsüchtigen Gewinn. Ich verlor einen Bruder und mehrere Freunde in den Bergkämpfen für das Reich – für die Freiheit, die Ihr und Euresgleichen mißbraucht!«

»Wenn ich mir das vorstelle«, murmelte Jubal. »Die

gesamte rankanische Armee schützt uns gegen ein paar kleine Bergstämme! Wenn Ihr und Eure Freunde nicht gegen sie vorgegangen wärt, hätten die Hochländer sich bestimmt entschlossen, aus den Bergen herabzustürmen, die sie seit Generationen nicht mehr verlassen hatten, um uns alle im Schlaf zu ermorden! Wie dumm von mir anzunehmen, das Reich versuchte seinen Einfluß auf einen weiteren Landstrich auszudehnen, in dem es nicht erwünscht war. Ich hätte doch erkennen müssen, daß es sich nur gegen mächtige Angreifer schützen wollte!«

Zalbar schob den Kopf vor, und seine Rechte legte sich um den Schwertgriff. Doch er gewann seine Fassung schnell wieder, und seine Züge verhärteten sich.

»Ich habe Euch nichts mehr zu sagen. Ihr versteht die Einstellung anständiger Männer nicht, viel weniger ihre Worte!«

Er wandte sich zum Gehen, aber Jubal versperrte ihm plötzlich den Weg – er stand aufrecht, taumelte allerdings leicht von der Anstrengung. Obgleich der Soldat um einen Kopf größer war, ließ sein Ärger Jubal doch beeindruckender wirken, und Zalbar wich einen Schritt zurück.

»Wenn Ihr mit Eurer Predigt fertig seid, Höllenhund, dann wird es Zeit, daß auch ich etwas sage«, zischte Jubal. »Es stimmt, daß ich meine Geschäfte mit anrüchiger Ware mache. Ich könnte das allerdings nicht, wären ›anständige Leute‹ nicht zu gern bereit, einen beachtlichen Preis dafür zu bezahlen. Ich verkaufe meine Ware nicht mit gezücktem Schwert. Die Kunden kommen zu mir, und zwar so viele, daß ich den Bedarf nicht auf üblichem Weg decken kann.«

Er drehte sich um und deutete auf den traurigen Anblick des Hofes.

»Ich leugne nicht, daß zu meinen Geschäften auch der Tod gehört! Eure, ach so gütigen, rankanischen Herren lehrten mich dieses Handwerk in den Gladiatorengruben der Hauptstadt. Damals jubelten mir die gleichen ›anständigen Leute‹ zu, die Ihr so sehr bewundert, wenn ich dem Tod nachhalf.

Diese ›anständigen Leute‹ duldeten mich nicht in ihrer ›anständigen‹ Gesellschaft, nachdem ich mir die Freiheit erworben hatte. Also kam ich nach Freistatt. Jetzt handle ich immer noch mit dem Tod, denn er ist der Preis für die Geschäfte hier – ein Preis, den ich heute fast hätte bezahlen müssen.«

Einen flüchtigen Moment schimmerte etwas, das Mitgefühl sehr nahe kam, in den Augen des Höllenhundes, als er den Kopf schüttelte.

»Ihr irrt, Jubal«, entgegnete er ruhig. »Ihr habt bereits den Preis für Eure Geschäfte in Freistatt bezahlt. Er ist nicht Euer Leben, sondern Eure Seele – Eure Menschlichkeit. Ihr habt sie gegen Gold eingetauscht, und ich halte das für einen schlechten Handel.«

Ihre Blicke trafen sich, und diesmal war es Jubal, der die Augen abwandte, so sehr hatten die Worte des Höllenhundes ihn aufgewühlt. Er schaute zur Seite, dabei sah er die Leiche Mungos – des Jungen, den er bewundert und den er in seinen Überlegungen schon beinahe in sein Haus aufgenommen hatte – des Jungen, dessen Leben er hatte ändern wollen.

Als er sich umdrehte, war der Höllenhund gegangen.

Jubal

Blutsbrüder

Joe Haldeman

Lächeln, sich verneigen, als die Gäste aufbrechen. Ein gutes Essen, viel Ermutigendes von den vornehmen Anwesenden: die Wirtschaft Freistatts ist im wesentlichen gesund. Danke, mein neuer Koch – er ist aus Twand, ein ganz großer Könner, finden Sie nicht? *Der Gastgeber brauchte eher eine Abmagerungskur als einen neuen Koch, obwohl ihn der schwere Brokat, den er bevorzugt, dicker macht, als er tatsächlich ist.* Kommt gut heim – gewiß, morgen. Sagt Eurer Tante, daß ich an sie denke.

Du bleibst doch noch, Amar. *Einer der aufbrechenden Gäste hebt kaum merklich eine Braue: Unser Gastgeber liebt Jünglinge?* Wir haben noch etwas Geschäftliches zu besprechen.

Enoir, du kannst den Dienstboten bis zum Morgen Ausgang geben, und mach dir selbst einen schönen Abend, wir werden in der Stadt speisen.

Und danke für die ausgezeichnete Bedienung. Hier.

Er lacht. Nichts zu danken. Nur gib es nicht alles für eine einzige Frau aus. *Der Truchseß geht, und die leutselige Miene des Hausherrn wandelt sich in eine gleichmütige. Er lauscht den Schritten des Truchseß und wie er den Dienern freigibt. Dann dreht er sich um und deutet auf die Kissen neben dem riesigen offenen Kamin. Der Duft von Räucherwerk überlagert den Geruch der Winterasche.*

Ich habe einen guten Wein, Amar. Setz dich, ich hole ihn.

Hast du dich in der Gesellschaft unserer Gäste wohl gefühlt?

Kaufleute, wahrhaftig! Aber man kann von anderen Schichten lernen, meinst du nicht?

Er kehrt mit zwei Kelchen voll Wein zurück, der so rot ist, daß er schon fast schwarz aussieht. Beide Kelche stellt er vor Amar: wähle! Selbst die engsten Freunde führen in Freistatt dieses Ritual durch, denn in dieser Stadt ist Giftmischerei eine Kunst, ein Zeitvertreib, ein Beruf.

Ja, es war die Farbe, die mich so anzog. Auf dein Wohl!

Nein, er ist von einem Hang aus den Bergen östlich von Syr. Kalos oder so ähnlich. Ich konnte mich nie an diese barbarischen ... Ja, ein guter Süßwein. Möchtest du dir eine Pfeife stopfen?

Enoir kehrt zurück. Er klingelt mit seinem Glöckchen, als er die Treppe heraufsteigt.

Das ist alles für heute, danke ...

Nein, die Hunde sollen nicht gefüttert werden. Sie kämpfen am Ilstag besser, wenn sie richtig ausgehungert sind. Ihr Winseln werden wir schon ertragen.

Die schwere Haustür knarrt, als der Truchseß sie hinter sich schließt. Du möchtest nicht? Du wärst nicht der einzige Edle, der dabei ist. Laß deinen Bart einen oder auch zwei Tage wachsen, leih dir alte Fetzen von einem Diener aus ...

Nun, man kann es von zwei Seiten sehen. Hungrige Hunde sind zwar schwächer, kämpfen jedoch mit der Kraft der Verzweiflung. Und wenn man die Hunde eine Woche nicht füttert, vermeidet man es, daß sie von der anderen Seite vergiftet werden.

Oh, natürlich kommt das vor – ich glaube, es ist sogar mir schon einmal passiert. Nein, kein tödliches

Gift, sondern eines, das sie müde machte, unlustig. Ein Zauber, möglicherweise. Gift ist billiger.

Er nimmt einen tiefen Schluck und stellt den Kelch vorsichtig auf den Boden. Er durchquert das Gemach, steigt auf eine Stufe und späht durch einen Fensterschlitz in der dicken Wand.

Ich bin sicher, daß wir jetzt allein sind. Trink aus, ich hole den Krrf. *Nach einer knappen Minute kehrt er mit einem schweren, in weiches Leder gehüllten Barren zurück.*

Caronnes feinster, kohlschwarz, völlig rein. *Er wikkelt das Leder auf: ein ebenholzschwarzer Block, auf der gesamten Oberfläche mit einem ausländischen Siegel versehen.* Willst du ihn versuchen?

Er nickt. »Ein weiser Winzer, der sich seines Weines enthält!« Hast du das Gold?

Er wiegt den Beutel in der Hand. Das genügt nicht! Ist nicht einmal die Hälfte!

Er hört zu und gibt das Gold zurück. Sei doch vernünftig. Wenn du meinst, du kannst meiner Schätzung nicht trauen, dann nimm eine Probe nach Ranke mit, und laß sie von irgend jemandem begutachten. Danach bringst du mir den Preis, den wir vereinbart haben.

Der andere steht plötzlich und reißt an seinem Schwert. Kaum daß es aus der Scheide ist, scheppert es auf den Boden. Er fällt auf Hände und Knie, zittert, stammelt ein paar Worte und bricht zusammen.

Nein, kein Zauber, doch fast ebenso schnell, findest du nicht? Das ist das schöne an diesen nur in Verbindung miteinander wirkenden Giften. Den ersten Teil hast du mit allen anderen in der Nachspeise gegessen, das heißt, mit allen, außer mir. Der zweite Teil war im Wein, erhöhte seine Süße.

Er streicht mit dem Daumennagel an dem Block entlang

und reibt die abgeschabte Prise Krrf zwischen Daumen und Zeigefinger, bevor er daran riecht. Du solltest ihn wirklich kosten, dann fühlst du dich jung und mutig. Aber du bist ja jung und mutig, nicht wahr?

Er wickelt den Krrf wieder sorgfältig ein und greift nach dem Gold. Entschuldige mich, ich muß mich umziehen. *An der Tür bleibt er kurz stehen.* Das Gift ist nicht tödlich. Es lähmt dich bloß eine Zeitlang. Es wird von Chirurgen verwendet.

Der Mann starrt lange auf den Boden. Er ist sich bewußt, daß ihm Speichel aus dem Mund sickert und daß er auch sonst keine Gewalt über seinen Körper hat.

Als der Hausherr zurückkehrt, ist er kaum noch zu erkennen. Statt des prunkvollen Gewands trägt er einen fleckigen weiten Kittel mit einer Kordel als Gürtel. Die pomadeglänzende weiße Mähne ist verschwunden, dafür weist seine Glatze eine weitverzweigte Narbe von einem alten Schwerthieb auf. Sein linker Daumen fehlt vom zweiten Glied an. Er lächelt und entblößt dabei so viele Lücken wie Zähne.

Ich werde dich gut behandeln. Es gäbe so manche, die viel für die Benutzung deines hilflosen Körpers bezahlen und dich hinterher töten würden.

Er zieht den Gelähmten aus, dabei betont er immer wieder seine Großmut und hält auch mit seinem Lob über den gepflegten Körper des anderen nicht zurück. Das Gitter im Kamin hebt er hoch und wirft die Kleidung in den Aschenschacht.

In einem anderen Viertel von Freistatt bin ich als Eindaumen bekannt. Hier bedecke ich den Stumpf mit einem Ersatz, den ein Tierausstopfer für mich gemacht hat. Fällt gar nicht auf, oder hast du's bemerkt? *Mühelos hebt er den Mann hoch und trägt ihn durch die Tür.* Du kannst natürlich nichts dafür, aber du bist, wenn auch nur entfernt, mit dem Richter verwandt, der mir den Daumen abhacken ließ. *Das Bellen der Hunde wird lauter, als sie die Treppe hinunterkommen.*

Hier sind wir. *Er stößt die Tür zu den Zwingern auf. Das heftige Bellen verwandelt sich in ein fast flehendes Winseln. Zehn Kampfhunde, jeder in seinem eigenen Käfig an den Futtertrog gepreßt, mit messerscharfen Fängen und vor Speichel triefenden Lefzen.*

Wir müssen sie natürlich getrennt füttern, damit sie einander nichts tun.

An der hinteren Seite des Raumes befindet sich in Tischhöhe ein Holzbrett mit Rillen in der Oberfläche, an deren Ende Eimer hängen. Auf einem Regal darüber liegen Messer, Beile und eine Säge.

Er legt den stumm starrenden Mann auf das Brett und wählt ein schweres Beil aus.

Es tut mir leid, Amar, aber ich muß mit den Füßen anfangen. Sonst macht das Aufräumen zuviel Arbeit.

Es gibt Philosophen, die behaupten, es gäbe das Böse im Menschen als solches nicht. Wenn ein Mensch eine böse Tat begeht – von jenen unter Zauberbann natürlich abgesehen (für die er selbstverständlich nicht verantwortlich ist) –, ist er selbst das Opfer, der Sklave des Erbes seiner Vorfahren und seiner Erziehung. Solche Philosophen könnten in Freistatt etwas lernen.

Freistatt ist ein Seehafen, und sein Name geht zurück auf die Zeit, da er die einzige bewaffnete Zuflucht an einer wichtigen Karawanenstrecke bot. Aber der lange währende Krieg endete, die Karawanen gaben diese Strecke zugunsten einer kürzeren auf, und Freistatt verlor an Bedeutung – nicht jedoch an Bevölkerung, denn für jeden anständigen Bürger, der die Stadt verließ, um anderswo ein ehrliches

Leben zu führen, verschlug es einen Gauner hierher, der seine Lebensweise nicht aufgab.

Der Name Freistatt ist immer noch passend, doch jetzt als Zuflucht für Gesetzlose zu deuten. Die meisten davon und die schlimmsten hausen in dem Viertel der Stadt, das als Labyrinth bekannt ist, denn es ist wahrhaftig ein Labyrinth an Straßen und namenlosen Gassen. Andachtsstätten gibt es dort nicht, wohl aber Orte, an denen man sich treffen und Neuigkeiten austauschen kann, und der bedeutendste davon ist die Schenke zum Wilden Einhorn, die dieses Tier als Aushängeschild trägt. Sie gehört dem Mann, der gewöhnlich während der Spätschicht die Gäste bewirtet: einem häßlichen Burschen namens Eindaumen.

Eindaumen war mit dem Füttern der Hünde fertig. Er spritzte den Raum mit einem Schlauch sauber, dann verließ er seinen Besitz durch einen langen Geheimgang, der von seinem Schlafgemach zum Keller des Liliengartens führte: ein angesehenes Freudenhaus, nur ein kurzes Stück vom Labyrinth entfernt.

Er stieg die hohe Kellertreppe hoch und wurde von einem riesenhaften Eunuchen begrüßt, der lässig ein schweres Breitschwert auf einer Schulter trug.

»Früh heute, Eindaumen.«

»Manchmal muß ich nachsehen, wie mein Hilfswirt sich im Einhorn macht.«

»Ah, eine Überraschungsüberprüfung?«

»Ja, so was Ähnliches. Ist deine Herrin im Haus?«

»Sie schläft. Willst du ein Mädchen?«

»Nein, es ist rein geschäftlich.«

Der Eunuch grinste. »Aber das ist geschäftlich.«

»Sag ihr, ich habe, worum sie bat, und mehr noch,

wenn sie es sich leisten kann. Sie soll mir Bescheid geben. Wenn ich nicht im Einhorn bin, hinterlasse ich, wo wir uns treffen können.«

»Ich weiß, was es ist«, singsangte der Eunuch.

»Sofortige Jungfräulichkeit.« Eindaumen hob das ziegelförmige, lederumhüllte Päckchen. »Eine Prise, richtig eingenommen, macht dich wieder zum Mädchen.«

Der Eunuch rollte die Augen. »Wahrhaftig eine Verbesserung gegenüber den alten Methoden.«

Eindaumen lachte mit ihm. »Ich kann ein bißchen davon entbehren, wenn du etwas möchtest.«

»Oh – nein, nicht im Dienst.« Der Eunuch lehnte sein Schwert an die Wand und kramte ein Stück Pergament aus seinem Geldgürtel. »Aber ich könnte es mir für die Freizeit aufheben.« Eindaumen gab ihm eine großzügige Prise. Ungläubig starrte der Eunuch darauf. »Schwarz – Caronne?«

»Der beste!«

»Und du hast so viel davon!« Er griff nicht nach seinem Schwert.

Eindaumens freie Hand lag um den Knauf seines Degens. »Ich verkaufe es, die ganzen zwanzig Grimales.«

»Ein Mann ohne Skrupel würde dich dafür umbringen.«

Der Zahnlückige grinste. »Dann bin ich ja doppelt sicher vor dir!«

Der Eunuch nickte, steckte den Krrf weg und griff wieder nach seinem Breitschwert. »Sicher vor jedem, außer einem Fremden.« Jeder im Labyrinth wußte von dem teuflischen Fluch, mit dem Eindaumen sein Leben schützte. Tötete man ihn, würde sein Mörder nie sterben, sondern in endloser Qual dahinsiechen.

Brenne den Sternen gleich;
Brenne, wenn sie längst erloschen sind.
Nie den Frieden der Asche finden,
außer Sicht und Hilfe
von Menschen, Göttern und Geistern:
Brenne bis zum Ende aller Zeit.

Eindaumen vermutete, daß dieser Zauber nur so lange anhielt, wie der Magier, von dem er ihn hatte, selbst lebte. Doch das war von keiner so großen Bedeutung. Der Ruf Mizraiths, des Zauberers, sowie die Bedrohlichkeit des Zaubers hielten ihm Klingen fern und Gift aus seinem Wein.

»Ich werde die Botschaft ausrichten. Und vielen Dank!«

»Am besten, du mischst ihn mit Schnupftabak. Er ist sehr stark, weißt du.« Eindaumen öffnete einen Samtvorhang und trat in die Empfangshalle. Er grüßte einige der Frauen, die sich dort aufhielten, in weiche Schleier gewandet (Schnitt und Farbe dieser Schleier verrieten den Preis und in manchen Fällen ausgefallene Sonderleistungen), und ging auf die Straße, ins schwindende Licht des endenden Tages.

Der Nachmittag hielt für einen, dessen Nase so fein wie groß war, einige interessante Wahrnehmungen bereit. Zunächst das Festmahl mit all den würzigen twandschen Köstlichkeiten, dann der gute, seltene Wein mit dem erregenden Hauch von Halbgift, danach das fast beißende Krrfaroma, hinterher der schlachthausgleiche Geruch beim Zerteilen, gefolgt vom modrig-schweißigen der Geheimtunnelwände, schließlich die Parfüme und das Räucherwerk in der Empfangshalle, und nun der vertraute Gestank der Straße. Während Eindaumen durch das Tor in die eigentliche Stadt spazierte, schnupperte er in den

Wind, der nun aus Westen kam, das erkannte er allein schon daran, daß der ländliche Geruch aus den Viehpferchen stärker war als der Gestank von altem Urin in den Trögen der Gerber. Sogar den angenehmen Duft frischausgenommenen Fisches roch er heraus, so wie andere ein Wispern aus einer durcheinanderrufenden Menge herauszuhören vermögen. Es gab wahrhaftig wenige Nasen, die so etwas vermochten. Wie gewöhnlich genoß er diese ersten paar Minuten innerhalb der Stadtmauern, ehe der Gestank selbst seine Nase abstumpfte.

Die meisten Stände auf dem Bauernmarkt waren jetzt geschlossen, aber er konnte trotzdem noch für zwei Kupfermünzen eine frische Melone erstehen, die er auf dem Weg in den Basar schälte. Die Packung Krrf trug er unauffällig unter dem Arm.

Er feilschte eine Weile mit einem Kupferschmied, der noch neu im Basar war, um zwei Lampen als Ersatz für die, die in der vergangenen Nacht aus dem Einhorn gestohlen worden waren. Eine Zeitlang schaute er den Gauklern zu, dann machte er seine Runde bei den Weinhändlern, um sich nach den Preisen für die nächste Lieferung zu erkundigen. Er bestellte ein Faß Salzfleisch, gleich in mundgroße Happen zerteilt, das noch an diesem Abend geliefert werden sollte. Dann ging er in die Söldnergildenhalle, um sich nach einem neuen Wächter umzusehen, der nüchterner bleiben würde als der bisherige, der den Diebstahl der Lampen nicht einmal bemerkt hatte. Danach spazierte er zum Breitenweg, wo er ein frühes Abendessen zu sich nahm, bestehend aus rohem Fisch und in Öl gebackenen Krabben.

Wie der Eunuch schon festgestellt hatte: Von den ansässigen Bewohnern des Labyrinths hatte Eindaumen nichts zu befürchten. Unholde, die zum Spaß

Kinder zerstückelten (ein Zeitvertreib, der seit der Einführung absolut unfehlbarer pflanzlicher Abtreibungsmittel immer seltener wurde) lüpften ehrerbietig den Hut oder gingen ihm aus dem Weg. Trotzdem war er vorsichtig, denn es gab immer wieder Fremde hier, die scharf darauf waren, andere das Fürchten zu lehren, oder denen der Magen so sehr knurrte, daß sie vor nichts zurückschreckten. Obgleich Eindaumen ein durchaus ernstzunehmender Gegner war, sowohl mit als auch ohne seinen Degen, sah er doch lediglich wie ein feister Kaufmann aus, dessen Häßlichkeit sein Geschäft beeinträchtigte.

Aus eigener Erfahrung kannte er das Böse nur zu gut. Deshalb trug er schäbige Kleidung und verriet durch keine Äußerlichkeit seinen Reichtum. Das tat er allerdings weniger, um sich vor Überfällen zu schützen – schließlich wußte er, daß die Armen mindestens genauso oft wie Reiche das Opfer von Hunger oder Habgier wurden –, sondern um seine möglichen Gegner auf jene zu beschränken, die selbst für Kupferstücke töten würden. Glücklicherweise fehlte letzteren gewöhnlich das Geschick dafür.

Als er sich zum Einhorn aufmachte, folgte ihm auf dem Schlangenweg ein Mann, der durch seine betonte Gleichmütigkeit verriet, daß er ein Neuling im Taschendiebgewerbe war. Eindaumen wußte, daß die Gasse voraus düster, ja fast dunkel war und ein paar Schritt einwärts eine Versilecknische hatte. Er ging in diese Gasse, zog seinen Dolch aus dem Stiefelschaft und verbarg sich in der Nische. Das Krrfpäckchen klemmte er zwischen die Füße.

Der Mann folgte ihm tatsächlich in die Gasse. Als seine Schritte in der Dunkelheit zögerten, sprang Eindaumen aus der Nische hinter ihm hervor, drückte ihm eine kräftige Pranke auf Mund und Nase und stieß ihm den schmalklingigen Dolch in den Rücken, dann ließ er ihn auf das Pflaster gleiten. Dem Toten nahm er den Geldgürtel ab und einen Beutel mit Münzen, den er zusätzlich dabei hatte. Er wischte das Blut vom Dolch, schob ihn in den Stiefelschaft zurück, hob den Krrf auf und setzte seinen Weg fort. Frische Blutstropfen leuchteten geradezu auf seinem Kittel, doch niemand in dieser Gegend würde sich daran stoßen. Hin und wieder kamen auch Garnisonssoldaten hier durch, doch sie kümmerten sich nicht um die Bewohner und kritisierten auch ihre seltsamen Gewohnheiten nicht.

Zwei an einem Tag, dachte Eindaumen. Seit dem letztenmal war bereits ein ganzes Jahr vergangen. Es war kein unangenehmes Gefühl, obwohl keiner der beiden dazu gekommen war, sich zur Wehr zu setzen. Der Möchtegerntaschendieb war ein blutiger Anfänger gewesen, und der junge Edle aus Ranke ein vertrauensseliger Narr (den Auftrag zu seiner Ermordung hatte ein Berater seines Vaters gegeben).

Er erreichte die Straße südlich des Eingangs zum Wilden Einhorn und betrat die Schenke durch die Hintertür. Er warf einen Blick auf die Bestandsliste in der Vorratskammer, die ihm verriet, daß das Geschäft heute noch nicht sonderlich gut gewesen war. Den Krrf verstaute er in einem Stahlbehälter, ehe er sich einen Trunk mit Zitrone gönnte und sich vor die Scheibe setzte, die in der Schenke ein Spiegel war, und durch die er unbemerkt alles in der Gaststube beobachten konnte.

Eine Stunde lang sah er zu, wie Geld und Getränke den Besitzer wechselten. Der Hilfswirt – er war Koch auf einem Piratenschiff gewesen, ehe er ein Bein verloren hatte – schien mit den Gästen gut auszukommen. Er war auch verhältnismäßig ehrlich, obwohl er den Betrunkeneren nicht sehr gut einschenkte, und wohl kaum aus Besorgnis um ihre Gesundheit. Eindaumen goß sich gerade ein drittes Glas des Zitronengetränks ein, als er Amoli, Herrin des Liliengartens, mit dem Eunuchen und einem weiteren Leibwächter das Einhorn betreten sah. Er ging in die Schankstube, um sie zu begrüßen.

»Wein!« rief er einer Schankmaid zu und führte die drei an einen Tisch, der durch einen Vorhang abgetrennt war.

Amoli war fast schön zu nennen, obgleich sie kaum jünger als Eindaumen war, und trotz eines Berufs, in dem man gewöhnlicherweise schnell altert. Sie kam sofort zur Sache: »Kalem richtete mir aus, daß du zwanzig Grimales Caronne zu verkaufen hast.«

»Beste Qualität und absolut rein.«

»An so viel kommt man selten heran. Darf ich fragen, wo du ihn herhast?«

Eindaumen schüttelte den Kopf. »Das behalte ich lieber für mich.«

»Es ist besser, du sagst es mir. Gestern hatte ich noch ein 20-Grimale-Stück in meiner Sicherheitstruhe im Schlafzimmer. Jetzt ist es verschwunden.«

Eindaumens Gesicht blieb unbewegt. »Ein interessanter Zufall«, sagte er nur.

Sie schnaubte.

Eine Weile saßen sie einander stumm gegenüber, während ein Krug Wein mit vier Bechern durch den Vorhang geschoben wurde.

»Ich beschuldige dich selbstverständlich nicht des Diebstahls«, sagte Amoli. »Aber du verstehst gewiß mein Interesse an der Person, von der du den Krrf gekauft hast.«

»Erstens habe ich ihn nicht gekauft, zweitens kam er nicht aus Freistatt.«

»Ich habe keine Zeit für Rätsel, Eindaumen. Wer war es?«

»Das muß ein Geheimnis bleiben. Es hängt mit einem Mord zusammen.«

»Du könntest leicht in einen zweiten verwickelt werden«, sagte sie verkniffen.

Eindaumen senkte die Hand und brachte seinen Dolch zum Vorschein. Der Leibwächter beobachtete ihn angespannt. Eindaumen lächelte und schob den Dolch über den Tisch zu Amoli. »Na, mach schon, töte mich. Was dann mit dir geschieht, dürfte weit schlimmer sein, als ohne Krrf auskommen zu müssen.«

»Oh ...« Sie stieß das Messer von sich. »Ich bin in letzter Zeit wohl etwas unwirsch, verzeih. Du mußt wissen, der Krrf ist nicht für mich allein, die meisten meiner Mädchen brauchen ihn und bezahlen für ihn mit einem Teil ihrer Einnahmen. Das ist auch der Grund, weshalb ich immer gleich größere Mengen einkaufe.« Eindaumen schenkte Wein ein, er nickte. »Hast du überhaupt eine Ahnung, wieviel von meinem Vermögen in diesem Block steckte?«

Er stellte die halb gefüllten Becher auf das runde Tablett zurück und drehte es. »Die Hälfte?«

»Und noch einmal halb soviel. Ich *werde* es mir zurückholen, Eindaumen!« Sie nahm sich einen Becher und trank.

»Ich hoffe, es gelingt dir. Aber es kann nicht derselbe Ziegel sein.«

»Überlaß es mir, das festzustellen – hast du ihn schon länger als zwei Tage?«

»Nein, aber er muß vor mehr als einer Woche aus Ranke herausgeschmuggelt worden sein. Er kam gestern in einem Käselaib versteckt mit der Amenday-Karawane an.«

»Du kannst jedoch nicht sicher sein, daß er von Anfang an bei der Karawane war. Wie leicht könnte der Dieb hier auf die Karawane gewartet haben.«

»Ist das nicht etwas abwegig?«

»Keineswegs. Wie oft hast du schon einen 20-Grimale-Barren gesehen?«

»Außer diesem keinen«, gab er zu.

»Er hat ein Muster auf der gesamten Oberfläche eingeprägt? Einen Adler innerhalb eines Kreises?«

»Stimmt. Doch das bedeutet lediglich, daß er vom gleichen Händler kommt, es ist sein Zeichen.«

»Wie auch immer, ich finde, daß du mir schon ein bißchen mehr sagen mußt.«

Eindaumen nippte an seinem Wein. »Na gut. Ich weiß, daß ich dem Eunuchen trauen kann. Was ist mit dem anderen?«

»Als ich ihn kaufte, ließ ich einen Treuezauber über ihn verhängen. Außerdem – zeig ihm deine Zunge, Gage.«

Der Sklave öffnete den Mund und entblößte rosiges Narbengewebe hinter schlechten Zähnen. »Er kann weder sprechen noch schreiben.«

»Eine interessante Runde.« Eindaumen grinste. »Einem fehlt die Zunge, dem anderen der Daumen, dem dritten das Geschlecht. Was fehlt dir, Amoli?«

»Herz. Und ein Block Krrf.«

»Also gut.« Eindaumen leerte seinen Becher und schenkte ihn nach. »Da ist ein Mann am Hof von Ranke, von sehr hoher Stellung, alt und dem Tod nah. Sein Sohn, der seinen Titel erben würde, ist faul, unfähig und unehrlich. Die Berater des Alten zögen es vor, daß die Tochter die Erbfolge antritt. Sie ist nicht nur tüchtiger, sondern auch leichter zu lenken.«

»Ich glaube, ich kenne die Familie, von der du sprichst«, warf Amoli ein.

»Als ich wegen eines anderen Geschäfts in Ranke war, trat einer dieser Berater an mich heran und erteilte mir den Auftrag, diesen jungen Nichtsnutz aus dem Weg zu räumen; doch nicht in Ranke, sondern in Freistatt. Die zwanzig Grimales sollten meine Bezahlung und gleichzeitig der Köder sein. Der Junge ist nicht süchtig, wohl aber habgierig, und der Preis für Krrf ist am Hof dreimal so hoch wie im Labyrinth. Man sorgte dafür, daß ich mich mit ihm anfreundete und ihm schließlich anbot, seinen Großhändler zu spielen.

Der Berater beschaffte den Krrf von Caronne und benachrichtigte mich. Ich wiederum machte dem Jungen ein verlockendes Angebot. Er täuschte vor, die Reise nach Freistatt zu unternehmen, um dem Bruder des Kaisers vorgestellt zu werden. Ich fürchte nur, zu der Audienz wird es nicht mehr kommen.«

»Ist das sein Blut auf deinem Ärmel?« erkundigte sich der Eunuch.

»Nichts so Direktes, das war eine andere Sache. Wenn er morgen im Palast erscheinen soll, wird er statt dessen im Hafen treiben, bereits zu Hundekot verarbeitet.«

»Du hast also den Krrf und das Geld des Jungen obendrein bekommen«, stellte Amoli fest.

»Die Hälfte des Geldes. Er hat versucht mich hereinzulegen.« Eindaumen füllte den Becher der Frau nach. »Aber du siehst jetzt selbst, daß es keine Verbindung geben kann.«

»Ich glaube, es wäre doch möglich. Mein Krrf verschwand am Anentag.«

»Hattest du ihn in Käse verpackt?«

Sie ging nicht darauf ein. »Wer hat dir deinen gebracht?«

»Marype, der jüngste Sohn des Zauberers Mizraith. Er stellt mir alle Karawanenlieferungen zu.«

Der Eunuch und Amoli wechselten einen Blick. »Das ist es! Ich habe den Block von Marype gekauft, und zwar keine zwei Stunden, nachdem die Karawane eingetroffen war.« Das Gesicht der Frau war rot vor Wut.

Eindaumen trommelte mit den Fingerspitzen auf die Tischplatte. »Ich habe meinen erst am Abend bekommen«, gab er zu.

»Zauberei?«

»Oder eine weltlichere Form des Betrugs«, sagte Eindaumen bedächtig. »Marype erlernt zwar seines Vaters Beruf, aber ich kann mir nicht vorstellen, daß er begabt genug ist, Stoffliches mit Geisteskraft zu bewegen ... Könnte dein Krrf ein Trugbild gewesen sein?«

»Sicher nicht, ich habe eine Prise versucht.«

»Erinnerst du dich, von welchem Teil des Barren du ihn abgeschabt hast?«

»Vom unteren Rand, nahe einer Ecke.«

»Nun, dann können wir uns zumindest vergewissern.« Eindaumen stand auf. »Sehen wir uns meinen Block an dieser Stelle an.«

Amoli wies ihre Leibwächter an, zu bleiben und folgte Eindaumen. An der Tür zu seinem Büro, während er an seinem Schlüsselbund fummelte, nahm sie seinen Arm und schmiegte sich an ihn. »Du nimmst dir gar keine Zeit mehr für mich. Hältst du dir jetzt eine eigene Frau in deinem Haus? Haben wir etwas getan, das ...«

»Ich werde dir doch nicht alle meine Geheimnisse verraten.« Tatsache war, daß er seit über einem Jahr keine Frau mehr auf die übliche Weise genommen hatte, sondern die Erregung dazu brauchte, die nur Vergewaltigung ihm geben konnte. Das war das einzige an seinem ruchlosen Leben, dessen er sich schämte, aber nicht weil ihm die Frauen leid getan und er zwei sogar getötet hatte, sondern weil er Schwächen mehr als alles andere verachtete und er sich fragte, was ihm als nächstes zu schaffen machen würde.

Amoli schaute gleichmütig durch das Spiegelfenster, während Eindaumen den Stahlbehälter aufsperrte. Sie drehte sich um, als er unterdrückt aufschrie.

»Ihr Götter!« Die Lederhülle lag schlaff und leer auf dem Boden des Behälters.

Sie starrten einander an. »Genießt Marype seines Vaters Schutz?« fragte Amoli.

Eindaumen schüttelte den Kopf. »Der Vater selbst hat es getan.«

Zauberer sind nicht allmächtig. Man kann mit ihnen fertig werden. Mit List und Tücke ist es sogar möglich, sie zu töten. Und Zauberschutz läßt sich normalerweise nicht mühelos aufrechthalten, obwohl ein guter Magier gleichzeitig zwischen sechs und einem Dutzend schafft. Mizraith war dafür bekannt, daß er mehr als hundert aufrechtzuhalten vermochte. Allerdings wußte man auch, daß ihm das hauptsächlich deshalb gelang, weil er zweitrangige Zauberer unter seinen Bann zwang und ihre Kräfte anzapfte. Aber all diese Fäden zusammenzubringen und zu halten – von den unmittelbaren Zaubern ganz zu schweigen, mit denen er sich selbst und seinen Besitz schützte –, bedurfte seiner völligen geistigen Sammlung, wodurch er gewöhnlich abwesend wirkte. Der Unvorsichtige mochte das für Altersschwäche halten – ein halbes Jahrhundert ohne Schlaf war nicht spurlos an ihm vorübergegangen – und versuchen, ihm seinen Besitz oder gar das Leben zu nehmen, aber bisher hatte noch ein jeder dabei sein Leben gelassen.

Mizraith ließ sich selten auf der Straße sehen und ganz sicher nie in der Nähe des Lärms und Gestanks des Labyrinths.

Normalerweise verließ er seine prunkvollen Gemächer im östlichsten Teil der Stadt, neben den Gasthäusern des Breitenwegs, mit ihrem Ausblick auf das Meer, überhaupt nicht.

Eindaumen machte den ehemaligen Piratenkoch darauf aufmerksam, daß er möglicherweise noch die nächste Schicht übernehmen mußte, und suchte eine Flasche des besten Weinbrands für Mizraith heraus, aber auch einen einfacheren, um sich Mut anzutrinken, ehe sie dem Mann gegenübertraten, der sein Leben schützte. Die leere Flasche verschwand in dem Unrat, der im Hafen herumtrieb, noch ehe sie die Hälfte des Breitenwegs zurückgelegt hatten, und von da an schritten sie stumm dahin.

Mizraiths ältester Sohn ließ sie ein und schien über ihren Besuch gar nicht erstaunt zu sein. »Die Leibwächter müssen hierbleiben«, erklärte er und machte eine weitausholende Handbewegung. »Auch alle Waffen werden hier abgelegt!«

Eindaumen spürte, wie der Dolch im Stiefelschaft auf seiner Haut zu brennen begann und warf ihn schnell von sich. Sein Degen folgte, genau wie das schmale Messer, das er in einer Armscheide getragen hatte. Die Waffen der drei anderen klapperten ebenfalls auf den Boden. Amoli drehte sich zur Wand und langte unter ihre Röcke, in sich hinein, um das absolut wirksame Geburtenkontrollgerät hervorzuholen – es war eine Art Scheide mit herausschnellbarem Rasiermesser (keiner sollte sie haben, ohne auf die eine oder andere Weise zu bezahlen). Die Waffen glühten flüchtig rot auf, ehe sie abkühlten.

»Ist Marype zu Hause?« erkundigte sich Eindaumen.

»Er war kurz hier«, antwortete der ältere Bruder. »Aber Ihr seid doch gekommen, um Vater zu besuchen.« Er drehte sich um und führte sie eine Wendeltreppe hoch.

Samt- und Seidenwandteppiche mit magischen Mustern. Ein goldener Samowar, sanft in einer Ecke blubbernd, nach Blumen duftender Tee. Ein nacktes Mädchen, noch kaum im Gebäralter, mit überkreuzten Beinen vor dem Samowar sitzend, starrte vor sich hin. Ein Leibwächter, weit größer als die von Amoli, aber fast durchsichtig. In der Mitte von all dem saß Mizraith auf einem Haufen Kissen, oder vielleicht auch Gold, die leuchtenden Augen in dunklen Höhlen, mit offenem Mund etwas Nichtsichtbares anlächelnd.

Der Sohn verließ sie. Zauberer, Wächter und Mädchen beachteten sie nicht. »Mizraith?« sagte Eindaumen.

Der Zauberer wandte die Augen langsam ihm und Amoli zu. »Ich habe auf dich gewartet, Lastel, oder wie nennst du dich im Labyrinth, Eindaumen? Ich könnte ihn nachwachsen lassen, das weißt du doch.«

»Ich komme auch ohne ...«

»Und du hast mir Geschenke mitgebracht! Eine Flasche und ein hübsches Spielzeug – meinem Alter näher als dieses grüne Ding.« Er schnitt eine Grimasse in Richtung des nackten Mädchens, dann zwinkerte er.

»Nein, Mizraith, sowohl diese Frau als auch ich glauben, von Euch betrogen worden zu sein – hereingelegt und bestohlen!« sagte Eindaumen kühn, aber seine Stimme zitterte leicht. »Die Flasche allerdings ist tatsächlich ein Mitbringsel.«

Der Leibwächter ging auf sie zu, seine Füße verursachten keinen Laut. »Halt, Geist!« Er blieb funkelnden Blickes stehen. »Bringt die Flasche her!«

Als Eindaumen und Amoli auf Mizraith zugingen, erschienen aus der Luft ein Tischchen und drei Gläser vor ihm. »Du darfst einschenken, Lastel.« Außer seinem Kopf hatte der Zauberer nichts bewegt.

Eindaumen schenkte die Gläser voll. Eines erhob sich eine Handspanne über den Tisch, leerte sich und verschwand. »Sehr gut. Danke. Betrogen, eh? Oje, oje. Bestohlen? Hi! Was könntet ihr haben, das ich brauche?«

»Nur wir brauchen es, Mizraith, und ich weiß nicht, weshalb Ihr uns darum betrügen wollt – vor allem mich. Ihr könnt doch noch viele Aufträge bekommen, die lohnender sind als meine.«

»Du würdest staunen, Lastel! O ja, du würdest staunen! Tee!« Das Mädchen füllte eine Tasse mit Tee und brachte sie wie eine Schlafwandlerin herbei. Mizraith nahm sie ihr ab. Das Mädchen setzte sich neben ihn und spielte mit ihrem Haar. »Gestohlen, eh? Was? Das hast du mir noch nicht gesagt. Was?«

»Krrf«, antwortete Eindaumen.

Mizraith gestikulierte gleichmütig mit der freien Hand. Ein kleiner Schneesturm aus grauem Pulver anstatt Flocken senkte sich auf den Teppich und war nicht mehr.

»Nein.« Eindaumen rieb sich die Augen. Wenn er auf die Kissen schaute, waren es auch Kissen, wandte er jedoch den Blick ab, wurden sie zu Goldbarren. »Echter Krrf, kein Trugbild.«

»Zwanzig Grimales schwarzer Krrf aus Caronne«, warf Amoli ein.

»Uns beiden gestohlen!« fuhr Eindaumen fort. »Ein Mann aus Ranke hatte ihn mir als Bezahlung für gewisse Dienste geschickt. Euer Sohn Marype holte ihn vom Karawanenlager ab. Irgendwie löste er den Block aus dem Käse, in dem er geschmuggelt worden war, und verkaufte ihn an diese Frau, Amoli ...«

»Amoli? Ihr seid die Herrin von – von der Glitschigen Lilie?«

»Nein, des Liliengartens. Das andere Haus befindet sich im Labyrinth, mit richtigen Schlampen, wo man sich alles, nur nichts Angenehmes holen kann.«

Eindaumen fuhr fort. »Nachdem Marype ihn ihr verkauft hatte, verschwand der Krrf. Gestern abend brachte er ihn zu mir. Heute abend ist er aus meinem eigenen Sicherheitsbehälter verschwunden.«

»Dazu ist Marype nicht imstande«, erklärte Mizraith.

»Ich weiß, daß er nicht fähig wäre, ihn durch Zauber verschwinden zu lassen«, entgegnete Eindaumen. »Deshalb bin ich ja auch der Meinung, daß Ihr dahintersteckt. Warum? Ein Spaß?«

Mizraith nippte an seiner Tasse. »Möchtet ihr Tee?«

»Nein. Warum?«

Der Zauberer reichte dem Mädchen die halbleere Tasse. »Nachfüllen.« Er beobachtete sie, während sie zum Samowar ging. »Ich habe sie ihres Gangs wegen gekauft. Was haltet ihr davon? Von hinten sieht sie aus wie ein Junge.«

»Bitte, Mizraith. Es bringt Amoli dem Bettelstab nahe, und für mich ist es eine ernstzunehmende Kränkung.«

»Ein Spaß, eh? Du glaubst, ich mache so dumme Späße?«

»Ich weiß, daß Ihr Dinge aus Gründen tut, die ich

nicht verstehe«, antwortete Eindaumen vorsichtig. »Aber die Sache ist ernst ...«

»Als ob ich das nicht wüßte!« Mizraith nahm die gereichte Teetasse, fischte ein Blütenblatt heraus und zerrieb es. »Weit ernster, als ihr glaubt, wenn mein Sohn darin verwickelt ist. Ist der Krrf ganz verschwunden? Habt ihr nicht wenigstens noch ein winziges bißchen?«

»Die Prise, die du meinem Eunuchen gegeben hast!« fiel es Amoli ein. »Vielleicht hat er sie noch.«

»Holt sie«, befahl der Zauberer. Mit schlaff geöffnetem Mund starrte er eine Weile stumm in den Tee. »Ich habe es nicht getan, Lastel«, sagte er schließlich. »Ein anderer steckt dahinter.«

»Mit Marype als Helfer!«

»Vielleicht ungewollt. Wir werden sehen ... Marype ist begabt genug, den Wert des Käses gespürt zu haben, und so weltlich, daß er den Barren seltenen Krrf erkannt haben mußte, um zu wissen, an wen er ihn verkaufen konnte. Aber allein wäre er nicht fähig, ihn durch Zauber verschwinden zu lassen.«

»Ihr befürchtet, er hat Euch hintergangen?«

Mizraith strich durch das lange Haar des Mädchens. »Wir hatten in letzter Zeit einige Unstimmigkeiten – seines Fortschritts wegen. Er findet, ich unterrichte ihn zu langsam, enthalte ihm Geheimnisse vor. Es ist jedoch so, daß Zauber sehr kompliziert sind. Einen zu bewirken, heißt noch lange nicht, daß man auch die Macht über ihn behalten kann. Dazu gehört viel Übung und geistige Reife. Er sieht, was seine Brüder zu leisten vermögen, und ist eifersüchtig, glaube ich.«

»Ihr könnt seine Gedanken nicht lesen?«

»Nein. Es gehört schon viel Kraft dazu, die von

Fremden zu erkennen, doch je näher einem jemand ist, desto schwieriger wird es. Bei einem vom eigenen Blut – nein. Seine Gedanken sind mir verschlossen.«

Amoli kehrte mit einem winzigen Pergamentstück zurück und streckte es mit bedauernder Miene aus. »Er hat den Krrf mit dem anderen Leibwächter und Eurem Sohn geteilt. Genügt das noch?« In der Mitte des Pergaments war ein dunkler Fleck.

Mizraith nahm ihn zwischen Daumen und Zeigefinger und verzog das Gesicht. »Markmor!« Das war der zweitmächtigste Magier in Freistatt – ein Emporkömmling, noch keine hundert Jahre alt!

»Er hat sich mit Eurem stärksten Konkurrenten verbündet?« fragte Eindaumen.

»Oder er steht im Bann des anderen.« Mizraith erhob sich und verschränkte die Arme. Sein Leibwächter verschwand, aus den Kissen wurden feste Goldbarren.

Er murmelte etwas Unverständliches und breitete die Arme weit aus.

Marype erschien aus der Luft direkt vor ihm. Er war ein gut aussehender Bursche mit wallendem Silberhaar und gut geschnittenen Zügen. Im Augenblick war er nackt und ziemlich wütend.

»Vater! Ich bin beschäftigt!« Er schwang die Arme und verschwand.

Mizraith machte die gleiche Gebärde, und der Junge kehrte zurück. »Das können wir die ganze Nacht fortsetzen. Außer, du sprichst mit mir!«

Ein wenig zahmer knurrte der Junge: »Das ist unverzeihlich!« Er hob den Arm zur gleichen Geste, zog ihn jedoch zurück, als Mizraith dasselbe tat. »Bekleide mich!« Ein Goldbarren verschwand, und Marype trug ein Gewand aus gewebtem Gold.

»Sag mir, daß du nicht in Markmors Dienst stehst.«

Der Junge ballte die Fäuste. »Ich stehe nicht in seinem Dienst!«

»Bist du völlig sicher?«

»Wir sind Freunde, Partner. Er lehrt mich eine Menge.«

»Du weißt, daß ich dich alles lehren werde, im Laufe der Zeit. Aber ...«

Marype gestikulierte, und der Stapel Goldbarren wurde zu einem übelriechenden Misthaufen. »Wie unfein!« Mizraith rümpfte die Nase. Er winkelte den Ellbogen auf eine bestimmte Weise ein, und das Gold kehrte zurück. »Siehst du denn nicht, daß er dich nur ausnutzt?«

»Ich weiß nur, daß er Zugang zu dir haben will. Das verheimlichte er nicht.«

»Stefab!« flüsterte Mizraith. »Nesteph!«

»Du brauchst die Hilfe meiner Brüder?«

Die beiden älteren Söhne erschienen zu Mizraiths beiden Seiten. »Was ich brauche, ist ein bißchen Vernunft deinerseits.« Er wandte sich an die älteren Brüder: »Haltet ihn!«

Plötzlich banden schwere Goldketten des Jüngsten Hand- und Fußgelenke an Ringe im Boden. Er stemmte sich dagegen, eine Kette riß. Nun umgab ihn ein Block aus blauem Eis. Das Eis begann zu schmelzen.

Mizraith drehte sich zu Eindaumen und Amoli um. »Ihr schwächt uns durch eure Anwesenheit.« Ein Goldbarren schwebte auf die Frau zu. »Das dürfte Euch entschädigen. Lastel, du wirst deinen Krrf zurückbekommen, sobald ich hier fertig bin. Sei in den nächsten Stunden vorsichtig. Geht!«

Als sie rückwärts das Gemach verließen, tauchten weitere Gestalten darin auf. Eindaumen erkannte die unscharfen Umrisse Markmors.

In der Vorhalle gab Amoli den Goldbarren ihrem Eunuchen. »Kehren wir zum Labyrinth zurück«, bestimmte sie. »Hier ist es zu gefährlich.«

Eindaumen schickte den ehemaligen Piratenkoch heim und verbrachte den Rest der Nacht mit seiner Tätigkeit als Wirt. Er schenkte Getränke aus, verkaufte Krrf und feilschte um den Preis. Er nahm selbst eine angemessene Prise – des einheimischen Erzeugnisses –, um wach zu bleiben. Aber nichts Übernatürliches passierte, auch nichts Aufregenderes als eine Schlägerei wegen eines zweifelhaften Würfelspiels. Allerdings mußte er über einen toten Ex-Kunden steigen, als er im Morgengrauen die Schenke schloß. Zumindest war der Mann so vernünftig gewesen, außerhalb zu sterben, also brauchte er keine Meldung zu machen.

Ein Grund, warum er gern die Nachtschicht übernahm, war die interessante Stimmung in Freistatt am frühen Morgen. Das Sonnenlicht war hart und deckte eher auf, als daß es vertuschte. Abfälle und Exkremente im Rinnstein. Ein paar müde Nachtlichter, die in kleinen Gruppen dahintorkelten oder einsam, nur noch halbwach, mit der blanken Klinge in der Hand, herumsaßen und warteten, daß nach dem ersten Glockenläuten eine Lagerstatt frei würde. Nach Überresten suchende Hunde. Heruntergekommene, erschöpfte Sterbliche. Das war es, was ihm gefiel, was ihm an diesem Morgen besonders zusagte, weil eine etwas größere Prise Krrf als üblich in seinem Kopf das Todeslied sang.

Fast wäre er ostwärts gegangen, um nach Mizraith zu sehen. »Seid in den nächsten Stunden vorsichtig« – das konnte bedeuten, daß seine Verbindung zu

Mizraith ihn durch dessen gespenstischen Kampf mit Markmor um Marype irgendwie verwundbar machte. Aber er mußte zu seinem Haus zurück, sich der Knochen in den Futtertrögen der Hunde entledigen und für eine Mittagsbesprechung Lastel sein.

In der Empfangshalle des Liliengartens saß eine unscheinbare Dirne, die ihn übertrieben freundlich anlächelte, aber gleich weiterschlief, als sie ihn erkannte. Er trat durch den Samtvorhang, hinter dem der Eunuch mit dem Rücken zur Wand saß, das Breitschwert auf dem Schoß.

Er stand nicht auf. »Irgendwelche Schwierigkeiten, Eindaumen?«

»Keine, aber auch kein Krrf.« Er zog den Riegel der schweren Tunneltür zurück. »Möglicherweise ist der Kampf immer noch nicht zu Ende. Hätte Mizraith ihn verloren, würde ich es spüren, glaube ich.«

»Oder wenn er gewonnen hätte«, meinte der Eunuch.

»Vielleicht. Ich werde mich mit deiner Herrin in Verbindung setzen, sobald ich etwas für sie habe.« Eindaumen zündete die abgestellte Lampe an und schloß die Tür hinter sich.

Ehe er den Fuß der Treppe erreichte, wußte er, daß etwas nicht stimmte. Es war zu hell. Er drehte den Docht ganz hinunter. Die Luft glühte schwach. Unten angekommen, stellte er die Lampe auf die letzte Stufe, zog seinen Degen und wartete.

Das Glühen sammelte sich zu einem verschwommenen Bild Mizraiths. Es wisperte: »Jetzt bist du endlich im Dunkeln, Lastel. Eindaumen. Hör zu: Ich sterbe vielleicht bald. Deinen Schutz habe ich auf Stefab übertragen und er wirkt weiter. Bezahl ihn, wie du mich bezahlt hast ...« Er verschwamm noch stärker, verschwand, erschien erneut. »Dein Krrf ist im Tunnel. Er kostet mehr, als du ahnst.« Wieder Dunkelheit.

Eindaumen wartete ein paar Minuten in Schwärze und Stille (fünfzig Schritt vom Licht oben entfernt), ehe er die Lampe wieder anzündete. Der Krrfbarren lag vor seinen Füßen. Er klemmte ihn unter den linken Arm und schritt, mit dem Degen in der Hand, den Gang entlang. Nicht, daß Stahl ihm gegen Zauberei viel nutzte, aber eine leere Hand war noch weniger Schutz.

Etwa alle fünfzig Schritt machte der Gang einen Bogen, um die Sicht zu beschränken. Eindaumen legte drei dieser Biegungen zurück. An der vierten glaubte er, Licht zu sehen. Er hielt an, drehte die Lampe wieder aus und lauschte. Keine Schritte. Er setzte Krrf und Lampe ab, nahm einen Dolch in die Linke und ging auf das Licht zu. Es mußte ja nicht Zauberei sein – schon dreimal hatte er Eindringlinge im Tunnel überrascht. Ihre sterblichen Hüllen hatte er da und dort versteckt, und sie trugen zu der modrigen Luft hier bei.

Diesmal war es jedoch kein Fremder. Er spähte um die Ecke und sah Lastel mit dem Degen in der Hand warten.

»Zieh dich nicht zurück«, sagte sein zweites Ich. »Nur einer von uns verläßt diesen Gang!«

Eindaumen hob langsam den Degen. »Warte – wenn du mich tötest, wirst du für immer sterben. Das gleiche gilt umgekehrt. Es ist eine Zaubererfalle.«

»Nein. Mizraith ist tot!«

»Sein Sohn hat den Zauber übernommen.«

Lastel kam im Seitwärtsschritt des Herausforderers näher. »Wie wäre ich dann hier?«

Eindaumen bemühte sich um Einsicht in die Logik der Zauberei. Sein Instinkt drängte ihn vorwärts, den

Degen ausgestreckt und den Dolch in der Linken, bereit zum Parieren. Er ließ den Blick nicht von Lastels Degen, der so krrfsicher wie sein eigener war. Der Krrf sang das Todeslied und spornte ihn an.

Es war, als focht er mit einem Spiegel. Jeder Angriff wurde sofort pariert, nachgestoßen, pariert, nachgestoßen und wieder abgewehrt. Mehrere Minuten war es wie ein schneller, doch vorsichtiger Tanz von Zwillingen, und die Schläge klirrten und hallten im Gang wider.

Eindaumen wußte, daß er etwas aufs Geratewohl, etwas Unerwartetes tun mußte. Er griff an, stieß von oben nach links zu.

Lastel wußte, daß er etwas aufs Geratewohl, etwas Unerwartetes tun mußte. Er griff an, stieß von oben nach rechts zu.

Die beiden Klingen verfehlten sich.

Trafen mit unverminderter Wucht.

Eindaumen sah, wie seine rotgefärbte Klinge durch den kostbaren Brokat aus Lastels Rücken drang. Er versuchte zu schreien und hustete Blut über seines Mörders Schulter. Lastels Degen war durch Brustbein, Herz und einen Lungenflügel gedrungen.

Sie hielten sich aneinander fest. Eindaumen sah, wie das helle Blut aus dem Rücken des anderen sprudelte, und hörte sein eigenes Blut herausschießen, während seine Schmerzen wuchsen. Mit dem Dolch in der Linken stach er fast gleichmütig zu. Und wieder stieß er zu. Es erschien ihm unglaublich langsam. Der andere Mann tat dasselbe. Der Schmerz wurde schlimmer. Ein dritter Stich. Er beobachtete, wie die Klinge sich hob, fast bedächtig sank und aus dem Fleisch zurückglitt. Mit jedem Herzschlag schien der Schmerz sich zu verdoppeln. Mit jedem Herzschlag verstrich die Zeit um die Hälfte langsamer. Selbst das

Spritzen des Blutes nahm sich Muße; es sah aus wie zähes Öl, das durch Wasser sinkt. Und nun hielt es völlig an: Ein dickes, scharlachrotes Netz gefror zwischen seinem Dolch und Lastels Rücken – seinem eigenen Rücken –, und während der Schmerz sich ausbreitete und wuchs, selbst das Knochenmark in Flammen zu stehen schien, wußte er, daß es sich in alle Ewigkeit nicht ändern würde. Einen flüchtigen Moment schob sich das Bild von zwei zufrieden lächelnden Zauberern vor sein inneres Auge.

Madame Myrtis

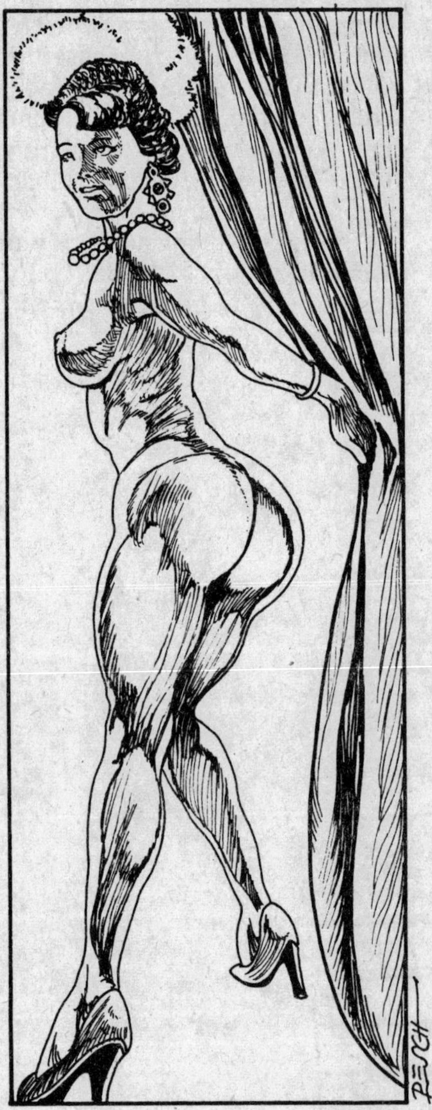

Myrtis

Christine DeWees

»Ich fühle mich so jung, wie ich aussehe. Jeden Mann in diesem Haus könnte ich zufriedenstellen, wenn ich es wollte, oder wenn einige davon nur halb so wundervoll wären wie Lythande.«

Mit diesen Worten lehnte Myrtis, die Besitzerin des Aphrodisiahauses sich über die Brüstung außerhalb ihres Privatgemachs und tat ihre Meinung über das Treiben in ihrem Hause kund.

»Gewiß, Madame.«

Ihr Begleiter auf der schmalen Galerie war ein gut gekleideter junger Mann, der erst vor kurzem mit seinen Eltern aus der Reichshauptstadt hier angekommen war. Er wich so weit von ihr zurück, wie es unauffällig möglich war, als sie sich umdrehte und ihn anlächelte.

»Bezweifelt Ihr es, junger Mann?«

Leicht und doch hoheitsvoll glitten diese Worte über Myrtis' Zunge. Für viele Alteingesessene in Freistatt war Myrtis die ungekrönte Königin. In der Straße der Roten Laternen herrschte sie unangefochten.

»Selbstverständlich nicht, Madame.«

»Ihr habt jetzt die Mädchen gesehen. Schwebt Euch ein bestimmtes vor, oder möchtet Ihr Euch in meinem Haus noch weiter umsehen?«

Mit einem leichten Druck auf seinen Arm führte Myrtis ihn zurück zu ihrem Gemach. Sie trug ein hochgeschlossenes dunkles Gewand, das ihre legendäre Figur lediglich andeutete. Die Herrin des Aphrodisiahauses war schön, schöner als alle Mädchen, die für sie arbeiteten. Das versicherten Väter ihren Söhnen, und diese teilten es wiederum ihren Söhnen mit. Doch eine atemberaubende Schönheit, die sich seit drei Generationen nicht verändert hatte, war eher ehrfurchtgebietend als begehrenswert. Myrtis konkurrierte nicht mit ihren Mädchen.

Der junge Mann räusperte sich. Es war ganz offensichtlich sein erster Besuch in einem Freudenhaus. Verlegen zupfte er an einer der Quasten des weinfarbigen Doppelsessels, bevor er antwortete.

»Ich glaube, ich werde es mit der Veilchenseide versuchen.«

Myrtis starrte ihn unverwandt an, bis er die Quaste abgerissen in der Hand hielt und sein Gesicht tiefrot glühte.

»Ruf Cylene. Sie soll ins Lavendelgemach kommen.«

Ein Mädchen, noch zu jung für das Gewerbe, sprang von einem Kissen auf; sie hatte dort stumm auf einen solchen Befehl gewartet. Der Jüngling drehte sich um und war bereit, ihr zu folgen.

»Vier Silberstücke – Cylene ist sehr begabt. Und ein Name – ich meine, Terapis würde gut zu Euch passen.« Myrtis lächelte, und ihre ebenmäßigen weißen Zähne blitzten.

Der junge Mann, der von nun an im Aphrodisiahaus als Terapis bekannt sein würde, kramte in seinem Beutel nach einem Goldstück. Fast hochmütig, wie man es ihm beigebracht hatte, stand er aufrecht, bis Myrtis ihm das Wechselgeld gegeben hatte. Das junge Mädchen nahm seine Hand, um ihn für zwei Stunden unvorstellbarer Seligkeit zu Cylene zu führen.

»Kinder!« murmelte Myrtis, als sie wieder allein in ihrem Gemach war.

Vier der neun Ringe ihrer Nachtkerze waren heruntergebrannt. Sie schlug ein dickes, ledergebundenes Geschäftsbuch auf und trug den echten Namen des jungen Mannes ein, sowie den, den sie ihm gerade gegeben hatte, das Mädchen seiner Wahl für diesen Abend, und daß er in Gold bezahlt hatte. Es lag schon fünfzehn Jahre zurück, seit sie einem Kunden des Hauses den Decknamen Terapis gegeben hatte. Sie hatte ein gutes Gedächtnis für Stammgäste ihres luxuriösen Hauses.

Ein sanftes Klopfen an ihrer Tür weckte Myrtis spät am nächsten Morgen. »Euer Frühstück, Madame.«

»Danke, Kind. Ich werde hinunterkommen.«

Eine kurze Weile blieb sie noch im Halbdunkel liegen. Lythande hatte sorgfältige Zauber gewirkt, um ihre Schönheit zu erhalten und ihr die Langlebigkeit eines Magiers zu geben. Doch es gab keine Zauber, die ihre Erinnerung dämpfen konnten. Die Mädchen, ihre Freier, alle zogen in einer verschwommenen, aber unveränderlichen Parade an ihrem inneren Auge vorüber und hielten sie unter der seidenen Bettdecke fest.

»Blumen für Euch, Madame.«

Das junge Mädchen, das am vergangenen Abend so still auf den Kissen gesessen hatte, betrat gleichmütig das Schlafgemach. Sie trug einen riesigen Strauß weißer Blumen, die sie in eine Kristallvase steckte.

»Ein Sklave aus dem Palast gab sie ab. Er sagte, sie seien von Terapis.«

Eine Überraschung. Es gab also immer noch Überraschungen. Das war beruhigend und erfreulich. Myrtis warf ihre Bettdecke zurück. Das Mädchen stellte die Vase ab und half ihrer Herrin in ein besticktes Gewand aus smaragdfarbenem Satin.

Fünf Mädchen in Leinenkitteln waren damit beschäftigt, die scheinbare Unordnung in den unteren Räumen wiederherzustellen, als Myrtis auf ihrem Weg zur Küche an ihnen vorbeikam. Fünf, die saubermachten, eine kurz vor der Entbindung und eine, die ihr Neugeborenes stillte, das bedeutete, daß sich noch zwanzig Mädchen in den oberen Gemächern aufhielten. Zwanzig Mädchen, deren Zeit bestens genutzt war. Alles in allem eine sehr gute Nacht für das Aphrodisiahaus. Andere mochten unter der neuen Obrigkeit vielleicht Verluste erleiden, aber die Fremden erwarteten einen gewissen Stil und Verschwiegenheit – und mit beidem konnte nur das Aphrodisiahaus aufwarten.

»Madame, Dindan bestellte vergangene Nacht fünf Flaschen unseres besten aurveshanischen Weines. Wir haben jetzt nur noch zwölf Flaschen ...« Ein fast kahler Mann deutete auf seine Einkaufsliste.

»Dann bestell neuen.«

»Aber, Madame, seit der Prinz ankam, ist es fast unmöglich, aurveshanische Weine zu bekommen!«

»Du wirst ihn schon irgendwo auftreiben können. Aber verkauf erst mal die alten Flaschen an Dindan zum neuen Preis.«

»Ja, Madame.«

Die Küche war ein großer, hell beleuchteter Raum, fast versteckt im hinteren Teil des Hauses. Die Köchinnen und mehrere Händler feilschten lautstark an der Hintertür, während das halbe Dutzend kleiner Kinder Fangen um den großen Tisch in der Mitte spielten.

Alle verstummten, als Myrtis sich in den sonnenbeschienenen Alkoven setzte, von dem aus sie in den winzigen Garten sehen konnte.

Trotz des Durcheinanders, das Kinder verursachen, gestattete Myrtis ihren Mädchen, sie zu behalten, wenn sie es wollten. Mit den Töchtern gab es keine Schwierigkeiten, sie würden sich, wenn die Zeit gekommen war, ihren Unterhalt verdienen – keine Jungfrau konnte zu häßlich sein. Die Söhne dagegen wurden so früh wie möglich außer Haus in eine Lehre gegeben. Ein Teil ihres Verdienstes wurde einbehalten, um zur Bestreitung der Unkosten im Aphrodisiahaus beizutragen.

»Am Eingang ist ein Soldat, Madame.« Eines der Mädchen, das saubergemacht hatte, war in die Küche gelaufen und unterbrach Myrtis, die gerade Schimmelkäse auf ihr Brot strich. »Er verlangt, Euch zu sprechen, Madame.«

»Verlangt mich zu sprechen?« Myrtis legte das Käsemesser auf den Tisch. »Ein Soldat kann nicht ›verlangen‹, mich am Eingang zu sprechen. Zu dieser Stunde sind Soldaten von geringerem Nutzen als Händler. Schick ihn zur Hintertür.«

Das Mädchen rannte die Treppe hoch. Myrtis strich weiter Käse auf das Brot und hatte bereits die halbe Scheibe gegessen, als ein großer Mann seinen Schatten über ihren privaten Speisealkoven warf.

»Geht mir aus der Sonne, junger Mann«, sagte sie, ohne hochzublicken.

»Ihr seid Madame Myrtis, die Besitzerin dieses – Bordells?« fragte er scharf, ohne sich vom Fleck zu rühren.

»Ihr steht mir nicht nur in der Sonne, sondern versperrt mir außerdem den Blick auf den Garten.«

Er trat einen Schritt zur Seite.

»Die Mädchen sind tagsüber nicht verfügbar. Kommt heute abend wieder.«

»Madame Myrtis, ich bin Zalbar, Hauptmann der Leibgarde des Prinzen Kadakithis. Ich bin nicht hier, um die Dienste Eurer Mädchen in Anspruch zu nehmen.«

»Warum dann?« fragte sie und schaute hoch.

»Auf Befehl von Prinz Kadakithis wird eine Steuer von zehn Goldstücken für jede Frau erhoben und sofort eingezogen, die in der Straße der Roten Laternen wohnt, wenn sie weiterhin ihr Gewerbe betreiben will, ohne sich den Unwillen der Obrigkeit zuzuziehen.«

Nur eine plötzliche Anspannung von Myrtis' Händen verriet ihren Ärger über Zalbars Worte. Stimme und Gesicht blieben völlig ruhig.

»Sind die kaiserlichen Konkubinen in Ungnade gefallen?« entgegnete sie mit höhnischem Lächeln. »Ihr könnt nicht erwarten, daß jede Frau in der Straße der Roten Laternen zehn Goldstücke zur Verfügung hat. Wie sollen sie das Geld für Eure Steuern verdienen?«

»Wir erwarten nicht, daß sie in der Lage sind, die Steuern zu bezahlen, Madame. Wir erwarten, Euer Bordell und jedes ähnliche Haus in dieser Straße zu schließen. Die Frauen, Ihr eingeschlossen, werden anderswo hingebracht, wo sie ein nützlicheres Leben führen werden.«

Myrtis starrte den Soldaten voller Verachtung an. Für sie war dieses Gespräch beendet. Der Soldat spielte mit seinem Schwertgriff.

»Die Steuer wird eingezogen werden, Madame. Ihr

bekommt ausreichend Zeit, das Geld für Euch und Eure Frauen zu beschaffen. Sagen wir drei Tage? Ich werde dann am Abend wiederkommen.«

Er drehte sich um, ohne auf eine Antwort zu warten, und verließ ohne ein weiteres Wort die Küche durch die Hintertür. Myrtis wandte sich wieder ihrem Frühstück zu, während ihre Köchinnen und die Mädchen hysterisch durcheinanderredeten. Sie unterbrach sie nicht, während sie aß. Erst als sie satt war, trat sie an das Kopfende des langen Küchentischs.

»Alles wird weitergehen wie bisher. Wenn die Steuer bezahlt werden muß, läßt sich eine Möglichkeit finden. Die Mädchen, die schon länger hier sind, haben genügend Gold gespart. Den neueren werde ich etwas beisteuern. Außer, ihr zweifelt an mir – dann läßt sich eine Trennung herbeiführen.«

»Aber Madame, wenn wir einmal bezahlen, werden sie die Steuer immer wieder einziehen, bis wir sie nicht mehr bezahlen können. Diese Höllenhunde ...« Das war ein Mädchen, dessen Verstand beachtlicher war als ihre Schönheit.

»Zweifellos ist das ihre Absicht. Die Straße der Roten Laternen ist so alt wie die Stadtmauer von Freistatt. Ich kann euch versichern, daß wir schon Schlimmeres als die Höllenhunde überstanden haben.« Myrtis lächelte, als sie sich derer entsann, die vergebens versucht hatten, den Betrieb in der Straße der Roten Laternen einzustellen. »Cylene, die anderen Mädchen werden mit mir sprechen wollen. Schick sie hinauf in den Salon. Ich erwarte sie dort.«

Das smaragdgrüne Gewand wallte um ihre Beine, als Myrtis die Treppen zu ihren Gemächern hochstieg. Dort erst gestattete sie sich, ihrem Ärger Luft zu machen, während sie hin und her ging.

»Ambutta!« rief sie, und ihre junge Leibmagd kam herbeigeeilt.

»Ja, Madame?«

»Du mußt eine Botschaft für mich überbringen.« Sie setzte sich an ihren Schreibtisch, und während sie schrieb, sagte sie zu dem noch atemlosen Mädchen: »Sie muß auf die gleiche Weise wie bisher übermittelt werden. Niemand darf sehen, wie du sie zurückläßt. Verstehst du das? Wenn das nicht möglich ist, dann komm damit zurück. Du darfst keineswegs auffallen.«

Das Mädchen nickte. Sie schob das gefaltete und versiegelte Pergament in das Mieder ihres alten, von einem der Mädchen abgelegten Gewandes und rannte aus dem Gemach. Mit der Zeit würde sie eine Schönheit werden, dachte Myrtis, doch jetzt war sie wirklich noch ein Kind. Die Botschaft war für Lythande, der es vorzog, wenn man nicht direkt mit ihm in Verbindung trat. Sie würde sich nicht darauf verlassen, daß der Magier das Problem mit den Höllenhunden löste, aber niemand anderer würde ihren Ärger verstehen oder mildern können.

Das Aphrodisiahaus war vorherrschend in der Straße. Die Höllenhunde würden als erstes zu ihr kommen und danach die anderen Häuser aufsuchen. Wenn die Kunde von der Steuer sich verbreitete, würden die Besitzerinnen der anderen Freudenhäuser verstohlen zum Hintereingang des Aphrodisiahauses eilen, denn sie wandten sich immer, wenn sie selbst nicht weiterwußten, ratsuchend an sie. Und nun starrte sie zum Fenster hinaus und hoffte auf eine Eingebung. Ihr war jedoch noch keine gekommen, als ihre Gäste nacheinander eintrafen.

»Es ist eine Unverschämtheit! Sie wollen uns auf die Straße jagen wie gewöhnliche Dirnen!« rief Dylan mit dem flammendroten – gefärbten – Haar empört, ehe sie sich in den Sessel setzte, den Myrtis ihr anbot.

»Unsinn, meine Teure«, sagte Myrtis ruhig. »Sie wollen uns als Sklavinnen nach Ranke schicken. Auf diese Weise ist es zum Besten von Freistatt.«

»So etwas können sie doch nicht tun!«

»Nein, aber es liegt an uns, ihnen das beizubringen.«

»Wie?«

»Warten wir erst einmal, bis auch die anderen hier sind. Ich höre Amoli bereits in der Halle. Der Rest wird nicht lange auf sich warten lassen.«

Myrtis wollte Zeit gewinnen. Außer ihrer Überzeugung, daß den Höllenhunden und ihrem Prinzen nicht gelingen konnte, was andere bisher nicht fertiggebracht hatten, hatte Myrtis nichts, womit sie dieses Problem angehen, nichts, was sie gegen die völlig unbestechlichen Soldaten unternehmen konnte. Die anderen Freudenhausbesitzerinnen unterhielten sich untereinander über das, was Myrtis zu Dylan gesagt hatte, und es gefiel ihnen gar nicht. Myrtis beobachtete ihre Spiegelbilder in dem grobgeschliffenen Glas des Fensters.

Sie waren alle schon ziemlich alt. Mehr als die Hälfte hatte einst für sie gearbeitet. Sie hatte miterlebt, wie sie auf die unschöne Art alterten, die jugendliche Reize zur Lächerlichkeit verzerrt. Dem Aussehen nach hätte Myrtis die Jüngste unter ihnen sein können – jung genug, in den Häusern zu arbeiten, statt eines zu leiten. Aber als sie sich vom Fenster wegdrehte, verrieten ihre Augen Erfahrung und Weisheit vieler Jahre.

»Nun, es kam nicht ganz überraschend«, begann sie. »Man munkelte schon davon, ehe Kittycat überhaupt eintraf, und wir haben gesehen, was mit jenen geschehen ist, auf die er die Höllenhunde hetzte. Ich gebe zu, ich hatte gehofft, einige der anderen würden etwas länger durchhalten und uns so mehr Zeit geben.«

»Zeit würde nicht helfen. Ich habe keine hundert Goldstücke, die ich ihnen geben könnte.« Die dicke weiße Schminke um die Augen der Frau, die Myrtis unterbrochen hatte, begann abzubröckeln.

»Du brauchst keine hundert Goldstücke!« fauchte eine ähnlich geschminkte Frau.

»Das Gold ist unwichtig!« Myrtis' Stimme erhob sich über das Keifen der anderen. »Wenn sie auch nur eine von uns brechen können, werden sie uns alle vertreiben.«

»Wir könnten einfach schließen, dann gäbe es sicher einen Aufruhr. Die Hälfte meiner Kunden ist aus Ranke.«

»Das ist die Hälfte aller Männer, Gelicia. Sie haben den Krieg gewonnen und sind diejenigen, die über das Geld verfügen«, entgegnete Myrtis. »Aber sie beugen sich den Höllenhunden, Kittycat und ihren Frauen. Die Männer von Ranke sind sehr ehrgeizig. Sie sind bereit, viel aufzugeben, um sich ihren Reichtum und ihre Stellung zu erhalten. Wenn der Prinz etwas gegen die Freudenhäuser hat, gerät ihre Reichstreue weniger in Gefahr, wenn wir unsere Türen schließen, ohne uns zuvor zur Wehr gesetzt zu haben.«

Unmutig pflichteten die Frauen ihr bei.

»Was sollen wir dann tun?«

»Führt eure Häuser wie immer. Sie werden als erstes die Steuern im Aphrodisiahaus eintreiben, genau, wie sie als erstes hierherkamen, um es anzukündigen. Laßt eure Hintertüren offen, dann gebe ich euch Bescheid. Wenn sie bei mir nichts holen können, werden sie euch in Ruhe lassen.«

Das folgende Gemurmel klang keineswegs einig, doch keine der Frauen wagte es, Myrtis direkt anzusehen und ihre Macht in der Straße der Roten Laternen anzuzweifeln. Myrtis in ihrem hochlehnigen Sessel lächelte zufrieden. Sie mußte zwar erst noch eine wirkungsvolle Lösung finden, aber im Augenblick genügte ihr die Tatsache, daß sich wieder einmal ihre vorrangige Stellung gegenüber den Puffmüttern hier in der Straße bestätigt hatte. Durch die Hände dieser Frauen ging ein großer Teil des Goldes in Freistatt.

Nach diesem Beschluß brachen alle sofort auf. Wenn der Betrieb wie üblich weitergehen sollte, hatten alle noch viel zu tun, Myrtis eingeschlossen. Die Höllenhunde würden sich erst nach drei Tagen blikken lassen. Während dieser Zeit würde das Aphrodisiahaus weit mehr als diese dreihundert Goldstücke einnehmen und ein bißchen weniger für die üblichen Unkosten benötigen. Myrtis öffnete ihr Geschäftsbuch und machte mit deutlicher, Bildung verratender Schrift einige Eintragungen. Alle im Haus spürten, daß der übliche Betrieb zumindest zeitweilig weitergehen würde, und einer nach dem andern meldete im Salon Einnahmen und Ausgaben.

Es war schon später Nachmittag, und Ambutta war noch immer nicht von ihrem Botengang zurückgekehrt: Sie sollte die Botschaft unter einen losen Stein in der Mauer hinter dem Ilstempel legen. Flüchtig machte Myrtis sich Sorgen um das Kind. Die Straßen von Freistatt waren nie wirklich sicher, und vielleicht fanden nicht aller Augen das Mädchen zu kindlich. Ein Risiko war unvermeidlich. Schon zweimal hatte sie Mädchen auf den Straßen verloren, und nicht einmal Lythandes Magie hatte sie wiederzufinden vermocht.

Myrtis verdrängte diese Gedanken und nahm ihr

Abendessen allein in ihrem Salon ein. Sie hatte überlegt, ob Bestechung oder Sonderrechte ihr Problem mit den Steuern lösen könnten. Prinz Kadakithis war es jedoch wahrscheinlich ernst mit seinem Entschluß, Freistatt zur Idealstadt nach der Philosophie seines Beraters zu machen, da er in der Hauptstadt selbst keinen Einfluß hatte, in der es kaum besser zuging als hier. Der junge Prinz hatte eine Gemahlin und Konkubinen, mit denen er vermutlich zufrieden war. Man hatte nie mehr als einen halben Gedanken daran verschwendet, daß er selbst einmal die Freuden der Häuser suchen könnte. Und was die Höllenhunde betraf, nun, ihr erster Besuch hatte der Bekanntmachung der Steuer gegolten.

Die Leibwache des Prinzen war offenbar aus anderem Holz geschnitzt als die meisten Soldaten oder sonstigen Krieger, die man in Freistatt kannte. Wenn sie es sich recht überlegte, bezweifelte Myrtis, daß sie gekauft oder bestochen werden konnten. Und völlig überzeugt war sie, daß sie von ihrer unerbittlichen Durchsetzung von Recht und Ordnung, wie sie es sahen, nicht abzubringen sein würden, wenn nicht gleich das erste Angebot sie bekehrte.

Es dämmerte. Die Mädchen waren im ganzen Haus zu hören.

Sie lachten und kicherten, während sie sich für den Abend vorbereiteten. Myrtis behielt keine, die nicht Geschick und Freude am Gewerbe bewies. Sollten die anderen Häuser ihre Mädchen durch Armut und Suchtmittel an sich binden, nicht das Aphrodisiahaus, in dem arbeiten zu dürfen, der Wunschtraum der Mädchen auf der Straße war.

»Ich habe deine Botschaft erhalten«, ertönte eine weiche Stimme hinter dem Türvorhang in der Nähe des Bettes.

»Ich hatte mir schon Sorgen gemacht. Mein Mädchen ist noch nicht zurückgekehrt.«

Lythande trat an ihre Seite, legte einen Arm um ihre Schultern und griff nach ihrer Hand.

»Ich habe die Gerüchte in der Stadt verfolgt. Sieht also ganz so aus, als hätte das Reich seinen nächsten Feind erwählt. Was stimmt daran denn nun wirklich?«

»Sie beabsichtigen, eine Steuer von zehn Goldstükken für jede in der Straße der Roten Laternen wohnende Frau zu erheben.«

Lythandes gewohnheitsmäßiges Lächeln verschwand, und der tätowierte blaue Stern auf seiner Stirn zog sich zusammen. »Wirst du das zahlen können?«

»Darum geht es nicht. Man erwartet gar nicht, daß wir bezahlen, sondern hat vor, uns ins Reich zu verfrachten. Komme ich der Forderung jetzt nach, wird man die Steuer immer wieder erheben, bis ich nicht mehr bezahlen kann.«

»Du könntest das Haus schließen ...«

»Nie!« Myrtis entzog ihm ihre Hand. »Das Aphrodisiahaus gehört mir. Ich führte es schon, als das rankanische Reich nicht mehr als ein Zusammenschluß halbnackter, barbarischer Stämme war.«

»Aber das ist es jetzt nicht mehr«, gab Lythande zu bedenken. »Und die Höllenhunde, mit dem Prinz im Rücken sorgen für beachtliche Veränderungen in unser aller Leben.«

»Sie werden doch nicht auch etwas gegen Zauberei haben?« fragte Myrtis erschrocken. Ihre Besorgnis um Lythande ließ sie kurz das Aphrodisiahaus vergessen.

Das dünne Lächeln des Magiers kehrte zurück. »Im Augenblick jedenfalls noch nicht, glaube ich zumindest. Gewiß, es gibt Männer in Ranke, die fähig wären, gegen uns vorzugehen, aber sie sind dem Prinzen nicht nach Freistatt gefolgt, und ich kann mir nicht vorstellen, daß er ihnen etwas zu sagen hat.«

Myrtis stand auf und trat an das Bleikristallfenster, durch dessen dicke Scheiben gerade noch die Bewegung auf der Straße zu erkennen war, aber nicht viel mehr.

»Ich brauche deine Hilfe, wenn du sie mir geben kannst«, sagte sie, ohne ihn anzusehen.

»Was kann ich tun?«

»Du hast mir einmal ein Mittel aus einem Qualisbeerenextrakt zubereitet. Ich erinnere mich, daß du erwähntest, es sei sehr schwierig herzustellen. Ich hätte gerne genug davon für zwei Personen, um es mit reinem Qualisbeerenlikör zu mischen.«

»Etwas heikel, aber nicht unbedingt schwierig. Sehr subtil. Bist du sicher, daß du es nur für zwei Personen brauchst?«

»Ja, für Zalbar und mich. Und ich pflichte dir bei, es muß sehr subtil sein.«

»Dann bist du dir deiner Methode wohl sehr sicher.«

»Zumindest zum Teil. Die Straße der Roten Laternen liegt nicht durch Zufall außerhalb der Stadtmauer, das weißt du ja. Die Höllenhunde und der Prinz haben weit mehr zu verlieren, wenn sie uns behindern, als wenn sie die Straße in Ruhe lassen. Wenn unser bisheriger Betrieb nicht genügte, sie zu überzeugen, dann wird es doch zweifellos die Tatsache, daß ein großer Teil des Goldes der Stadt jährlich durch meine Hände fließt.

Ich habe vor, den Qualisbeerenliebestrunk zu benutzen, um Zalbars Augen für die Wirklichkeit zu öffnen, nicht, sie ihm zu verschließen.«

»Ich werde das Mittel morgen abend für dich bereit haben, oder sicherer den Tag darauf. Wenige der Händler und Schmuggler haben die Zutaten noch, die ich benötige, aber ich werde zusehen, daß ich sie mir besorgen kann. Als die Höllenhunde die Schmuggler in den Sumpf der Nächtlichen Geheimnisse trieben, mußten darunter auch viele ehrliche Leute leiden.«

Myrtis' Augen verengten sich. Sie ließ den Vorhang los, in den sie die Finger gekrallt hatte. »Und wenn es den Betrieb in der Straße der Roten Laternen nicht mehr gäbe ... Die Händler und Kaufleute und auch die Schmuggler werden es vielleicht nicht zugeben wollen, aber wenn wir nicht wären, die ihnen das Gold zukommen lassen, während ›anständige‹ Bürger ihnen lediglich Versprechungen machen, würden sie noch mehr leiden als ohnehin schon.«

Jemand klopfte leise an die Tür. Lythande zog sich in eine dunkle Ecke zurück. Herein trat Ambutta mit einem unübersehbaren Bluterguß auf einer Gesichtshälfte.

»Die ersten Männer treffen ein, Madame Myrtis. Wollt Ihr das Geld kassieren, oder soll ich das Geschäftsbuch hinunterbringen?«

»Ich kümmere mich selbst darum. Schick sie zu mir hoch, und Ambutta ...« Sie hielt das Mädchen auf, als es den Salon verlassen wollte. »Lauf in die Küche und erkundige dich, wie lange wir auskommen könnten, ohne den Händlern und Kaufleuten etwas abzukaufen.«

»Jawohl, Madame.«

Der Salon war plötzlich leer, von Myrtis abgesehen. Nur das leichte Zittern eines Wandteppichs verriet, wo Lythande eine verborgene Tür geöffnet hatte, um sich durch den Geheimgang dahinter zurückzuziehen. Myrtis hatte nicht erwartet, daß der Magier bleiben würde, doch trotz ihrer vielen gemeinsamen Jahre überraschte des Zauberers plötzliches Kommen und Gehen sie immer noch.

Myrtis steckte die perlenbesetzten Goldspangen in ihrem Haar zurecht, rieb duftendes Öl auf die Haut, und begrüßte die ersten Herren des Abends, als wäre dieser Tag so wie alle anderen auch verlaufen.

Die Kunde von der Steuereinziehung hatte sich inzwischen in der ganzen Stadt verbreitet, genau wie Lythande berichtet hatte. Als Ergebnis kamen viele der selteneren Kunden, um Abschied von dem Haus zu nehmen, das, wie sie offenbar erwarteten, bald geschlossen werden würde. Myrtis schenkte jedem ein strahlendes Lächeln, nahm das Geld entgegen und erkundigte sich nach einer zweiten Wahl, falls die erste bereits vergeben war, ehe sie ihrem Kunden versicherte, daß das Aphrodisiahaus nie schließen würde.

»Madame?«

Ambutta schaute zur Tür herein, als das Gedränge ein wenig nachließ.

»Der Küchenmeister sagt, wir haben genug Lebensmittel für zehn Tage, aber Wein und dergleichen wird nicht ganz so lange reichen.«

Myrtis tupfte sich mit der Schreibfeder gegen eine Schläfe. »Zehn Tage? Da ist jemand wohl etwas nachlässig geworden. In unseren Lagerräumen ist Platz für Vorräte für mehrere Monate. Aber da wir nur noch genug für zehn Tage haben, wird es reichen müssen. Gib in der Küche Bescheid, daß weder morgen noch übermorgen etwas eingekauft werden darf, noch irgendwelche Bestellungen vorgenommen werden dürfen. Auch die anderen Häuser sollen sich danach richten.

Noch etwas, Ambutta. In Zukunft wird Irda meine Botengänge machen. Es ist an der Zeit, daß man dir etwas Wichtigeres und Nützlicheres beibringt.«

Ein steter Strom von Kaufleuten und Händlern floß am Spätvormittag des nächsten Tages durch das Aphrodisiahaus zu Myrtis' Salon, nachdem die Auswirkung ihrer Anweisung in der Stadt erkannt worden war.

»Aber Madame Myrtis, die Steuer ist doch noch nicht fällig, und gewiß hat das Aphrodisiahaus die Mittel ...« Der Mann mit dem aufgedunsenen Gesicht, der die Hälfte der Häuser auf der Straße mit Fleisch belieferte, war abwechselnd zornig und weinerlich.

»In einer so unsicheren Zeit, mein guter Mikkun, müssen wir auf teures Fleisch verzichten. Wie sehr wünschte ich mir, es wäre nicht so. Der Geschmack von Salzfleisch hat mich schon immer an Armut erinnert. Aber im Statthalterpalast kümmert man sich nicht um die Armut jener, die außerhalb seiner Mauern leben, sondern man schickt uns im Gegenteil sogar noch Steuereintreiber«, sagte Myrtis mit vorgetäuschter Hilflosigkeit.

Den betrüblichen Umständen entsprechend, hatte Myrtis keines ihrer reichbestickten hellen Gewänder angezogen, wie üblich, sondern ein einfaches, streng geschnittenes, altmodisches Kleid, wie man es vor etwa zwanzig Jahren in Freistatt getragen hatte. Auch ihr Geschmeide hatte sie abgenommen, weil sie wußte, daß dessen Abwesenheit den Gerüchten mehr Nahrung gab, als wenn sie tatsächlich einen Teil ihrer Kleinodien verkauft hätte. Eine Stimmung düsterer Nüchternheit herrschte in jedem Haus der

Straße, wie Mikkun bezeugen konnte, da er sie schon fast alle aufgesucht hatte.

»Aber Madame, ich habe bereits zwei Kühe geschlachtet! Seit drei Jahren habe ich die Kühe geschlachtet, bevor ich kam, damit Ihr Euch selbst von der Frische des Fleisches überzeugen konntet. Heute wollt Ihr mir nun ohne jeglichen Grund das Fleisch nicht abnehmen! Madame, Ihr schuldet mir bereits das Geld für diese beiden Kühe!«

»Mikkun! In all den Jahren, die ich Euch kenne, habt Ihr nie einem Haus dieser Straße Kredit gewährt, und jetzt – jetzt verlangt Ihr, daß ich meine täglichen Einkäufe bei Euch als Verpflichtung betrachte.« Sie lächelte ihn entwaffnend an, denn sie wußte sehr gut, daß der Schlächter und auch die anderen Händler sich auf das Gold aus der Straße verließen, um ihre eigenen Schulden zu bezahlen.

»In Zukunft werde ich Kredit gewähren!«

»Aber dann sind wir nicht mehr hier und können ihn also auch nicht nutzen!«

Myrtis verzog das Gesicht zu einem bedrückten Schmollen. Sollten der Schlächter und seine Freunde doch nun ihre »ehrbaren« Schuldner mahnen und bedrängen, dann würde es sich schnell sogar bis zum Palast herumsprechen, daß etwas nicht stimmte. »Etwas«, das sie dem Höllenhund-Hauptmann Zalbar klar machen würde, wenn er kam, um die Steuer einzutreiben. Die Krämer murmelten schlimme Prophezeiungen, von denen sie hoffte, daß sie von jenen in entsprechenden Stellungen gehört würden, die sich darüber Gedanken machen mußten.

»Madame?«

Ambuttas kindlich ernstes Gesicht schaute durch die Tür, nachdem der Schlächter gegangen war. Ihr altes Gewand war bereits durch ein figurbetonteres, von freundlicherer Farbe und aus neuem Stoff ersetzt worden.

»Amoli möchte gern mit Euch sprechen. Sie ist in der Küche. Darf ich sie zu Euch schicken?«

»Ja, führ sie herauf.«

Myrtis seufzte, nachdem Ambutta die Tür hinter sich geschlossen hatte. Amolia war ihre einzige Rivalin in der Straße, sie hatte ihr Gewerbe nicht in den oberen Gemächern des Aphrodisiahauses gelernt. Ihre Mädchen band sie an sich, indem sie sie krrfsüchtig machte, und den Krrf besorgte und verkaufte sie ihnen. Wenn jemand in der Straße sich Sorgen über die Steuer machte, dann ganz besonders Amoli, denn sie hatte am wenigsten Gold, da die Schmuggler vor kurzem, ebenfalls durch die Höllenhunde, dazu gebracht worden waren, den Preis der Krrfbarren zu erhöhen, um selbst wenigstens noch ein bißchen daran zu verdienen.

»Amoli, meine Liebe, du siehst erschöpft aus!« Myrtis stützte die Frau, die nicht einmal ein Drittel so alt war wie sie, und rückte ihr den Doppelsessel zurecht. »Darf ich dir etwas zu trinken bringen lassen?«

»Qualis, bitte, falls du welchen im Haus hast.« Amoli schwieg, während Myrtis Ambutta beauftragte, Qualis zu holen. »Ich kann es nicht tun, Myrtis – dein Plan ist unmöglich. Er bringt mich in den Ruin!«

Ambutta brachte den Likör. Das Glas mit der tiefroten Flüssigkeit stand auf einem kunstvoll gehämmerten Silbertablett. Amolis Hände zitterten heftig, als sie danach griff und es mit einem Schluck leerte. Ambutta warf ihrer Herrin einen heimlichen, wissenden Blick zu. Amoli war vielleicht genauso süchtig wie ihre Mädchen?

»Jubal hat sich an mich gewandt. Für eine geringe Summe ist er bereit, die Höllenhunde morgen abend hier mit seinen Männern in einen Hinterhalt zu lokken. Er wartet selbst schon eine Weile darauf, die ganze Schar zu töten. Wenn sie erst aus dem Weg sind, wird Kittycat uns keine Schwierigkeiten mehr machen.«

»Ah, dann besorgt also Jubal dir nun den Krrf?« sagte Myrtis nicht sehr freundlich.

»Alle müssen jetzt für die Löschung ihrer Lieferung in den Nächtlichen Geheimnissen bezahlen, wenn sie nicht wollen, daß Jubal sie an die Höllenhunde verrät. Sein Plan ist angemessen. Ich kann mit ihm direkt verhandeln. Das kann auch jeder andere – er handelt mit allem. Aber du und Lythande werdet die Geheimgänge öffnen müssen, um die Gefahr für ihn und seine Männer morgen abend zu verringern.«

Der Rest von Myrtis' Freundlichkeit schwand. Der Liliengarten war vom Netzwerk der Tunnel unter der Straße der Roten Laternen abgetrennt worden, als Myrtis das Ausmaß der Krrfsüchtigkeit in diesem Haus bewußt geworden war. Ungute Erfahrungen warnten sie, käufliche Liebe und Suchtmittel miteinander zu mischen. Es gab immer Männer wie Jubal, die auf das erste Zeichen von Schwäche warteten, und sobald sie zugeschlagen hatten, waren die betroffenen Häuser nicht viel mehr als Sklavenunterkünfte und die Besitzerinnen hatten nichts mehr zu sagen. Jubal scheute Magie, deshalb hatte sie Lythande gebeten, die Tunnel mit leicht erkennbaren, gespenstischen Zauberzeichen zu versiegeln. Solange sie – Myrtis – lebte, war es ihre Straße, nicht Jubals oder die der Stadt.

»Es gibt andere Händler, deren Preise nicht so

hoch sind. Oder hat Jubal dir vielleicht einen Platz in seinem Landhaus versprochen? Ich habe gehört, daß er noch andere Dinge recht gut gelernt hat, außer dem Kampf in den Gladiatorgruben von Ranke. Nur ist sein Haus wohl nicht gerade das Richtige für empfindsame Leute.«

Myrtis rümpfte die Nase auf die übliche Weise, wenn von jemandem gesprochen wurde, der in der Abwindgegend wohnte. Amoli antwortete mit einer Geste, die gleichermaßen verächtlich und beleidigend war, und verließ den Salon ohne ein weiteres Wort.

Die Probleme mit Jubal und den Schmugglern begannen gerade erst richtig. Myrtis grübelte darüber nach, als Ambutta Glas und Tablett aus dem Salon getragen hatte. Jubals skrupelloser Ehrgeiz war im Grunde genommen gefährlicher als jegliche direkte Bedrohung durch die Höllenhunde. Doch das hatte nichts mit der gegenwärtigen Lage zu tun, und so beschäftigte sie sich bald mit etwas anderem.

Der zweite Abend war nicht so gewinnbringend wie der erste, und der dritte Tag nicht so hektisch wie der zweite. Lythandes Liebestrank wurde von einem benommenen Straßenjungen abgegeben. Der Zauber, mit dem der Magier den jungen Bettler behaftet hatte, löste sich auf, sobald das Fläschchen sein rechtmäßiges Ziel erreichte. Der Junge schaute sich völlig verwirrt um und rannte Hals über Kopf davon, noch ehe der Tagespförtner ihm eine Kupfermünze in die Hand drücken konnte.

Myrtis leerte das Fläschchen in eine kleine Karaffe mit Qualis, die sie zwischen zwei Gläser auf ein Silbertablett stellte. In ihrem Gemach hatte sie ein paar kleinere Änderungen vornehmen lassen. Der rote Likör stand nun dort, wo üblicherweise das

Geschäftsbuch lag, das einstweilen in die Kammer des Nachtpförtners verbannt worden war. Die Vorhänge ihres Bettes waren zurückgebunden, und eine seidene Bettdecke war so drapiert, daß sie die weichen Kissen darunter offenbarte. Moschusduft stieg von Räucherschalen auf, die in den Ecken verborgen waren. Auf einem Tischchen neben dem Bett stand eine große Schatulle mit dreihundert Goldstücken.

Myrtis hatte kein Geschmeide angelegt, denn das würde nur von dem tiefausgeschnittenen schwarzen Gewand mit den Seitenschlitzen ablenken, das sie für diesen Anlaß gewählt hatte. Alles war perfekt. Niemand außer Zalbar würde sie vor dem Morgengrauen sehen, und sie war fest entschlossen, für den Erfolg ihrer Bemühungen zu sorgen.

Sie wartete allein und erinnerte sich ihrer ersten Tage als Kurtisane in Ilsig, als Lythande ein blutjunger Zauberlehrling und ihre eigenen Erfahrungen ein Alptraumabenteuer gewesen waren. Zu jener Zeit war sie bereit gewesen, sich heftig in jeden jungen Lordling zu verlieben, der ihr den atemberaubenden Prunk einer hohen Stellung bieten konnte. Doch keiner kam, sie aus der fast unwirklichen, aber zukunftslosen Welt der Kurtisane zu befreien. Ehe ihre Schönheit schwand, schloß sie ihren Pakt mit Lythande. Der Zauberer besuchte sie des öfteren, doch obwohl sie sich damit brüstete, war es nie zu einer leidenschaftlichen Liebe zwischen ihnen gekommen. Seine Zauber versicherten Myrtis den dauerhaften Prunk, den sie sich als junges Mädchen gewünscht hatte, ein Luxus, den ihr kein anmaßender Barbar aus Ranke nehmen sollte.

»Madame Myrtis?« Ein forderndes Klopfen an der Tür riß sie aus ihren Gedanken. Die Stimme hatte sich ihrem Gedächtnis eingeprägt und so erkannte sie

sie sofort, obgleich sie sie nur einmal zuvor gehört hatte.

»Herein.«

Sie öffnete ihm die Tür und freute sich über sein Zögern, denn es verriet ihr, daß er nicht damit gerechnet hatte, in ihr Schlafgemach geführt zu werden.

»Ich bin hier, um die Steuer abzuholen«, sagte er schnell. Trotz seiner militärischen Haltung gelang es ihm nicht ganz, sein fast ehrfürchtiges Staunen und die leichte Verlegenheit zu verbergen, als er das hoheitliche und erotische Bild wahrnahm, das ihm geboten wurde.

Er drehte sich nicht um, als Myrtis die Tür hinter ihm schloß und heimlich einen verborgenen Riegel vorschob. »Ihr bringt mich fast an den Bettelstab, Hauptmann«, sagte sie mit niedergeschlagenen Augen und legte eine Hand leicht auf seinen Arm. »Es ist nicht so einfach, wie Ihr vielleicht glaubt, eine so hohe Summe zusammenzubringen.«

Sie hob die mit Perlen verzierte Ebenholzschatulle vom Tischchen neben ihrem Bett und trug sie zögernd zu ihm. Er zauderte, ehe er sie ihr abnahm.

»Ich muß das Geld zählen, Madame«, sagte er fast entschuldigend.

»Das verstehe ich. Ihr werdet feststellen, daß der Betrag stimmt. Meinem Wort kann man glauben.«

»Ihr – Ihr erscheint mir so anders als vor zwei Tagen.«

»Es ist der Unterschied zwischen Tag und Nacht.«

Er stapelte die Goldmünzen auf dem Tisch vor dem Silbertablett mit dem Qualis auf.

»Wir mußten unsere üblichen Bestellungen bei den Kaufleuten einschränken, um die Steuer aufzubringen.«

Aus dem überraschten und gleichzeitig nachdenklichen Blick, mit dem er sie bedachte, schloß Myrtis, daß den Höllenhunden bereits Beschwerden aus den Vierteln mit den ehrbaren Bürgern zu Ohren gekommen waren, nachdem Mikkun und seine Freunde dort ihre Schulden eingetrieben und ihre Kredite zurückgezogen hatten.

»Aber«, fuhr sie fort, »es ist mir natürlich bewußt, daß Ihr nur ausführt, was man Euch auftrug. Nicht Euch persönlich darf man die Schuld geben, wenn die Kaufleute und Lieferanten nun Einbußen erleiden, weil sich die Verhältnisse in unserer Straße geändert haben.«

Zalbar beschäftigte sich weiter mit dem Aufstapeln der Münzen und hörte Myrtis nur mit halbem Ohr zu. Er hatte erst gut ein Drittel des Schatulleninhalts ordentlich aufgetürmt, als Myrtis den Glasstöpsel aus der Karaffe zog.

»Trinkt Ihr ein Gläschen Qualis mit mir? Das Ganze ist ja wirklich nicht Eure Schuld, und wir haben noch einige Köstlichkeiten in unserer Vorratskammer. Ich habe gehört, daß der Nebel heute fast zum Schneiden dick ist.«

Er blickte vom Zählen auf, und seine Augen leuchteten beim Anblick des tiefroten Likörs. Der einfache, obgleich ebenfalls keineswegs billige Qualis war von dumpferer Farbe und wies gewöhnlich sichtbaren Bodensatz auf. Ein Mann in seiner Stellung mochte ein ganzes Leben hinter sich und doch nie einen feinen, reinen Qualis gesehen, geschweige denn je ein Glas davon getrunken haben. Ganz offensichtlich war dieses Angebot verlockend für ihn.

»Ein winziges Gläschen, vielleicht.«

Sie schenkte zwei Gläser voll und stellte sie vor ihn auf den Tisch. Dann verschloß sie die Karaffe wieder und trug sie zu dem Tischchen neben ihrem Bett. Ein heimlicher Blick in einen Seitenspiegel bestätigte ihr, daß Zalbar nach dem entfernteren Glas griff. Ruhig kehrte sie zurück und hob das andere.

»Ein Trinkspruch: Auf die Zukunft Eures Prinzen und auf das Aphrodisiahaus!«

Sie stießen an.

Der Trunk, den Lythande gebraut hatte, bestand zum Teil aus denselben Beeren wie der Qualis selbst. Der köstliche Likör war der vollkommene Verdünner dafür. Myrtis schmeckte den schwachen Unterschied aus dem üblichen Aroma des Likörs heraus, aber Zalbar, der noch nie auch nur den einfachen Qualis gekostet hatte, nahm an, die Extrawärme gehöre zu dem legendären Geheimnis dieses teuren Getränks. Als er sein Glas geleert hatte, trank Myrtis ihres ebenfalls aus und wartete geduldig auf die leichte Rötung seines Gesichts, die anzeigen würde, daß der Trank zu wirken begann.

Sie kam. Er wurde des Zählens müde und spielte mit einer Münze, während sein Blick ins Nichts wanderte. Myrtis nahm ihm die Münze aus der Hand. Bei ihr dauerte es länger, bis der Trank eine Wirkung zeigte und sie war auch weit geringer, denn unzählige Male hatte sie sich bereits dieses Trankes bedient, außerdem minderten zusätzlich die altershemmenden Zauber, mit denen Lythande sie schützte, die Wirkung. Sie hätte des Trankes jedoch nicht bedurft, um sich von dem gutaussehenden Soldaten angezogen zu fühlen, ihn auf die Füße und dann in ihr Bett zu locken.

Zalbar erklärte, daß er irgendwie nicht er selbst sei und einfach nicht verstünde, was mit ihm vorging. Myrtis machte sich nicht die Mühe, lange Gespräche mit ihm zu führen. Lythandes Trank weckte keine wilde, blinde Leidenschaft, sondern eine lebenslange Zuneigung. Der reine Qualis spielte seine Rolle in der Schwächung seines Widerstands. Sie hielt den Soldaten hinter den Vorhängen ihres Bettes, bis er keinen Zweifel mehr an seiner Liebe zu ihr hegte. Dann half sie ihm, sich wieder anzuziehen.

»Ich werde dir die Geheimnisse des Aphrodisiahauses zeigen«, flüsterte sie ihm ins Ohr.

»Ich glaube, ich habe sie bereits entdeckt.«

»Es gibt weitere.«

Myrtis nahm ihn bei der Hand und ging mit ihm zu der verhangenen Wand. Sie schob den Teppich zur Seite, öffnete einen gut geölten Verschluß, nahm eine Lampe von der Wand und führte ihn in einen dunklen, aber luftigen Gang.

»Halte dich möglichst genau in meinen Fußstapfen, Zalbar – ich möchte nicht, daß du durch eine Falltür ins Verlies stürzt. Vielleicht hast du dir schon einmal Gedanken darüber gemacht, weshalb unsere Straße sich außerhalb der Stadtmauer befindet und warum die Häuser so alt und massiv gebaut sind? Möglicherweise nahmst du an, die Gründer von Freistatt wollten uns außerhalb ihrer schönen Stadt haben? Was du nicht weißt, ist, daß diese Häuser – vor allem die älteren, wie das Aphrodisia – sich gar nicht wirklich außerhalb der Mauer befinden. Mein Haus ist aus vier Fuß dickem Stein gebaut. Die Läden an den Fenstern sind aus dem härtesten Holz aus den Bergen. Wir haben unsere eigenen Brunnen und Lagerräume mit Vorräten, die nicht nur für uns, sondern für die ganze Stadt, Wochen reichen würden, falls Not am Mann ist. Andere Tunnel führen zum Sumpf der Nächtlichen Geheimnisse, ebenso wie in die Stadt und zum Statthalterpalast. Wer immer in Freistatt herrschte, suchte unsere Mithilfe bei der

Verlagerung von Truppen und Beförderung von Waffen, wenn es zu einer Belagerung kam.«

Sie zeigte dem sprachlosen Hauptmann unterirdische Räume, in denen sich ohne weiteres eine ganze Garnison verbergen konnte. Er trank aus einem tiefen Brunnen, dessen Wasser keineswegs brackig war, wie es in so nahe am Meer liegenden Städten häufig vorkam. Über sich hörte er die Geräusche des fröhlichen Treibens in den Häusern der Straße. Zalbars militärisch geschulter Verstand nahm alles auf, aber vor sich sah er im Kerzenschein Myrtis im aufregenden schwarzen Gewand als wahr gewordenen Traum für ihn als Mann, und die unterirdische Festung, die sie ihm zeigte, als wahr gewordener Traum für ihn als Soldaten. Der Trank hatte seine Wirkung nicht verfehlt. Er wollte sowohl Myrtis als auch die Festung für sich, um sie zu beschützen und darüber zu bestimmen.

»Es gibt so viel in Freistatt, von dem ihr Rankaner nichts wißt. Ihr erlegt den Häusern Steuern auf und beeinträchtigt dadurch den Handel in der Stadt. Ihr wollt die Häuser schließen und uns alle, einschließlich mir, in die Sklavenpferche oder Schlimmeres schicken. Dann wird die Mauer unterwandert werden. Es gibt Männer in Freistatt, die vor nichts zurückschrecken, nur um diese unterirdischen Gänge in die Hand zu bekommen, und sie kennen den Sumpf und den Palast besser als ihr und eure Kinder jemals auch nur hoffen könnt, sie zu kennen.«

Sie zeigte ihm eine Wand, auf der Runen und magische Zeichen schimmerten. Zalbar berührte sie und mußte seine Neugier mit versengten Fingerspitzen bezahlen.

»Diese Schutzzauber sorgen für unsere Sicherheit,

aber sie werden schwinden, wenn wir nicht mehr hier sind, um sie zu erneuern. Schmuggler und Diebe werden die Eingänge finden, die wir seit Jahrhunderten unbetretbar gehalten haben. Und dir, Zalbar, der du aus Freistatt einen Ort der Gerechtigkeit und Ordnung machen willst, wird dein Gewissen sagen, daß du dafür verantwortlich bist, wenn andere dies alles zerstören, weil du davon wußtest.«

»Nein, Myrtis! Solange ich lebe, wird niemand das hier anrühren!«

»Was bleibt dir übrig? Hast du nicht schon den Befehl, eine zweite Steuer aufzuerlegen?«

Er nickte.

»Wir haben bereits angefangen, die hier aufbewahrten Vorräte aufzubrauchen. Die Mädchen sind nicht glücklich, die Kaufleute noch weniger. Die Straße wird zugrunde gehen. Die Händler werden höhere Preise verlangen, und die Mädchen gezwungen sein, das Leben von Straßendirnen aufzunehmen. Denn wohin könnten sie gehen? Vielleicht wird Jubal sie ...«

»Ich glaube nicht, daß die Straße dieses Geschick erleiden muß. Wenn der Prinz erst weiß, was von dir und den anderen wirklich abhängt, wird er sich mit einer geringen Steuer begnügen, die zur Erhaltung des Schutzes von Freistatt verwendet werden und deshalb an euch zurückgehen wird.«

Myrtis lächelte insgeheim. Die Schlacht war gewonnen. Sie hakte sich bei ihm unter und kämpfte nicht mehr gegen die Wirkung an, die der Qualis auf sie hatte. Sie fanden eine verlassene Offiziersstube in der unterirdischen Festung und liebten sich auf dem kahlen Holzgitterbett, und erneut, als sie in ihrem Schlafgemach im Aphrodisiahaus angekommen waren.

Die Nachtkerze war bis auf ihren letzten Ring niedergebrannt, als Myrtis den geheimen Riegel zurückschob und den Hauptmann der Höllenhunde zu seinen Männern zurückkehren ließ. Lythande stand im Salon hinter ihr, kaum daß sie die Tür wieder geschlossen hatte.

»Hast du das Verhängnis abgewandt?« erkundigte der Zauberer sich lachend.

»Ich glaube schon.«

»Der Trank?«

»Ein Erfolg, wie immer. So verliebt war ich schon lange nicht mehr. Es ist ein herrliches Gefühl. Fast läßt es mich vergessen, wie weh es tun wird, wenn ich zusehen muß, wie er altert.«

»Warum hast du den Trank überhaupt benutzt? Gewiß hätte die unterirdische Festung allein schon genügt, einen Höllenhund zu überzeugen.«

»Ihn wovon zu überzeugen? Daß die Verteidigung von Freistatt nicht Huren und Kurtisanen anvertraut werden dürfte? Von deinem Trank abgesehen, gab es nichts, um ihn an mich zu binden, ihm klarzumachen, daß es das beste ist, wenn wir hierbleiben. Nein, das war die einzige Möglichkeit.«

»Du hast recht.« Lythande nickte. »Wird er dich wieder besuchen?«

»Er wird mich mögen, aber ich glaube nicht, daß er wiederkommen wird. Das war auch nicht der Zweck des Tranks.«

Sie öffnete die schmale Glasflügeltür zur Galerie über den unteren sich leerenden Räumen. Die Soldaten waren bereits gegangen. Sie blickte zurück in ihren Salon. Die dreihundert Goldstücke lagen halb aufgestapelt und gezählt auf dem Tisch neben der nun leeren Karaffe. Vielleicht kehrte Zalbar doch zurück.

»Ich fühle mich so jung, wie ich aussehe«, flüsterte sie den achtlosen Räumen zu. »Jeden Mann in diesem Haus könnte ich zufriedenstellen, wenn ich es wollte, oder wenn einige davon nur halb so wundervoll wären wie mein Zalbar.«

Myrtis drehte sich zu ihrem leeren Gemach um und ging allein schlafen.

Lythande

Das Geheimnis des blauen Sterns

Marion Zimmer Bradley

In einer Nacht in Freistatt, als der Silberschein des Vollmonds den Straßen täuschende Pracht verlieh, so daß jede Ruine einem verzauberten Turm glich und jede dunkle Gasse und jeder Platz zur geheimnisvollen Insel wurde, machte der Söldner-Magier Lythande sich auf Abenteuersuche auf den Weg.

Erst vor kurzem war Lythande zurückgekehrt – wenn man so eine prosaische Bezeichnung für das Kommen und Gehen eines Zauberers verwenden kann. Lythande hatte eine Karawane durch die Graue Wüste nach Twand begleitet. Irgendwo auf der Strecke hatte eine Schar Wüstenratten – zweibeinige Ratten mit vergifteten Stahlzähnen – die Karawane überfallen, ohne zu ahnen, daß sie durch Zauber geschützt war, und so hatten sie sich plötzlich gezwungen gesehen, gegen heulende Skelette mit Flammenaugen zu kämpfen und gegen einen hochgewachsenen Magier in ihrer Mitte mit einem blauen Stern zwischen funkelnden Augen, einem Stern, der Blitze mit eisiger, lähmender Flamme schoß. Da rannten die Wüstenratten, so schnell sie konnten, und hörten nicht zu rennen auf, bis sie Aurvesh erreichten, und was sie erzählten, schadete Lythande nicht, außer in den Ohren der Frommen.

So klingelte nun Gold in den Taschen des langen, dunklen Magiergewandes, oder vielleicht war es auch verborgen in welchem Unterschlupf auch immer, wo Lythande Zuflucht gefunden hatte.

Zu guter Letzt nämlich hatte der Karawanenmeister sich mehr vor Lythande gefürchtet als vor den Banditen, was zu seiner Großzügigkeit beigetragen hatte, mit der er den Magier entlohnte. Der Sitte entsprechend hatte Lythande weder gelächelt noch Mißfallen ausgedrückt, doch einige Tage später zu Myrtis, der Besitzerin des Aphrodisiahauses in der Straße der Roten Laternen, gemeint, daß Zauberei – obgleich eine nützliche Fähigkeit und voll ästhetischer Erbauung für Philosophen – als solche keine Bohnen auf den Tisch brächte.

Eine seltsame Bemerkung, dachte Myrtis, während sie die Unze Gold wegschloß, die Lythande ihr in Anbetracht eines lange Jahre zurückliegenden Geheimnisses verehrt hatte. Ja, merkwürdig, daß Lythande von Bohnen auf dem Tisch sprach, wenn niemand außer ihr den Magier je einen Bissen oder einen Schluck hatte zu sich nehmen sehen, seit der blaue Stern die hohe schmale Stirn zierte. Noch hatte je eine Frau im Viertel sich brüsten können, daß der große Zauberer für ihre Gunst bezahlt habe, oder sich auch nur vorzustellen vermocht, wie ein solcher Zauberer sich in jener Situation benahm, in der alle Männer gleichermaßen nur von Fleisch und Blut beherrscht wurden.

Vielleicht hätte Myrtis Licht in die Sache bringen können, wenn ihr der Sinn danach gestanden hätte. Zumindest glaubten einige ihrer Mädchen das, wenn Lythande, wie es manchmal vorkam, das Aphrodisiahaus besuchte und sich lange mit der Besitzerin zurückzog, hin und wieder sogar eine ganze Nacht lang. Man erzählte sich, daß das Aphrodisiahaus ein Geschenk Lythandes an Myrtis gewesen sei, und zwar nach einem legendären Abenteuer – von dem man noch jetzt im Basar wisperte –, in das ein Schwarzer Magier, zwei Pferdehändler, ein Karawanenmeister und einige Raufbolde verwickelt gewesen waren, die sich damit großtaten, nie Gold für eine Frau auszugeben, und sich einen Spaß daraus machten, eine ehrliche, arbeitende Frau auszuschmieren. Keiner von ihnen hatte je wieder sein Gesicht – oder was davon übriggeblieben war – in Freistatt gezeigt. Und Myrtis hatte damit geprahlt, daß sie nun nie wieder ihren Unterhalt mit Schweiß verdienen, nie wieder einen Mann unterhalten müsse, sondern das Vorrecht der Hausmutter in Anspruch nehmen könne, ihr Bett mit niemandem teilen zu müssen.

Und außerdem sagten die Mädchen sich auch, daß ein Magier von Lythandes Statur die schönsten Frauen von Freistatt bis zu den Bergen jenseits von Ilsig haben könnte, und nicht nur Kurtisanen, sondern Prinzessinnen, Edeldamen und Priesterinnen. Myrtis war zweifellos in ihrer Jugend von großer Schönheit gewesen, und sie hielt nicht damit zurück, daß Prinzen und Zauberer und Reisende sie reich für ihre Gunst bezahlt hatten. Sie war immer noch schön (und es gab natürlich solche, die behaupteten, Lythande bezahle nicht *sie*, sondern im Gegenteil, sie gäbe dem Magier hohe Summen, damit er ihre Schönheit mit starkem Zauber vor dem Altern bewahre), aber ihr Haar war ergraut, und sie machte sich nicht mehr die Mühe, es mit Henna oder Goldton von Tyrisis-über-dem-Meer zu färben.

Aber wenn Myrtis nicht wußte, wie Lythande sich in jener elementarsten menschlichen Situation verhielt, dann gab es wahrlich keine Frau in Freistatt, die es zu sagen vermocht hätte. Man munkelte auch, daß Lythande Dämoninnen aus der Grauen Wüste herbeibeschwor, um sich mit ihnen in Wollust zu paaren. Ganz sicher war jedenfalls, daß Lythande weder der erste noch der letzte Magier war, von dem man das behauptete.

Doch in dieser Nacht suchte Lythande weder Essen, Trinken noch die Freuden der amourösen Unterhaltung. Obgleich der Magier häufig Gast in Schenken war, hatte noch niemand einen Tropfen Bier, Met oder Feuertrunk über Lythandes Lippen rinnen sehen.

Lythande hielt sich am äußersten Rand des Basars, umging die alte Grenze des Statthalterpalastes und blieb dabei weitgehend im Schatten, den Taschendieben und Straßenräubern zum Trotz. Der Vorliebe für Schatten verdankte der Magier es, daß man sich in der Stadt erzählte, Lythande könne sich in Luft auflösen und aus dem Nichts auftauchen.

Groß und schmal war Lythande, größer als ein hochgewachsener Mann, und dünn fast bis zur Auszehrung. Die blaue, sternförmige Tätowierung des Pilgeradepten zwischen schmalen, hochgeschwungenen Brauen hob sich von der Stirn ab, während der lange Kapuzenumhang mit den Schatten zu verschmelzen schien. Glattrasiert war das Gesicht oder überhaupt bartlos – niemand, solange man sich zurückzuerinnern vermochte, hätte zu sagen gewußt, ob das die Laune eines weibischen Typus war oder die Haarlosigkeit eines Mannes, der anders als die üblichen Sterblichen war. Das Haar unter der Kapuze war so lang und seidig wie das einer Frau, doch ergrauend, wie keine Frau in dieser Stadt von Dirnen es zugelassen hätte.

Schnell an einer schattigen Mauer entlanghuschend, trat Lythande durch eine offene Tür, über der als Glücksbringer die Sandale Thurfirs angenagelt war, des Gottes der Pilger. Doch so leise, wenn nicht gar lautlos, waren des Magiers Schritte, und so gut verschmolz der Kapuzenumhang mit den Schatten, daß Augenzeugen später festen Glaubens geschworen hätten, Lythande wäre aus leerer Luft erschienen, durch Zauberei geschützt oder eine Tarnkappe unsichtbar gemacht.

Um eine Feuerstelle stießen Männer lärmend ihre Krüge zum Klang eines Trinkliedes an, das auf einer abgegriffenen Laute geklimpert wurde. Lythande wußte, daß dieses Musikinstrument dem Wirt gehörte und ausgeliehen werden konnte – was diesmal ein junger Mann getan hatte. Er trug die Überreste eines geckenhaften Satans, dem die Unbilden der Straße nicht bekommen waren, und saß lässig, das eine Knie über dem anderen verschränkt. Als das nicht so ganz feine Trinklied verklang, spielte er ein sanftes Liebeslied aus einer anderen Zeit und einem anderen Land. Der Zauberer kannte dieses Lied, hatte es vor mehr Jahren, als andere sich zurückerinnern konnten, zum erstenmal gehört, als Lythande unter einem anderen Namen bekannt gewesen war und wenig von Zauberei verstanden hatte. Erst als dieses Lied geendet hatte, trat der Magier aus den Schatten und ließ sich sehen. Der Feuerschein brachte den blauen Stern auf der hohen Stirn zum Schimmern.

Ein kurzes Murmeln erhob sich in der Schenke, aber man war hier an Lythandes plötzliches Kommen und Gehen gewöhnt. Der junge Mann blickte den Magier aus Augen entgegen, deren strahlendes Blau unter dem lockigen Schwarzhaar überraschte. Ein schlanker, geschmeidiger Bursche war er, und

Lythande bemerkte das Rapier an seiner Seite, das aussah, als würde es oft benutzt, und das Amulett in Form einer zusammengeringelten Schlange an seinem Hals.

»Wer seid Ihr, daß Ihr wie aus leerer Luft erscheint?« fragte dieser junge Mann.

»Jemand, der Euer Lautenspiel bewundert.« Lythande warf dem Schankburschen eine Münze zu. »Möchtet Ihr etwas zu trinken?«

»Ein Spielmann lehnt eine Einladung nie ab. Singen ist trockene Arbeit.« Doch als ihm der Wein vorgesetzt wurde, sagte er: »Ihr wollt nicht mit mir trinken?«

»Kein Mensch hat Lythande je essen oder trinken gesehen«, murmelte einer der Männer um sie herum.

»Nun, das finde ich nicht freundlich!« rief der junge Minnesänger. »Wenn zwei miteinander trinken, ist das eine Sache, aber ich singe nicht für Bezahlung und trinke nicht außer als freundschaftliche Geste!«

Lythande zuckte die Schultern, und der blaue Stern über den geschwungenen Brauen begann ein bläuliches Licht auszustrahlen. Die Gäste wichen vorsichtig zurück, denn wenn ein Magier mit blauem Stern ärgerlich wurde, war es ratsam, ihm nicht in den Weg zu kommen. Der Spielmann stellte die Laute ab, damit ihr nichts passierte, falls er aufspringen mußte. Aus der peinlichen Bedächtigkeit seiner Bewegungen erkannte der Magier, daß er bereits so manches Glas mit ihm genehmen Kameraden getrunken hatte. Aber der Minnesänger schloß die Hand nicht um seinen Degengriff, sondern um das Schlangenamulett.

»Einem wie Euch bin ich noch nie begegnet«, sagte der junge Mann milde, und Lythande spürte ein leichtes Kribbeln in sich, das einem Magier die Anrufung von Zauberkräften verriet. Lythande schloß daraus, daß das Amulett zu jenen gehörte, die ihren Träger erst dann schützten, wenn dieser eine bestimmte Zahl von wahrheitsgetreuen Feststellungen – gewöhnlich drei bis fünf – über seinen Angreifer oder Feind geäußert hatte. Wachsam, aber belustigt, entgegnete Lythande: »Wie wahr. Auch werdet Ihr nie mehr einem wie mir begegnen, wie lange Ihr noch leben mögt, Spielmann.«

Unter dem bedrohlichen blauen Glühen des Sterns erkannte der Minnesänger den freundlichen Spott um Lythandes Lippen. Er ließ sein Amulett los. »Ich wünsche Euch wahrhaftig nichts Böses, genausowenig wie Ihr mir. Auch das sind Wahrheiten, eh, Zauberer? Und damit genügt es wohl. Doch obwohl Ihr vielleicht wie kein anderer seid, seid Ihr doch nicht der einzige Magier in Freistatt, der einen blauen Stern auf der Stirn trägt.«

Wut funkelte jetzt aus dem blauen Stern, doch nicht auf den Spielmann. Beide wußten es. Die Menge ringsum erinnerte sich plötzlich, daß sie anderswo dringende Geschäfte hatte. Der Minnesänger blickte auf die leeren Bänke.

»Ich fürchte, ich muß für mein Nachtmahl anderswo singen.«

»Es war keine Beleidigung, als ich ablehnte, mit Euch zu trinken«, erklärte Lythande. »Der Schwur eines Magiers ist nicht so leicht umzuwerfen wie eine Laute. Würdet Ihr also als Gastgeschenk ein Abendessen annehmen und zu trinken, soviel Ihr wollt, ohne Euch in Eurer Würde gekränkt zu fühlen? Und darf ich Euch dafür um einen Gefallen bitten?«

»So ist es Sitte in meiner Heimat. Cappen Varra dankt Euch, Magier.«

»Wirt! Euer bestes Mahl für meinen Gast, und soviel er heute nacht zu trinken vermag!«

»Für so großzügige Gastlichkeit werde ich bei dem gewünschten Gefallen nicht kleinlich sein«, versicherte Cappen Varra und bediente sich von den dampfenden Speisen, die ihm vorgesetzt wurden. Während er aß, holte Lythande aus den Falten seines Gewandes einen kleinen Beutel mit süß duftenden Kräutern, rollte sie in ein blaugraues Blatt und drückte den Ring am Finger darauf, daß die Rolle Funken fing. Lythande hob sie an die Lippen, sog daran, und würziger, grauer Rauch stieg auf.

»Was den Gefallen betrifft, nun, er wird Euch keine große Mühe kosten, ich möchte nur, daß Ihr mir von diesem anderen Zauberer erzählt, der wie ich den blauen Stern trägt. Ich kenne keinen anderen meines Ordens südlich von Azehur, und ich möchte sichergehen, daß Ihr nicht mich oder meinen Geist gesehen habt.«

Cappen Varra sog das Mark eines Knochens aus und wischte sich die Finger säuberlich an dem Tuch unter dem Fleischtablett ab. Er gönnte sich noch eine Ingwerpflaume, ehe er antwortete.

»Nicht Ihr wart es, Zauberer, noch Euer Geist oder ein Doppelgänger. Der, den ich sah, hatte weit breitere Schultern als Ihr, und er trug kein Schwert, sondern zwei Dolche über Kreuz an den Hüften. Sein Bart war schwarz, und an seiner Linken fehlten drei Finger.«

»Bei Ils mit den tausend Augen! Rabben Halbhand hier in Freistatt! Wo habt Ihr ihn gesehen, Spielmann?«

»Er durchquerte den Basar, aber ich sah ihn nichts kaufen. Das zweite Mal bemerkte ich ihn in der Straße der Roten Laterne, als er sich mit einer Frau unterhielt. Welchen Gefallen kann ich Euch tun, Magier?«

»Ihr habt ihn mir bereits getan.« Der Zauberer gab dem Wirt Silber – so viel, daß der mürrische Mann den Schutz von Shalpas Mantel auf den Gast herabwünschte, als Lythande ging – und legte eine weitere Münze, doch aus Gold diesmal, neben die geborgte Laute.

»Holt Euch Eure Leier zurück. Mit diesem Instrument hier tut Ihr Eurer Stimme nichts Gutes an.« Aber als der Spielmann den Kopf hob, um dem Zauberer zu danken, war der bereits unbemerkt in den Schatten verschwunden.

Die Goldmünze einsteckend, fragte der Minnesänger: »Woher hat er das gewußt? Und wie ist er so schnell fort?«

»Das weiß allein Shalpa der Flinke«, brummte der Wirt. »Vielleicht ist er durch das Rauchloch der Feuerstelle geflogen? Er braucht den nachtdunklen Mantel Shalpas wahrhaftig nicht, er hat seinen eigenen, der ihn unsichtbar macht. Er bezahlte für Eure Getränke, guter Herr, was hättet Ihr gern?«

Und Cappen Varra fuhr fort, sich zu betrinken; denn das war das Weiseste, wenn man ungewollt in die Privatangelegenheit eines Zauberers verwickelt wurde.

Auf der Straße blieb Lythande stehen und überlegte. Rabben Halbhand war kein Freund, doch bestand auch kein Grund anzunehmen, daß seine Anwesenheit in Freistatt etwas mit Lythande oder Rache zu tun hatte. Hätte es sich um eine Sache des Ordens des Blauen Sterns gehandelt, bei der Lythande Rabben unterstützen müßte, oder wäre Halbhand geschickt worden, alle Angehörigen des Ordens zusammenzurufen, so hätte der Stern, den sie beide trugen, eine Warnung übermittelt.

Jedenfalls konnte es nicht schaden, sich zu vergewissern. Lythande war inzwischen zügig weitergegangen und erreichte nun den alten Marstall hinter dem Statthalterpalast. Es war still dort und der richtige Ort für Magie. Lythande trat in eine der schmalen Seitengassen, faltete den Zaubererumhang um sich, daß kein Licht mehr hindurchdrang, und zog sich immer weiter in die Stille zurück, bis nichts blieb auf der Welt, ja im gesamten Universum, als das Licht des blauen Sterns. Lythande erinnerte sich, wie er angebracht worden war und zu welchem Preis – dem Preis, den ein Adept für Macht bezahlte.

Das blaue Glühen zog sich zusammen, löste sich zu bunten Mustern auf, pulsierte und leuchtete, bis Lythande *in* dem Licht stand. Und dort, an dem Ort-der-nicht-ist, auf einem Thron aus einem gewaltigen Saphir saß der Herr des Steins.

»Sei gegrüßt Mitstern, sternengeborener *Shyryu.*« Dieses Kosewort konnte vielerlei bedeuten: Freund, Gefährte, Bruder, Schwester, Geliebter, Gleichgestellter, Pilger. Wörtlich übersetzt hieß es: *Wesen des Sternenlichts.* »Was führt dich in dieser Nacht aus solcher Ferne in das Pilgerheim?«

»Die Bitte um Erleuchtung, Wesen des Sternenlichts. Habt Ihr jemanden ausgeschickt, mich in Freistatt aufzusuchen?«

»Nein, *Shyryu.* Im Tempel des Sternenlichts ist alles in bester Ordnung. Du wurdest nicht gerufen. Noch ist die Stunde nicht gekommen.«

Jeder Adept des Blauen Sterns weiß es; es ist Teil des Preises der Macht: Wenn die Welt stirbt, wenn alle Taten und alles Sterben der Menschheit ihr Ende finden, wird das letzte, das unter dem Ansturm des Chaos fällt, der Tempel des Sterns sein. Und dann wird der Herr des Sterns am Ort-der-nicht-ist alle Pilgeradepten aus den hintersten Winkeln der Welt zusammenrufen, damit sie mit all ihrer Magie gegen das Chaos kämpfen. Bis zu jenem Tag jedoch sind sie frei, alles zu tun, was ihre Kräfte erhöht. Der Herr des Sterns wiederholte beruhigend: »Die Stunde ist noch nicht gekommen. Du kannst weiter durch die Welt ziehen, wie es dir gefällt.«

Das blaue Glühen verschwand, und Lythande blieb fröstelnd stehen. Also war Rabben nicht hierhergekommen, um zu dieser letzten Pflicht zu rufen. Doch Ende und Chaos mochten für Lythande sehr wohl vor der bestimmten Stunde kommen, wenn sie Rabben Halbhand freie Hand ließ.

Es war eine faire Kraftprobe gewesen, von unseren Meistern angeordnet. Rabben dürfte eigentlich keinen Groll gegen mich hegen … Rabbens Anwesenheit in Freistatt brauchte wirklich nichts mit Lythande zu tun zu haben. Er mochte aus durchaus ehrbaren Gründen hier sein – wenn Rabben überhaupt zu etwas Ehrbarem fähig war. Keinem der Pilger-Adepten wurde vorgeschrieben, wie er leben mußte. Sie hatten nur die eine Pflicht, am Letzten Tag auf der Seite der Ordnung gegen das Chaos zu kämpfen. Und Rabben hatte bisher keinen Grund gesehen, es schon vorher zu tun.

Vorsicht war vonnöten. Lythande wußte, daß Rabben nahe war.

Südöstlich des Statthalterpalasts an der Tempelallee befand sich ein kleiner dreieckiger Park. Tagsüber wandelten dort Prediger und Priester, denen es an Opfergaben und Andächtigen gebrach, über die Kieswege und die Anlagen; des Nachts fand man dort

Frauen, die keine Göttin anbeten außer der des vollen Beutels und leeren Schoßes. Aus beiden Gründen nannte man diesen Park voller Ironie »Himmlisches Versprechen«. In Freistatt, wie anderswo, wußte man sehr wohl, daß Versprechen nicht immer gehalten werden.

Lythande kümmerte sich gewöhnlich weder um Frauen noch um Priester und kam nicht oft dorthin. Der Park schien verlassen zu sein. Ein böser Wind war aufgekommen, er peitschte Büsche und Sträucher, daß sie wie fremdartige Tiere in widernatürlichen Stellungen aussahen, und ächzte gespenstisch um Wände und Giebel der Tempel auf der anderen Straßenseite. Von diesem Wind sagte man in Freistatt, er sei das Stöhnen Azyunas in Vashankas Bett. Lythande ging schnell und mied die Dunkelheit der Pfade. Da zerriß der Schrei einer Frau die Luft.

Aus den Schatten sah der Magier die zerbrechliche Figur eines jungen Mädchens in zerrissenem Gewand. Sie war barfuß, und ihr Ohr blutete, wo ein Ring aus dem Läppchen gerissen war. Sie wehrte sich gegen den unerbittlichen Griff eines stämmigen, schwarzen Mannes. Das erste, was Lythande auffiel, war die Hand um das schmale, knochige Handgelenk des Mädchens, an dem sie es mit sich zerrte. Zwei Finger fehlten ganz und ein dritter bis zum unteren Glied. Erst dann – als es bereits nicht mehr nötig war – sah der Magier den blauen Stern zwischen den buschigen schwarzen Brauen und die katzengelben Augen Rabben Halbhands.

Lythande kannte ihn von früher, aus dem Tempel des Sterns. Schon damals war Rabben ein tückischer Mann und für seine Lasterhaftigkeit verrufen gewesen. Warum, fragte sich Lythande, hatten die Meister nicht verlangt, daß er als Preis für die Macht seine

Laster aufgebe? Lythandes Lippen verzogen sich zu einem freudlosen Grinsen. So berüchtigt war Rabbens Geilheit, daß jeder das Geheimnis seiner Macht kennen würde, wenn er seine Ausschweifungen aufgegeben hätte.

Die Kräfte eines Adepten des Blauen Sterns beruhten auf einem Geheimnis. So, wie in einer alten Sage ein Riese sein Herz in einem Versteck außerhalb seines Körpers aufbewahrte und damit seine Unsterblichkeit sicherte, gab ein Adept des Blauen Sterns all seine psychische Kraft in ein Geheimnis. Entdeckte jemand dieses Geheimnis, ging alle Macht des Adepten auf ihn über. Also mußte Rabbens Geheimnis etwas anderes sein ... Aber Lythande dachte nicht mehr weiter darüber nach.

Das Mädchen schrie mitleiderregend, als Rabben heftig an ihrem Handgelenk riß. Als der Stern des stämmigen Magiers zu glühen begann, warf sie hastig die freie Hand vor die Augen, um sie abzuschirmen. Obgleich Lythande sich eigentlich gar nicht hatte einmischen wollen, trat er aus dem Schatten, und die klare Stimme, deretwegen die Zauberlehrlinge im äußeren Hof des Blauen Sterns Lythande »Minnesänger« statt »Magier« genannt hatten, erschallte: »Bei Shipri Allmutter, laß diese Frau los!«

Rabben wirbelte herum. »Bei den neunhundertneunundneunzig Augen Ils'! Lythande!«

»Gibt es nicht genug Frauen auf der Straße der Roten Laterne, daß du Mädchen, die noch halbe Kinder sind, in der Tempelallee mißhandeln mußt?« Lythande hatte beim Näherkommen gesehen, wie jung Rabbens Opfer war: die dünnen Arme und noch kindlichen Beine und Fußgelenke, den bei weitem noch nicht vollentwickelten Busen unter dem schmutzigen, zerrissenen Kleid.

Rabben wandte sich Lythande zu und höhnte: »Du warst immer zimperlich, *Shyryu*. Keine Frau kommt in diesen Park, wenn sie nicht käuflich ist. Willst du die Dirne für dich? Bist du deiner fetten Hausmutter aus dem Aphrodisia müde?«

»Du wirst ihren Namen nicht in den Mund nehmen, *Shyryu!*«

»So empfindlich der Ehre einer Hure wegen?«

Lythande ging nicht darauf ein. »Laß das Mädchen gehen oder stell dich mir!«

Rabbens Stern schleuderte Blitze. Er stieß das Mädchen zur Seite. Es fiel schlaff auf den Boden und blieb reglos liegen. »Sie wird dort bleiben, bis wir miteinander fertig sind. Hast du dir vielleicht eingebildet, sie könnte fortlaufen, während wir kämpfen? Wenn ich so recht überlege, ich habe dich noch nie mit einer Frau gesehen, Lythande – ist das dein Geheimnis, daß du mit Frauen nichts anzufangen weißt?«

Lythande behielt das gleichmütige Gesicht bei, doch was immer auch kam, Rabben dufte keine Gelegenheit bekommen, sich weiter mit diesem Gedanken zu beschäftigen. »Du magst deinen Trieben auf der Straße nachgehen wie ein Tier, Rabben, ich tue es nicht. Gibst du sie jetzt frei oder willst du lieber kämpfen?«

»Vielleicht sollte ich sie dir überlassen. Das ist ja geradezu unvorstellbar, daß Lythande auf der Straße um eine Frau kämpfen will! Du siehst, ich kenne deine Gewohnheiten gut, *Shyryu*.«

Vashankas Verdammnis! dachte Lythande. *Jetzt muß ich wirklich um das Mädchen kämpfen!*

Lythandes Rapier glitt aus der Scheide und richtete sich fast wie von selbst auf Rabben.

»Ha! Glaubst du wirklich, Rabben läßt sich auf eine Straßenstecherei wie ein gewöhnlicher Söldner ein?«

Lythandes Degenspitze zerplatzte in dem Glühen des blauen Sterns, und die Klinge wurde zu einer schillernden Schlange, die den Kopf nach hinten drehte und sich wand, um am Griff hochzukriechen, als wolle sie sich um Lythandes Faust wickeln, während Gift aus ihren spitzen Fängen troff.

Lythandes Stern blitzte nun auf. Die Waffe war wieder Metall, aber nutzlos in der verdrehten Schlangenform, in der die Spitze so zurückgebogen war, daß sie fast den Griff berührte. Erbost ließ Lythande das verformte Eisen los und schickte Rabben zischenden Feuerregen entgegen. Schnell hüllte der stämmige Adept sich in Nebel, und das sprühende Feuer erlosch.

Ohne sich dessen wirklich bewußt zu werden, bemerkte Lythande, daß sich eine neugierige Zuschauermenge um sie sammelte. Es kam wohl nicht zweimal im Leben vor, daß zwei Adepten des Blauen Sterns ein Zauberduell auf den Straßen Freistatts führten.

Ein heulender Wind peitschte kleine Feuerbrände gegen Lythande. Sie berührten den hochgewachsenen Zauberer und verschwanden. Dann erfaßte ein gewaltiger Wirbelsturm die Bäume, raubte ihnen die Blätter und zwang Rabben in die Knie. Lythande war gelangweilt. Es mußte schnell zu Ende gebracht werden. Nicht einer der glotzenden Zuschauer hätte nachher zu sagen vermocht, was geschehen war. Jedenfalls krümmte Rabben sich, langsam, ganz langsam, wurde Zoll um Zoll auf die Knie gezwungen, dann auf alle viere, langgestreckt auf den Boden, bis sich sein Gesicht tiefer und tiefer in den Staub preßte ...

Lythande drehte sich um und hob das Mädchen hoch. Ungläubig starrte sie auf den stämmigen Zauberer, der heftig seinen schwarzen Bart in den Schmutz bohrte.

»Was habt Ihr ...«

»Das ist unwichtig – verschwinden wir von hier. Der Zauber wird nicht lange anhalten, und wenn er bricht, wird Rabben sehr wütend sein.« Leichter Spott sprach aus Lythandes Stimme, und das Mädchen verstand ihn, wie es Rabbens Bart und Augen und blauen Stern schmutz- und staubbedeckt vor sich sah ...

Sie rannte dicht hinter dem wallenden Umhang des Zauberers. Als sie den Park des Himmlischen Versprechens weit hinter sich hatten, blieb Lythande so plötzlich stehen, daß das Mädchen fast dagegen prallte.

»Wie heißt du, Kleine?«

»Mein Name ist Bercy. Und Eurer?«

»Ein Magier nennt seinen Namen nicht leichthin. In Freistatt bin ich als Lythande bekannt.« Auf sie hinabblickend, bemerkte der Magier mit einem Stich im Herzen, daß sie unter dem Schmutz und der zerrissenen Kleidung sehr schön und sehr jung war. »Du kannst jetzt gehen, Bercy. Er wird dich von nun an in Ruhe lassen. Ich habe ihn in einem fairen Zweikampf besiegt.«

Sie warf sich an Lythandes Brust, schmiegte sich dagegen. »Schickt mich nicht fort«, flehte sie mit weiten, bewundernden Augen. Der Magier runzelte die Stirn.

Das war natürlich zu erwarten gewesen. Bercy glaubte – und wer in Freistatt hätte anders gedacht? –, der Zweikampf wäre um sie ausgetragen worden. Und sie war durchaus bereit, sich dem Sieger hinzugeben. Lythande machte eine abwehrende Gebärde.

»Nein ...«

Des Mädchens Augen verengten sich voll Mitleid. »So stimmt es denn, was Rabben sagte: Euer Geheimnis ist, daß Euch vorenthalten wurde, was den Mann macht?« Aber hinter dem Mitleid verbarg sich ein Hauch von Belustigung – welch aufregenden Klatsch das geben würde! Ein Leckerbissen geradezu für die Straße der Frauen!

»Schweig!« Lythande bedachte sie mit gebieterischem Blick. »Komm!«

Sie folgte dem Magier durch die krummen Gassen zur Straße der Roten Laternen. Festen Schrittes eilte Lythande am Haus der Nixen vorbei, wo es so exotische Freuden geben sollte, wie sich aus dem Namen schließen ließe, dann am Haus der Peitschen, das von allen gemieden wurde, außer jenen, die nur dies und sonst keines besuchen wollten, und kam schließlich, unter dem Antlitz der Grünen Göttin, die noch weit außerhalb Ranke verehrt wurde, zum Aphrodisiahaus.

Bercy schaute sich mit großen Augen um, bewunderte die Säulen der Empfangshalle, den Schein der hundert Laternen, die prächtig gewandeten Frauen, die lässig auf weichen Kissen ruhten, bis sie gerufen wurden. Ja, wahrhaftig waren sie kostbar gewandet, und es gab keine, die nicht edles Geschmeide trug – Myrtis verstand ihr Handwerk und wußte, wie sie ihre Ware zur Schau stellen mußte. Lythande nahm an, daß Neid aus dem Blick der zerlumpten Bercy sprach. Vermutlich verkaufte sie sich im Basar für ein paar Kupferstücke oder einen Laib Brot, seitdem sie alt genug dafür war. Doch irgendwie hatte sie sich – wie Blumen, die auf einem Misthaufen wuchsen – eine bezaubernde, frische Schönheit bewahrt: gold und weiß und blütenhaft. Selbst halbverhungert und in Lumpen rührte sie an Lythandes Herz.

»Bercy, hast du heute schon gegessen?«

»Nein, Herr.«

Lythande rief den riesenhaften Eunuchen Jiro, zu dessen Pflichten es gehörte, besonders geschätzte Kunden zu den Gemächern ihrer Erwählten zu führen und Betrunkene sowie andere Kunden, die sich unbeliebt gemacht hatten, auf die Straße zu setzen. Er kam herbei – mit dickem Bauch und nackt, von einem schmalen Lendentuch und einem Dutzend Ringen im Ohr abgesehen (er hatte einst eine Liebste gehabt, eine Ohrringverkäuferin, die ihn für die Zurschaustellung ihrer Ware benutzt hatte).

»Wie dürfen wir dem Magier Lythande dienen?«

Die Frauen auf den Kissen und Diwans flüsterten überrascht und bestürzt miteinander. Fast vermochte Lythande ihre Gedanken zu lesen:

Keiner von uns ist es je geglückt, des großen Zauberers Aufmerksamkeit auf sich zu lenken oder gar ihn zu verführen! Und nun findet er Gefallen an dieser zerlumpten Straßendirne? Doch da sie Frauen waren, konnten sie die unverfälschte Schönheit des Mädchens unter Schmutz und Lumpen erkennen, das wußte Lythande.

»Ist Madame Myrtis im Haus, Jiro?«

»Sie schläft, o Magier. Sie hat jedoch angeordnet, sie zu wecken, wenn Ihr hierherkommt, gleichgültig zu welcher Stunde. Ist dieses …« Bestimmt kann niemand so hochmütig sein wie der Obereunuch eines vornehmen Hauses. »… dieses Ding *Euer*, Lythande, oder ein Geschenk für meine Madame?«

»Beides, vielleicht. Besorg ihr zu essen und ein Bett für die Nacht.«

»Und ein Bad, Zauberer? Sie hat genug Ungeziefer, die Kissen eines ganzen Stockwerks zu verlausen.«

»Ein Bad, selbstverständlich«, pflichtete Lythande

ihm bei. »Auch eine Badefrau mit Duftstoffen und Öl. Nicht zu vergessen ein Gewand, denn diese Lumpen ...«

»Verlaßt Euch auf mich«, sagte Jiro selbstbewußt. Bercy blickte Lythande verstört an, folgte jedoch dem Eunuchen, als der Zauberer es ihr bedeutete. Als beide gingen, sah Lythande Myrtis an der Tür stehen: eine üppige Frau, nicht mehr jung, aber von der erstarrten Schönheit eines Zaubers. Aus dem makellosen Gesicht strahlten ihre Augen Lythande voll Wärme an, und sie lächelte.

»Mein Teurer, ich hatte dich nicht erwartet. Ist sie dein?« Mit einem Kopfnicken deutete sie auf die Tür, durch die Jiro die verängstigte Bercy geführt hatte. »Sobald du sie aus den Augen läßt, wird sie davonlaufen.«

»Ich wollte, es wäre so, Myrtis. Doch fürchte ich, dieses Glück habe ich nicht.«

»Vielleicht solltest du mir die ganze Geschichte erzählen«, schlug Myrtis vor und lauschte danach der kurzen, aber bildhaften Wiedergabe des Vorfalls.

»Wenn du jetzt lachst, Myrtis, ziehe ich meinen Zauber zurück, dann werden alle in Freistatt sich über deine Runzeln lustig machen können!«

Myrtis kannte Lythande zu lange und zu gut, als daß sie diese Drohung ernstgenommen hätte: »Also ist die Maid, die du gerettet hast, voll wilden Verlangens nach Lythande!« Sie kicherte. »Das hört sich an wie eine alte Ballade.«

»Was kann ich bloß tun, Myrtis? Beim Busen Allmutter Shipris, das bringt mich in arge Verlegenheit!«

»Zieh sie in dein Vertrauen und sag ihr, weshalb du sie nicht in dein Bett nehmen kannst.«

Lythande runzelte die Stirn. »Du kennst mein Geheimnis, weil ich es vor dir nicht verbergen konnte, schließlich kanntest du mich bereits, ehe ich zum Magier gemacht wurde und diesen blauen Stern trug ...«

»Und ehe ich zur Kurtisane wurde«, bestätigte Myrtis.

»Aber wenn dieses Mädchen sich durch ihre Liebe zu mir genarrt fühlt, wird diese Liebe sich in Haß verwandeln. Und ich kann niemandem die Wahrheit sagen, dem ich nicht mein Leben und meine Macht anvertrauen könnte. Nur du hast mein Vertrauen, Myrtis, unserer gemeinsamen Vergangenheit wegen, und das schließt meine Macht ein, solltest du sie je benötigen. Doch diesem Mädchen kann ich sie wahrhaftig nicht anvertrauen!«

»Aber sie schuldet dir etwas, weil du sie vor Rabben gerettet hast.«

»Ich werde mir etwas einfallen lassen«, sagte Lythande. »Bitte beeile dich und bring mir zu essen und trinken, ich bin arg hungrig und durstig.« In einem Gemach, das niemand sonst betreten durfte, aß und trank Lythande, was Myrtis eigenhändig vorsetzte, und die Kurtisane meinte: »Nie hätte ich wie du schwören können, nichts mehr vor den Augen eines Mannes zu mir zu nehmen.«

»Wenn du die Macht eines Magiers suchtest, würdest zweifellos auch du den Schwur halten«, sagte Lythande überzeugt. »Ich komme selten in Versuchung, ihn zu brechen. Ich fürchte nur manchmal, ich könnte es unbewußt tun. In einer Schenke darf ich nicht trinken, denn man kann ja nie wissen, ob unter den Dirnen nicht einer oder auch mehrere dieser merkwürdigen Männer sind, denen es ein Bedürfnis ist, sich wie eine Frau zu kleiden und als solche auszugehen. Aus diesem gleichen Grund möchte ich auch hier unter deinen Mädchen nicht essen und trinken. Alle Macht beruht auf diesem Schwur und dem Geheimnis.«

»Dann kann ich dir leider nicht helfen«, bedauerte Myrtis. »Aber du mußt ihr ja nicht die Wahrheit sagen. Behaupte, du hättest ein Keuschheitsgelübde abgelegt.«

»Das könnte ich tun.« Stirnrunzelnd beendete Lythande das Mahl.

Später wurde Bercy hereingebracht, und ihre Augen leuchteten. Sie wirkte wie verzaubert durch das feine Gewand, das gewaschene Haar, das sich weich um ihr rosiges Gesicht lockte, und den Duft von Badeöl und Parfüm, der sie umgab.

»Die Mädchen tragen hier so hübsche Gewänder, und eine erzählte mir, daß sie zweimal am Tag essen dürfen, wenn sie möchten! Glaubt Ihr, ich bin hübsch genug, daß Madame Myrtis mich hier aufnehmen würde?«

»Wenn du das möchtest? Du bist mehr als nur hübsch.«

Kühn antwortete das Mädchen. »Ich würde viel lieber Euch gehören, Magier.« Wieder schmiegte sie sich an Lythande, schlang die Arme um des Zauberers Hals und hob ihr Gesicht. Lythande berührte selten etwas Lebendes. Es war ein ungewohntes Gefühl, sie sanft in den Armen zu halten und sich die Bestürzung nicht anmerken zu lassen.

»Bercy, Kind, es ist gewiß nicht mehr als eine vorübergehende Laune.«

»Nein«, wimmerte sie. »Ich liebe dich! Ich will nur dich!«

Und dann spürte der Magier ganz unverkennbar wieder das Kribbeln, diese warnende Anspannung der Nerven, die verriet, daß Zauber gewirkt wurde. Doch nicht gegen Lythande. Dagegen hätte der

Magier etwas tun können. Aber irgendwo in diesem Gemach.

Hier, im Aphrodisiahaus? Myrtis, das wußte Lythande, konnte man Leben, Ruf und sogar die Macht des blauen Sterns anvertrauen, das hatte sie oft genug bewiesen. Hätte sie sich wirklich so sehr geändert, um zur Verräterin zu werden, wäre es aus ihrer Aura zu spüren gewesen, als Lythande in ihre Nähe gekommen war.

Also blieb nur das Mädchen, das sich an Lythande klammerte und nun wimmerte: »Ich will sterben, wenn du mich nicht liebst! Ich will sterben! Sag mir, es stimmt nicht, Lythande, daß du nicht lieben kannst! Sag mir, es ist eine böse Lüge, daß Magier entmannt sind, unfähig, eine Frau zu ...«

»Das ist wahrhaftig eine böse Lüge!« unterbrach Lythande sie ernst. »Ich gebe dir meinen heiligen Eid, daß ich nicht entmannt wurde.« Doch Lythandes Nerven kribbelten bei diesen Worten. Magier mochten lügen, und die meisten taten es. Lythande log wie alle anderen, solange es niemandem weh tat. Aber das Gesetz des Blauen Sterns war so: Wurde einem eine Frage gestellt, die unmittelbar mit dem Geheimnis zusammenhing, so durfte ein Adept nicht direkt lügen. Und Bercy war, ohne es zu ahnen, nur eine Frage von der ausschlaggebenden entfernt, die das Geheimnis barg.

Mit aller Macht legte sich Lythandes Magie um den Stoff der Zeit. Das Mädchen stand reglos, war sich nicht bewußt, daß eine bestimmte Spanne verging, während Lythande weit genug von ihr weg trat, um ihre Aura zu lesen. Und wahrhaftig, innerhalb des Gewebes dieses vibrierenden Feldes haftete der Schatten des Blauen Sterns. Rabben, der ihr seinen Willen aufzwang!

Rabben! Rabben Halbhand hatte sie in seine Macht gezwungen, hatte den Plan ausgedacht und durchzuführen begonnen. Dazu gehörte auch die Begegnung mit ihm und dem Mädchen, das scheinbar seine Hilfe brauchte. Bercy stand unter seinem Zauber, und mit ihm hatte sie Lythande angezogen.

Das Gesetz des Blauen Sterns verbat, daß ein Adept des Sterns einen anderen tötete, denn alle wurden am Letzten Tag zum Kampf gegen das Chaos benötigt. Konnte jedoch ein Adept das Geheimnis der Macht eines anderen aufdecken – so war der Machtlose nicht mehr im Kampf gegen das Chaos zu gebrauchen, und es war dann möglich, ihn zu töten.

Was ließ sich jetzt tun? Das Mädchen umbringen? Selbst das würde Rabben als Antwort werten. Durch den Zauber, den Rabben über das Mädchen gewirkt hatte, war sie unwiderstehlich für einen Mann. Rabben würde dann wissen, daß Lythandes Geheimnis in diesem Bereich lag, und er würde nicht mehr ruhen in seinem Bemühen, es aufzudecken. Denn wenn dieser Liebeszauber nicht wirkte, mußte Lythande ein Eunuch sein, oder Jünglinge statt Mädchen lieben, oder ... Lythande wagte nicht weiterzudenken. Das Geheimnis war nur sicher, wenn nicht danach gefragt wurde. In der Aura war es nicht zu lesen, doch eine einfache Frage, und das Ende war gekommen!

Ich sollte sie töten, dachte Lythande. Denn jetzt kämpfe ich nicht nur um meine Zauberkräfte, sondern um mein Geheimnis und mein Leben. Ganz sicher wird Rabben, sobald ich meine Macht verloren habe, keine Zeit verlieren, mich umzubringen, als Rache für seinen Verlust einer halben Hand.

Das Mädchen war immer noch reglos durch den Zeitzauber. Wie leicht sie jetzt getötet werden könnte! Da entsann Lythande sich eines alten Märchens, das vielleicht nützlich sein mochte.

Das Licht flackerte, als die Zeit in das Gemach zurückkehrte. Bercy klammerte sich immer noch wimmernd an Lythande, ohne sich des Zeitverlusts bewußt zu sein. Der Magier hatte inzwischen einen Entschluß gefaßt. Das Mädchen spürte Lythandes Umarmung und den Kuß auf ihren willigen Lippen.

»Du mußt mich lieben, oder ich sterbe!« weinte Bercy.

Lythande versprach: »Du wirst mein sein.« Die weiche Stimme sagte sanft: »Selbst ein Magier ist in der Liebe verwundbar, und ich muß mich schützen. Ein Gemach wird für uns vorbereitet, völlig still und ohne Licht, außer dem, das ich selbst durch Zauber rufe. Du mußt mir schwören, daß du nicht versuchen wirst, mich zu berühren oder zu sehen, außer im Zauberlicht. Schwörst du das bei der Allmutter, Bercy? Denn wenn du es schwörst, werde ich dich lieben, wie noch keine Frau je geliebt wurde.«

Zitternd flüsterte das Mädchen: »Ich schwöre es!«

Mitleid erfüllte Lythandes Herz, denn Rabben hatte Bercy auf grausame Weise verzaubert, daß sie vor heftiger Liebe zu dem Magier brannte, daß nichts anderes als ihre Leidenschaft sie bewegte. Lythande dachte: Wenn sie mich nur ohne den Zauber geliebt hätte, dann könnte ich sie lieben ... Ich wollte, ich könnte ihr mein Geheimnis anvertrauen. Aber sie ist Rabbens Werkzeug. Ihre Liebe zu mir ist allein sein Werk und kommt nicht aus ihrem Herzen – ist nicht echt ...

So mußte alles, was sich nun zwischen ihnen zutragen sollte, lediglich ein Schauspiel sein, das für Rabben aufgeführt wurde.

»Ich werde alle vorbereiten.«

Lythande ging zu Myrtis und sagte ihr, was erforderlich war. Die Frau begann zu lachen, aber ein Blick auf das düstere Gesicht genügte, sie sofort ernst werden zu lassen.

Es schmerzte sie tief, jemanden, den sie liebte, so leiden zu sehen. So sagte sie: »Ich werde alles vorbereiten. Soll ich ihr ein Mittel in den Wein geben, damit ihr Wille geschwächt wird und du es leichter hast, sie zu täuschen?«

Tiefe Bitterkeit sprach aus Lythandes Stimme: »Das hat Rabben bereits getan, als er ihr den Zauber auferlegte, mich zu lieben.«

»Wäre es dir anders lieber?« fragte Myrtis zögernd.

»Alle Götter von Freistatt spotten meiner! Möge Allmutter mir helfen! Ja, anders wäre es mir lieber! Ich könnte sie lieben, wäre sie nicht Rabbens Werkzeug.«

Als alles vorbereitet war, betrat Lythande das verdunkelte Gemach. Es gab hier kein Licht außer dem des blauen Sterns. Das Mädchen lag auf dem Bett und streckte leidenschaftlich die Arme nach dem Zauberer aus.

»Komm zu mir! Komm zu mir, Liebster!«

»Gleich.« Lythande setzte sich neben sie und strich mit einer Zärtlichkeit über ihr Haar, die selbst für Myrtis unerwartet gewesen wäre. »Ich werde dir ein Liebeslied aus meiner fernen Heimat singen.«

Sie räkelte sich in unendlichem Glücksgefühl. »Alles, was du tust, ist gut für mich, mein Liebster, mein Zauberer!«

Die Leere unendlicher Verzweiflung erfüllte Lythande. Bercy war schön und voll brennender Leidenschaft. Sie lag in einem Bett, das für sie beide hergerichtet war – und doch trennten Welten sie voneinander. Der Gedanke war schier unerträglich.

Lythande sang mit klangvoller Stimme, die betörender als jeder Zauber war.

Halb vorbei die Nacht, und des Mondes Sichel
Schwindet, und es bleichen des Himmels Sterne,
Zögernd sich ergebend dem nahen Morgen.
Einsam noch lieg' ich.

Lythande sah Tränen auf Bercys Wangen.

Ich werde dich lieben, wie noch keine Frau je geliebt wurde.

Zwischen dem Mädchen auf dem Bett und der reglosen Gestalt des Magiers bildete sich – während des Zauberers Umhang schwer auf den Boden fiel – ein Schatten, eine Geistgestalt: das Ebenbild Lythandes, hoch und schmal, mit blitzenden Augen und einem Stern zwischen den Brauen, und einem Körper weiß und narbenlos; die Gestalt des Magiers, doch diese gewaltig an Männlichkeit. Dem reglosen Mädchen näherte sie sich, wartete. Bercys Geist, von Verlangen erfüllt, wurde gefangen, gehalten, betört. Lythande ließ Bercy das Trugbild einen Augenblick sehen, die wahre Gestalt dahinter erblickte sie nicht. Und dann, als ihre Augen sich vor Lust durch die Berührung schlossen, strich Lythande sanft mit den Fingerspitzen über die Lider.

»Sehe – was ich dich sehen lasse! Höre – was ich dich hören lasse! Fühle – nur, was ich dich fühlen lasse, Bercy!«

Und nun war das Mädchen ganz dem Zauber des Schattens verfallen. Unbewegt, fast versteinert, beobachtete der Magier, wie ihre Lippen sich um nichts schlossen und einen unsichtbaren Mund küßten. Und Herzschlag um Herzschlag wußte Lythande, was sie berührte, was sie liebkoste. Hingerissen, von

Leidenschaft erfaßt, verzaubert von der Truggestalt, die sie immer wieder auf den höchsten Gipfel der Lust hob, schrie sie ihr Glücksgefühl hinaus. Bitter war es für Lythande, daß dieser Schrei nur dem Schatten galt, der sie besaß. Schließlich lag sie fast bewußtlos vor befriedigter Erschöpfung, und Lythande betrachtete sie voll Qual. Als sie die Augen wieder öffnete, blickte der Magier traurig auf sie hinab.

Bercy hob müde die Arme. »Wahrlich, mein Liebster, du hast mich geliebt, wie noch keine Frau je geliebt wurde.«

Zum ersten und letzten Mal beugte Lythande sich über sie und preßte die Lippen in einem langen, unendlich zärtlichen Kuß auf ihre. »Schlafe, mein Liebling.«

Und als sie in den tiefen Schlaf der Erschöpfung sank, weinte der Magier. Lange, ehe sie erwachte, stand Lythande, zur Reise gerüstet, in Myrtis' kleinem Salon.

»Der Zauber wird anhalten. Sie wird sich beeilen, Rabben Bericht zu erstatten – ihm zu versichern, daß Lythande unvergleichlich in der Liebe ist, daß er unermüdlich in seiner Männlichkeit ist und eine Frau bis zur völligen Erschöpfung zu lieben vermag.« Die Stimme Lythandes war rauh von Bitterkeit.

»Und lange ehe du nach Freistatt zurückkehrst, wird sie frei von dem Zauber sein und dich mit vielen anderen Bettgefährten vergessen haben«, pflichtete Myrtis ihm bei. »So ist es besser und sicherer.«

»Stimmt.« Aber Lythandes Stimme war brüchig. »Paß auf sie auf, Myrtis. Sei gut zu ihr.«

»Das schwör ich dir, Lythande.«

»Wenn sie mich nur hätte lieben können ...« Des Zauberers Stimme brach, und Lythande schluchzte einen Augenblick. Von Mitleid geschüttelt, blickte Myrtis zur Seite, weil sie keinen Trost für den Magier fand.

»Wenn sie mich nur hätte lieben können, wie ich bin, befreit von Rabbens Zauber. Wenn sie mich hätte lieben können, ohne daß ich ihr etwas vormachen mußte! Aber ich fürchtete, ich könnte Rabbens Zauber nicht brechen – noch ihr trauen, daß sie mich nicht verraten würde, wenn sie erst wüßte …«

Myrtis legte die drallen Arme sanft um Lythande.

»Bereust du es?«

Die Frage konnte auf mehr als eine Weise ausgelegt werden. Sie mochte bedeuten: *Bereust du, daß du das Mädchen nicht getötet hast?* Oder sogar: *Bereust du deinen Eid und das Geheimnis, das du bis zum Letzten Tag bewahren mußt?* Lythande beantwortete letzteres: »Wie könnte ich es bereuen? Eines Tages werde ich gegen das Chaos kämpfen mit allen meines Ordens, vielleicht sogar an der Seite Rabbens, wenn er bis dahin nicht ermordet wird. Das allein rechtfertigt mein Dasein und mein Geheimnis. Doch nun muß ich Freistatt verlassen, und wer weiß, wann der Zufall mich wieder hierher verschlägt? Küß mich zum Abschied, meine Schwester.«

Myrtis stellte sich auf die Zehenspitzen und drückte die Lippen auf die des Magiers.

»Auf Wiedersehen, Lythande. Möge die Göttin immer bei dir sein und dich bis ans Ende beschützen. Lebwohl, meine geliebte Schwester.«

Dann legte Lythande den Waffengürtel um und verließ ungesehen die Stadt Freistatt, gerade als der Morgen dämmerte. Die aufgehende Sonne dämpfte das Glühen des blauen Sterns auf ihrer Stirn. Nicht einen Blick warf sie zurück.

Masha

Die Spinnen des Purpurmagiers

Philip José Farmer

Es war die Woche der großen Rattenjagd in Freistatt.

In der folgenden Woche tötete man alle Katzen, derer man habhaft werden konnte, und nahm sie aus.

In der dritten Woche wurden die Hunde umgebracht und aufgeschlitzt.

Masha zil-Ineel war eine der wenigen in der Stadt, die an der Rattenjagd nicht teilnahmen. Sie konnte sich nicht vorstellen, daß eine Ratte, sei sie auch noch so groß – und es gab wahrhaftig große Ratten in Freistatt – einen Edelstein von dieser Größe verschlukken könnte.

Als sich jedoch das Gerücht verbreitete, daß eine Katze beim Verzehr einer Ratte beobachtet worden war, und sich diese Katze anschließend merkwürdig benahm, hielt sie es für ratsam, wenigstens so zu tun, als ob sie Katzen jage. Hätte sie es nicht getan, wären Fragen gestellt worden. Man könnte glauben, sie wüßte etwas, was sonst keinem bekannt war, und dann wäre sie die Gejagte.

Sie würde man jedoch nicht so schnell töten wie die Tiere, man würde sie foltern, bis sie das Versteck des Juwels preisgab. Dabei kannte sie es gar nicht. Sie war sich nicht einmal sicher, ob es diesen Smaragd überhaupt gab.

Es war jedoch jedem bekannt, daß Benna nus-Katarz ihr von dem Juwel erzählt hatte. Das verdankte sie ihrem betrunkenen, äußerst geschwätzigen Ehemann, Eevroen.

Vor drei Wochen, in einer sehr dunklen Nacht, kehrte Masha aus dem Ostviertel der Stadt, in dem die reichen Händler lebten, nach Hause zurück, sie hatte dort als Hebamme gearbeitet. Mitternacht war schon vorbei, aber Wolken verdeckten den Himmel, und sie konnte daher nicht genau feststellen, wie spät es war. Die zweite Frau von Shoozh, dem Gewürzhändler, hatte ihr viertes Kind geboren. Masha selbst war bei der Entbindung zugegen, während Doktor Nadeesh im angrenzenden Zimmer saß, hinter der halb geschlossenen Tür, und ihrem Bericht lauschte. Es war Nadeesh nicht erlaubt, seine Patientinnen entblößt zu sehen, tabu waren vor allem die Brüste und die Scham. Stellten sich bei einer Geburt Schwierigkeiten ein, beschrieb Masha sie ihm und er wies sie an, wie weiter zu verfahren wäre.

Masha ärgerte sich darüber, denn die Ärzte steckten die Hälfte der Bezahlung ein, und waren selten von Nutzen, meist eher hinderlich.

Die halbe Bezahlung war jedoch besser als gar keine. Wenn die Frauen oder Konkubinen der Reichen ebenso abgehärtet und unbekümmert wären, wie die armen Frauen, die ihre Kinder ohne Hilfe dort bekamen, wo sie von den Wehen überrascht wurden, wäre Masha nicht in der Lage, ihre zwei Töchter, sich selbst, ihre kranke Mutter und ihren faulen, stets betrunkenen Ehemann zu ernähren. Das Geld, das sie sich verdiente, indem sie den wohlhabenderen Frauen die Haare legte, Leuten auf dem Marktplatz die Zähne zog und falsche Zähne herstellte, reichte längst nicht aus. Aber als Hebamme verdiente sie gerade soviel hinzu, daß ihre Familie nicht hungern mußte.

Sie hätte gerne mehr verdient und auch den Männern auf dem Marktplatz die Haare geschnitten, aber Gesetz und alte Sitte ließen das nicht zu.

Gleich nachdem sie die Nabelschnur des Neugeborenen verbrannt hatte, um sicherzugehen, daß die Dämonen sie nicht stahlen, und sich ihre Hände rituell gewaschen hatte, verließ sie das Haus von Shoozh. Seine Wachen, die sie kannten, ließen sie ohne weiteres passieren, und auch die Wächter des Ostviertels hielten sie nicht auf. Ein paar konnten es sich jedoch nicht verkneifen, ihr anzubieten, mit ihnen das Lager für die Nacht zu teilen.

»Ich kann es viel besser als dein besoffener Mann!« feixte einer.

Masha war froh, daß die Wächter ihr glühendes Gesicht, dank der Kapuze und der Dunkelheit, im Fackelschein nicht sehen konnten. Denn gewiß würden sie ihre rauhen Worte bedauern, hätten sie bemerkt, daß sie errötete. Sie wüßten dann, daß sie es nicht mit einer der schamlosen Dirnen aus dem Labyrinth zu tun hatten, sondern mit einer Frau, die schon bessere Zeiten gesehen, und einen höheren Rang in der Gesellschaft innegehabt hatte als jetzt. Allein ihr Erröten hätte ihnen das verraten.

Sie konnten es nicht wissen, und Masha konnte es nicht vergessen, daß auch sie einst in dieser bewachten Gegend lebte, und daß ihr Vater ein wohlhabender, wenn nicht sogar reicher Kaufmann war.

Sie ging still weiter. Gern hätte sie ihnen von ihrer Vergangenheit erzählt und ihnen dann all die Schmähworte an den Kopf geworfen, die sie im Labyrinth gelernt hatte. Dadurch aber verlöre sie viel von ihrer Selbstachtung.

Obwohl sie ihre eigene Fackel und in ihrer röhrenförmigen Tasche auch die Mittel bei sich trug, sie zu entzünden, verwendete sie sie nicht. Es war weiser, ohne Licht und somit ungesehen durch die Straßen zu gehen. Viele der Gestalten, die in den Schatten lauerten, ließen sie gewiß unbelästigt ihres Weges ziehen, da sie sie schon seit ihrer Kindheit kannten, andere jedoch wären vielleicht weniger freundlich. Sie würde ihres Handwerkzeugs beraubt und der Kleider, die sie trug, manche täten ihr auch Gewalt an – oder würden es zumindest versuchen.

Flink eilte sie durch die Dunkelheit. Die Gewohnheit verlieh ihren Schritten Sicherheit. Die Lehmziegelbauten der Stadt bildeten eine bleiche Masse vor ihr. Dann führte ihr Weg sie um eine Biegung, und sie sah hier und da ein paar Lichter flackern. Fackeln. Etwas weiter hinten schien Licht aus einer Schenke.

Sie bog in eine enge, sich windende Gasse und schritt in ihrer Mitte dahin. Hinter einer Biegung sah sie eine Fackel, die in einer Halterung an der Wand eines Hauses brannte. Zwei Männer standen daneben. Sofort huschte sie auf die andere Straßenseite und drückte sich an den Mauern der Häuser entlang, an den beiden Gestalten vorbei. Die beiden zogen aus rötlich glühenden Pfeifen den beißenden *Kleetel*rauch, dessen Gestank zu ihr herüberwehte. Es war das Rauschmittel, das die Armen rauchten, wenn sie kein Geld für das teurere *Krrf* hatten – was meistens der Fall war.

Nach weiteren zwei oder drei Pfeifenzügen würden sie sich übergeben müssen. Keiner jedoch verzichtete deshalb auf das darauffolgende Hochgefühl.

Da waren auch noch andere Gerüche, Abfall, an den Mauern angehäuft, Eimer voll mit Exkrementen, und Erbrochenem von den *Kleetel*rauchern und Trinkern. Den Abfall schafften Abwinder mit Ziegenkarren weg, deren Familien das Alleinrecht dafür besaßen. Die Eimer mit den Exkrementen holte eine Abwinder-Familie, die dieses Recht schon seit Jahrhunderten verteidigte. Den Inhalt bekamen die Bauern, die die Exkremente verwendeten, um ihre Erde zu düngen, und den Urin goß man in den Schimmenfohlenfluß, der ihn ins Meer hinaustrug.

Sie hörte auch die Ratten pfeifen, die im Abfall geräuschvoll nach Genießbarem suchten. Hunde knurrten und jaulten als sie die Ratten verfolgten oder miteinander kämpften. Einige Augenblicke lang sah sie Schatten fliehender Ratten. Dann hastete sie katzengleich die Straße hinuter. An den Ecken blieb sie kurz stehen, und sah nach was dahinter lag, dann eilte sie weiter. Als sie noch etwa eine halbe Meile von ihrer Behausung entfernt war, hörte sie vor sich das Trampeln von Füßen. Sie erstarrte und drückte sich an eine Hauswand.

In diesem Augenblick teilten sich die Wolken, und der Mond schien hell am Himmel.

Es war fast Vollmond. In diesem Licht würde nur ein Blinder sie übersehen. Sie huschte über die Straße auf die dunkle Seite, und nutzte erneut die Deckung einer Hauswand.

Das Getrampel der Füße auf dem festgetretenen Dreck der Straße kam näher. Irgendwo über ihr begann ein Baby zu schreien.

Sie zog ihr langes Messer aus der Hülle unter ihrem Umhang, und hielt die Klinge hinter ihrem Rücken. Zweifellos war der Rennende ein Dieb, oder jemand, der vor einem Dieb flüchtete oder vielleicht gar vor einem oder mehreren Meuchelmördern. Wenn es ein fliehender Dieb war, hatte sie nichts zu befürchten. Er hätte keine Zeit, stehenzubleiben, um sie zu berauben. Falls aber jemand hinter ihm her war, könnten seine Verfolger ihre Aufmerksamkeit auf sie richten. Wenn sie sie sahen.

Plötzlich klang das Trampeln der Füße lauter. Um die Ecke bog ein hochgewachsener junger Mann in zerschlissenem Wams, engen Beinkleidern und Stiefeln aus Hirschleder. Er hielt an, stützte sich gegen die Ecke und sah sich um. Sein keuchender Atem klang wie ein rostiges Tor, das der Wind hin und her bewegte.

Jemand verfolgte ihn. Sollte sie hierbleiben und abwarten? Er hatte sie nicht bemerkt, aber würden auch seine Verfolger zu beschäftigt sein und sie übersehen?

Der Junge wandte ihr sein Gesicht zu, und sie hielt den Atem an. Es war so verschwollen, daß sie ihn beinahe nicht erkannt hätte. Es war Benna nus-Katarz, der vor zwei Jahren von Ilsig hierhergekommen war. Niemand wußte warum, aber nach dem ungeschriebenen Gesetz von Freistatt fragte ihn auch keiner.

Sogar im Mondlicht und über die Straße hinweg, konnte sie die Schwellungen und dunklen Flecken in seinem Gesicht und an den Händen erkennen, die wie Quetschungen aussahen, seine Finger erinnerten an verfaulende Bananen.

Er wandte sich nochmals um und spähte um die Ecke. Sein Atem klang nun weniger schwer. Sie konnte seine Verfolger bereits hören, bald würden sie hier sein.

Benna stieß einen leisen, klagenden Laut der Verzweiflung aus. Er stolperte weiter die Straße hinunter und hielt vor einem Haufen Abfall inne. Eine Ratte kroch daraus hervor, blieb ein paar Schritte vor ihm stehen und quiekte. Die Ratten von Freistatt waren mutige Tiere.

Jetzt vermochte Masha die herbeieilenden Verfolger bereits deutlich zu hören, auch Worte, die wie das Reißen von Papier klangen, drangen an ihr Ohr.

Benna stöhnte. Er griff mit den geschwollenen Fingern unter sein Wams und holte etwas hervor. Obwohl Masha ihn aufmerksam beobachtete, konnte sie nicht erkennen, was es war. Lautlos tastete sie sich an der Wand entlang auf einen Hauseingang zu. Die Dunkelheit dort würde ihr noch mehr Deckung geben.

Benna blickte auf den Gegenstand in seiner Hand. Er sagte etwas, und Masha hielt es für einen Fluch. Sie war sich nicht sicher, denn er sprach im Dialekt der Ilsig.

Das Baby über ihr weinte nicht mehr. Seine Mutter hatte ihm wohl die Brust gegeben oder etwas Wasser, dem ein Mittel zur Beruhigung beigemischt war.

Jetzt zog Benna erneut etwas aus seinem Wams hervor. Was immer es war, er wickelte es um das andere Ding und warf es der Ratte vor.

Das ziemlich große graue Tier rannte weg, als es den Gegenstand in hohem Bogen auf sich zufliegen sah. Einen Herzschlag später jedoch kam es zurück und beschnüffelte den kleinen Ball. Dann schnellte es, immer noch schnüffelnd, vorwärts, berührte ihn mit der Schnauze, kostete vielleicht davon, und rannte weg, den Gegenstand in der Schnauze.

Masha beobachtete, wie die Ratte sich durch einen Spalt in dem alten Lehmziegelhaus an der nächsten Ecke zwängte. Niemand lebte dort. Es verfiel schon seit Jahren, keiner kümmerte sich darum, selbst verzweifelte Obdachlose und Landstreicher mieden es.

Man munkelte, daß der Geist des alten Lahboo Eisenfaust seit seiner Ermordung in dem Haus spukte, und niemand legte Wert darauf, die Wahrheit der Geschichten, die man sich über dieses Haus erzählte, zu ergründen.

Benna, dessen Atem noch immer etwas schwer ging, tappte hinter der Ratte her. Masha hörte die Schritte der Verfolger näherkommen und glitt weiter an der Mauer entlang, wobei sie sich stets im Schatten hielt. Sie interessierte sich für das, was Benna von sich geworfen hatte, wollte aber auf keinen Fall mit ihm in Verbindung gebracht werden, wenn seine Jäger ihn einholten.

An der Ecke blieb der Jüngling stehen und sah sich um. Es schien, als könnte er sich nicht entscheiden, in welche Richtung er sich wenden sollte. Er schwankte und stürzte auf die Knie. Stöhnend kippte er nach vorne. Mit ausgestreckten Armen versuchte er seinen Fall abzufangen.

Masha hatte vor, ihn seinem Schicksal zu überlassen. Es war das Vernünftigste, was sie tun konnte. Als sie jedoch um die Ecke bog, hörte sie ihn ächzen. Dann war ihr, als sagte er etwas von einem Juwel.

Sie hielt inne. War es das, was er, vielleicht in ein Stück Käse gedrückt, der Ratte vorgeworfen hatte? Bestimmt war es mehr Geld wert, als sie in ihrem ganzen Leben verdienen konnte. Wenn sie es nur an sich bringen könnte. Ihre Gedanken rasten, ihr Herz schlug heftig, und ihr Atem ging schwer. Ein Juwel! Ein Juwel? Damit könnte sie sich ein besseres Leben leisten, sich, ihrer Mutter und ihren Kindern.

Vielleicht würde sie sogar Eevroen los.

Sie dachte aber auch an die schreckliche Gefahr, die ihr drohte. Sie hörte die Verfolger im Augenblick zwar nicht, aber das hieß nicht, daß sie die Gegend verlassen hatten. Wahrscheinlich durchstöberten sie jeden Winkel und suchten hinter jeder Tür. Vielleicht aber hatte einer Benna schon erspäht und die anderen herbeigeholt. Sie könnten bereits hinter der Ecke stehen und sich für einen plötzlichen Angriff bereit machen.

In Gedanken sah sie die Messer in ihren Händen.

Wenn sie jetzt alles auf eine Karte setzte und verlor, kostete es sie das Leben, und ihre Mutter und Töchter hätten keinen Ernährer mehr. Sie müßten betteln, denn auf Eevroen wäre kein Verlaß. Handoo und Kheem, drei und fünf Jahre alt, würden, kämen sie nicht vorher um, Kinderhuren. Das war nahezu unvermeidlich.

Sie war sich nicht schlüssig, was sie tun sollte, nur wenige Sekunden blieben ihr zum Handeln. In diesem Moment gaben die Wolken den Mond wieder frei. Das nahm ihr die Entscheidung ab. Sie rannte über die Straße auf Benna zu. Er lag noch immer im Dreck der Straße. Sein Kopf ruhte neben stinkenden Haufen Hundekot. Sie steckte ihren Dolch zurück in die Hülle und kniete nieder. Er schnappte entsetzt nach Luft, als sie ihn herumdrehte.

»Bleib ruhig«, flüsterte sie sanft. »Hör zu, kannst du aufstehen, wenn ich dir helfe? Ich bringe dich weg!«

Der Schweiß rann ihr über die Augen, als sie sich nach der Ecke, weit hinten, umsah. Sie konnte nichts sehen, aber wenn die Jäger schwarz gekleidet wären, hätte man sie aus dieser Entfernung auch nicht bemerken können.

Benna stöhnte. »Ich sterbe, Masha«, quetschte er heraus.

Masha preßte die Zähne zusammen. Sie hatte gehofft, er würde ihre Stimme nicht erkennen, wenigstens nicht, bis sie in sicherer Entfernung wären. Würden seine Verfolger ihn lebend finden, und ihren Namen von ihm erfahren, wären sie hinter ihr her. Sie dächten dann gewiß, sie hätte das Juwel, oder was immer es war, wonach sie suchten.

»Hier, steh auf«, sagte sie, und bemühte sich, ihm zu helfen. Sie war klein, etwa fünf Fuß groß und wog zweiundachtzig Pfund. Aber sie hatte die Muskeln einer Katze, und die Angst verlieh ihr zusätzliche Kraft. Es gelang ihr, Benna auf die Beine zu bringen. Wankend brachte sie ihn zu dem Torbogen des Hauses an der Ecke.

Benna roch merkwürdig, wie nach verwesendem Fleisch, aber trotzdem anders als alles, was sie bisher gerochen hatte. Es überlagerte den Geruch von kaltem Schweiß und Urin, der seinem Körper und den Kleidern anhaftete.

»Es hat keinen Zweck«, stieß Benna zwischen den stark angeschwollenen Lippen hervor. »Ich sterbe. Der Schmerz ist schrecklich, Masha.«

»Komm weiter!« zischte sie scharf. »Wir sind gleich da.«

Benna hob den Kopf. Das Fleisch um seine Augen war aus der Haut geplatzt. Masha hatte noch nie zuvor solche Geschwülste gesehen. Die dunkle Färbung und die Schwellung sahen aus wie bei einer Leiche, die fünf Tage in der Sommerhitze gelegen hatte.

»Nein!« murmelte er. »Nicht in das Haus vom alten Lahboo!«

Unter anderen Umständen hätte Masha gelacht. An ihrer Seite war ein sterbender Mann, oder einer, der glaubte, er stürbe. Und der Tod wäre ihm sicher, fiele er in die Hände seiner Häscher. (Mir erginge es nicht besser, dachte sie.) Trotzdem schreckte er davor zurück, die einzige Zuflucht, die ihm blieb, zu betreten, aus Angst vor einem Geist.

»Du siehst schlimm genug aus, um sogar Eisenfaust zu vertreiben«, sagte sie. »Geh weiter, oder ich lasse dich hier liegen.«

Sie brachte ihn durch den Torbogen, allerdings nicht ohne Mühe, da das untere Viertel noch mit Brettern verschlagen war. Die Bohlen weiter oben waren im Laufe der Zeit bereits nach innen gebrochen. Allein die Furcht vor diesem Ort hielt die Leute davor zurück, das Holz zu stehlen, obwohl Holz selten und teuer war in der Wüstenstadt.

Gerade als sie hineingeklettert waren – Benna fiel mehr als er kletterte –, hörten sie einen Mann etwas in dieser zischenden, reißenden Sprache sagen. Er war ganz nahe, konnte aber eben erst gekommen sein. Andernfalls hätte er die beiden gehört.

Masha hatte geglaubt, an die Grenzen ihrer Ängste gelangt zu sein, doch nun wußte sie, daß dies noch lange nicht der Fall war. Der Sprecher war ein Raggah!

Obwohl sie die Sprache nicht verstand – keiner in Freistatt sprach oder verstand sie – hatte sie schon öfter einen Raggah sprechen hören. Etwa alle dreißig Tage kamen fünf oder sechs der vermummten Gestalten, mit Kapuzen und Schleiern vor dem Mund, in den Basar und auf den Bauernmarkt. Sie beherrschten nur ihre eigene Sprache, aber sie verwendeten eine Menge Zeichen und Münzen, um das, was sie wollten, zu bekommen. Dann ritten sie wieder davon auf ihren Pferden, ihre Maultiere schwer beladen mit Nahrungsmitteln, Wein, Vuksibah (sehr teurer Malzwhisky, der aus einem Land hoch im Norden kam) und verschiedenen anderen Gegenständen, wie

Kleidung, Schüsseln, Pfannen, Seile, Kamel- und Pferdehäute. Ihre Kamele schleppten Tragekörbe, die gefüllt waren mit Futter für Hühner, Enten, Pferde und Schweine. Die Raggah erstanden auch Stahlwerkzeuge wie Schaufeln, Spitzhacken, Bohrer, Hämmer und Keile.

Sie waren hochgewachsen, und obwohl ihre Haut sehr dunkel war, hatten sie blaue oder grüne Augen, hart und durchdringend, und nur wenige wagten es, ihnen direkt in die Augen zu sehen. Man sagte, sie hätten die Gabe – oder den Fluch – des bösen Blicks.

Ihre Anwesenheit in dieser dunklen Nacht hätte schon genügt, Masha vor Angst zu Stein werden zu lassen. Aber was noch mehr wog, und was ihr das Blut in den Adern stocken ließ – sie waren die Diener des Purpurmagiers!

Masha ahnte nun, was geschehen war. Benna hatte die Unverfrorenheit und die unglaubliche Dummheit besessen, in das Untergrundlabyrinth des Purpurmagiers auf der Flußinsel Shugthee einzudringen, um einen Edelstein zu stehlen. Es war erstaunlich, daß er den Mut dazu gehabt hatte, erstaunlicher aber noch, daß er unbemerkt in die Höhlen hatte eindringen können. Schon fast unglaublich schien es ihr, daß er bis zur Schatzkammer vorgedrungen war, das größte Wunder jedoch war es, daß es ihm gelungen war, wieder herauszukommen. Welch phantastische Geschichten könnte er wohl erzählen, wenn er überlebte! Masha vermochte sich nicht zu erinnern, jemals von etwas Vergleichbarem wie den Abenteuern, die Benna durchgestanden haben mußte, gehört zu haben.

»*Mofandsf!*« dachte sie in der Sprache der Diebe von Freistatt. »Phantastisch!«

In diesem Moment gaben Bennas Knie nach. Mit

großer Mühe hielt sie ihn einigermaßen aufrecht. Irgendwie brachte sie es fertig, ihn durch die Tür in den angrenzenden Raum, und dort in einen Schrank zu zerren. Falls die Raggah hereinkämen, würden sie zwar hier nachsehen, aber sie konnte ihn nicht mehr weiter schleppen.

Bennas Ausdünstung war in der heißen Luft im Inneren des Schrankes noch ekelerregender, obwohl die Türen nahezu völlig geöffnet waren. Sie legte ihn nieder. Er murmelte »Spinnen – Spinnen.«

Sie flüsterte ihm ins Ohr: »Nicht so laut, Benna. Die Raggah sind in der Nähe. Benna, was ist mit den Spinnen?«

»Bisse – Bisse«, murmelte er. »Schmerzen – der – Smaragd – reich ...!«

»Wie bist du hineingekommen?« Sie hielt ihre Hand nahe an seinen Mund, um ihn zuhalten zu können, falls er anfangen sollte, lauter zu sprechen.

»Was..? Kamelauge ... abe ...«

Sein Körper streckte sich, die Füße stießen an den unteren Rand der Schranktür. Masha preßte ihre Hand auf seinen Mund. Sie fürchtete, daß er in seinem Todeskampf, falls es das war, aufschreien würde. Es war sein Todeskampf! Er stöhnte und entspannte sich. Masha nahm die Hand weg, und ein langer Seufzer entrang sich seinem geöffneten Mund.

Sie blickte um die Ecke des Schrankes. Draußen war es nur wenig heller als im Haus, und eine Gestalt im Türrahmen hätte sich gegen den Hintergrund abgehoben. Das Geräusch von Bennas Stiefeln war den Jägern gewiß nicht entgangen. Sie sah niemanden, aber es war möglich, daß bereits jemand im Haus war und an der Wand stand, um nach weiteren Geräuschen zu lauschen.

Sie fühlte Bennas Puls. Er war tot, oder zumindest

fast, so daß es keine Rolle mehr spielte. Sie erhob sich und zog langsam ihren Dolch aus der Hülle. Dann stieg sie aus dem Schrank und duckte sich, überzeugt, daß ihr Herzschlag in dem stillen Raum zu hören war.

So unerwartet, daß sie einen leisen Schrei ausstieß, schrillte draußen eine Pfeife. Füße stampften durch den Raum. Es war jemand hier! Sie sah eine große Gestalt durch den sich blaß vom Hintergrund abhebenden Torbogen eilen. Aber sie sprang nach draußen. Der Raggah hatte die Pfeife der Garnisonssoldaten gehört – die ganze Stadt mußte sie gehört haben – und zog sich mit seinen Gefährten zurück.

Masha wandte sich wieder um und durchsuchte Bennas Wams und sein Lendentuch. Aber außer langsam kalt werdendem weichen Fleisch fand sie nichts. Es dauerte nur einen Augenblick, dann war sie auf der Straße. Einen Block weiter bemerkte sie das Licht von Fackeln, das sich ihr langsam näherte. Von den Trägern selbst war noch nichts zu sehen. In dem wilden Durcheinander von Schreien und Pfiffen floh sie, und hoffte, daß sie nicht einem saumseligen Raggah in die Arme lief, oder einem Soldaten.

Mashas Behausung lag im zweiten Stock eines Lehmziegelhauses, das mit zwei weiteren einen Block bildete. Sie betrat es von der Seite, aus der Straße des versiegten Brunnens. Zuerst mußte sie jedoch Shmurt, den alten Pförtner wecken, indem sie an die dicke Eichentür klopfte. Er brummte etwas von später Stunde, zog den Riegel zurück und ließ sie ein. Sie gab ihm einen *Padpool*, eine kleine Kupfermünze, für seine Mühe und sein Schweigen. Er reichte ihr ihre Öllampe, sie entzündete sie und stieg die Steinstufen hinauf.

Um in die Wohnung zu kommen, mußte sie ihre Mutter wecken. Wallu gähnte und blinzelte im Licht einer Öllampe an der Ecke. Masha trat ein und löschte sogleich ihre Lampe. Öl war teuer, und viele Nächte schon hatten sie im Dunkeln zubringen müssen.

Wallu, eine große, dürre Frau von fünfzig, mit hängenden Brüsten und tief ins Gesicht gegrabenen Falten, küßte ihre Tochter auf die Wange. Ihr Atem roch sauer vom Schlaf und Ziegenkäse. Aber Masha freute sich über den flüchtigen Kuß. In ihrem Leben war wenig Platz für Zärtlichkeit. Und doch war sie voll davon. Sie war wie ein Gefäß, das zu platzen drohte, weil es zu voll war.

Das Licht auf dem wackeligen Tisch in der Ecke erhellte spärlich den Raum mit den kahlen Wänden ohne Teppiche. In der hinteren Ecke schliefen die beiden Kinder auf übereinandergeschichteten, zerschlissenen, aber sauberen Decken. Neben ihnen stand ein kleiner Nachttopf aus gebranntem Ton, der mit den ineinander verschlungenen, scharlachfarbenen und schwarzen Ringen der Darmek-Zunft bemalt war.

Eine andere Ecke beherbergte ihr Werkzeug zur Herstellung falscher Zähne: Wachs, Gußformen, winzige Meißel, Sägen, teurer Draht, Hartholz, Eisen und ein Block Elfenbein. Erst vor kurzem hatte sie das Geld zurückzahlen können, das sie für den Kauf hatte borgen müssen. In der gegenüberliegenden Ecke befand sich Wallus Liegestätte und daneben ein Nachttopf mit denselben Verzierungen. Ein uraltes, wackeliges Spinnrad war in der Nähe. Wallu verdiente damit etwas Geld, aber nicht viel. Ihre Hände waren von Arthritis verkrüppelt, eines ihrer Augen war trüb, und das andere verlor aus unbekannten Gründen nach und nach die Sehkraft.

Entlang der Lehmwand stand ein Holzkohleofen aus Messing, und darüber befand sich der hölzerne Abzug. In einer Kiste war Holzkohle. Ein großer Schrank seitlich davon enthielt Getreide, etwas getrocknetes Fleisch, Teller und Messer. An der Seite war ein Krug aus gebranntem Ton für Wasser, daneben ein weiteres Lager aus Decken.

Wallu deutete auf den Vorhang, der die Tür zum angrenzenden Raum ersetzte. »Er kam heute früh nach Hause. Seine Freunde haben ihm wohl nicht allzuviel zu trinken spendiert. Aber er ist besoffen genug, daß es für zwölf Seeleute reichen würde.«

Masha schnitt eine Grimasse, ging zum Vorhang und schob ihn zur Seite.

»Shewaw!« (Ein Ausdruck des Ekels.)

Der Gestank, der ihr in die Nase drang, war derselbe, der ihr manchmal aus der Schenke Zum Wilden Einhorn entgegenschlug: eine Mischung aus Wein und Bier, altem und frischem Schweiß, Erbrochenem und Urin, gebratenen Blutwürsten, *Krrf* und *Kleetel*.

Eevroen lag auf dem Rücken, sein Mund stand offen, und seine Arme waren weit ausgebreitet. Er war einst ein hochgewachsener, muskulöser Jüngling mit sehr breiten Schultern, schlanker Taille und langen Beinen gewesen. Jetzt war er fett, fett, fett, hatte ein Doppelkinn und massige Ringe schwabbeligen Fettes um die Mitte. Die einst so strahlenden Augen waren nun rot unterlaufen und verschwanden fast hinter den dunklen Tränensäcken, und der früher so süße Atem stank jetzt schier unerträglich. Er war eingeschlafen, ohne sich vorher auszuziehen, sein Wams, schmutzig und mit den verschiedensten Dingen befleckt, einschließlich Erbrochenem, war zerrissen. Er trug abgelegte Sandalen, vielleicht hatte er sie auch gestohlen.

Masha weinte seinetwegen schon lange nicht mehr. Sie stieß ihm in die Rippen, was ihn veranlaßte, einen Grunzlaut auszustoßen und ein Auge zu öffnen. Aber es schloß sich gleich wieder, und er schnarchte sofort weiter wie ein Schwein. Das wenigstens war ein Segen. Wie viele Nächte hatte sie damit zugebracht, ihn anzuschreien, während er sie anblaffte, und wie oft schon hatte sie ihn abwehren müssen, wenn er nach Hause kam und seine Männlichkeit beweisen wollte? Sie konnte es nicht zählen.

Masha hätte sich längst schon von ihm getrennt, wenn nur eine Möglichkeit bestünde. Aber das Gesetz des Reiches gab bloß den Männern das Recht, sich scheiden zu lassen, es sei denn, die Frau konnte beweisen, daß ihr Gatte impotent oder zu krank war, Kinder zu zeugen.

Angewidert wandte sie sich ab und ging zum Waschplatz. Als sie an ihrer Mutter vorbeikam, hielt eine Hand sie fest.

Wallu sah sie mit ihrem einen, halb brauchbaren Auge an und sagte: »Kind! Mit dir ist etwas geschehen! Was war es?«

»Ich sage es dir gleich«, erwiderte Masha und wusch sich das Gesicht, die Hände und unter den Achseln. Später bereute sie zutiefst, daß sie Wallu keine Lüge erzählt hatte. Doch wie konnte sie ahnen, daß Eevroen aus seinem Rausch erwachen und nüchtern genug werden würde, um zu hören, was sie sagte? Hätte sie ihn nur nicht aus Wut getreten ... Doch das Bedauern half nichts. Aber welcher Mensch vergeudet nicht manchmal Zeit mit Reue?

Gerade erzählte sie ihrer Mutter ihr Erlebnis mit Benna, als sie ein Grunzen hinter sich hörte. Sie fuhr herum und sah Eevroen, der schwankend vor dem Vorhang stand, ein dummes Grinsen auf seinem fetten Gesicht – dem Gesicht, das sie einst so liebte.

Eevroen taumelte auf sie zu, seine Hände hielt er ausgestreckt, als wollte er sie packen. Er sprach mit schwerer Zunge, aber verständlich genug.

»Warum bischtu nischt hinter der Ratte her? Wennu schie gefangen hättescht, wären wir jetscht reich.«

»Schlaf weiter«, sagte Masha. »Das hat mit dir nichts zu tun.«

»Nix mit mir schu tun?« brüllte Eevroen. »Was meinschtu? Ich bin dein Mann! Wasch dir gehört, gehört auch mir. Ich will den Schtein!«

»Du verdammter Narr«, erwiderte Masha und versuchte, nicht zu schreien, damit die Kinder nicht aufwachten, und die Nachbarn nichts hörten. »Ich habe den Stein nicht. Ich hatte keine Möglichkeit, an ihn heranzukommen, falls es ihn überhaupt gab.«

Eevroen fuhr mit einem Finger die Nase entlang zum Auge hinauf und zog das untere Lid herunter. »Falsch esch ihn gab, ha? Mascha, du nimmscht mich aufn Arm. Du hascht den Schtein, und du lügscht vor deiner Mu … Mu … Mama.«

»Ich lüg' nicht!« schrie sie ihn an. Ihre Vorsätze, die Ruhe zu bewahren, hatten sie plötzlich, entgegen aller Vernunft, verlassen. »Du fettes, stinkendes Schwein! Ich habe Schreckliches durchgemacht und wurde beinahe umgebracht, und alles, woran du denken kannst, ist der Edelstein, den es wahrscheinlich nicht einmal gibt. Benna lag im Sterben. Er wußte vermutlich nicht mehr, wovon er sprach. Ich habe den Stein nie gesehen! Und …«

Eevroen knurrte: »Du willsch ihn nur nischt rausrücken!« Dann sprang er auf sie zu.

Sie hätte ihm leicht ausweichen können, aber ihr Ärger ging mit ihr durch. Sie griff nach einem Tonkrug voll Wasser und ließ ihn auf Eevroens Kopf heruntersausen. Der Krug hielt stand, Eevroen nicht. Er fiel mit dem Gesicht auf den Boden. Blut quoll aus einer Platzwunde am Kopf, und er schnarchte.

Die Kleinen waren inzwischen aufgewacht und saßen still im Bett.

Kinder aus dem Labyrinth lernen schon sehr früh, nicht so schnell zu weinen.

Zitternd kniete sich Masha nieder und untersuchte die Wunde. Dann erhob sie sich und ging an ein Regal. Sie kehrte mit einigen Lumpen zurück, schmutzigen – seinetwegen gewaschene zu verwenden, wäre eine Verschwendung. Sie fühlte seinen Puls, er schlug regelmäßig genug für einen Trunkenbold, der soeben durch einen harten Schlag ins Land der Träume befördert worden war.

Wallu erkundigte sich: »Ist er tot?«

Sie fragte nicht seinetwegen. Ihre Sorge galt ihr selbst, den Kindern und Masha. Falls ihre Tochter hingerichtet würde, weil sie ihren Mann erschlagen hatte, ob sie nun im Recht war oder nicht, wären sie und die Kinder ohne Ernährer.

»Er wird morgen früh denken, daß ihm der Kopf platzt«, erwiderte Masha. Mit etwas Mühe drehte sie Eevroen um, damit er mit dem Gesicht nach unten lag, dann hob sie seinen Kopf zur Seite und schob ihm ein paar Tücher unter. Falls er sich in der Nacht übergeben sollte, würde er nicht daran ersticken. Einen Augenblick lang war sie versucht, ihn wieder so hinzurollen, wie er gefallen war. Aber der Richter könnte dann vielleicht meinen, sie sei an seinem Tod schuld.

»Wir lassen ihn hier liegen«, sagte sie. »Ich will mir nicht das Kreuz brechen, nur um ihn in unser Bett zurückzuschleppen. Abgesehen davon stinkt er so gräßlich und schnarcht so laut, daß ich ohnehin neben ihm nicht schlafen könnte.«

Eigentlich hätte sie sich Sorgen machen müssen, was er am nächsten Morgen vielleicht tun würde. Aber sie fühlte sich merkwürdigerweise überschwenglich gut. Endlich hatte sie getan, was schon seit Jahren anstand, und das besänftigte ihren Ärger – fürs erste zumindest.

Sie ging in ihr Zimmer und malte sich aus, wieviel schöner ihr Leben ohne Eevroen wäre. Ihre Gedanken wanderten, und ehe sie einschlief, dachte sie daran, welches Leben sie führen könnte, besäße sie das Juwel, das Benna der Ratte vorgeworfen hatte.

Sie erwachte etwa eine Stunde nach Sonnenaufgang, was für sie ungewöhnlich spät war. Der Duft von Brot, das eben gebacken wurde, stieg ihr in die Nase. Nachdem sie auf dem Nachttopf gesessen hatte, erhob sie sich und zog den Vorhang zur Seite. Sie wunderte sich, warum es im nächsten Zimmer so ruhig war. Eevroen war weg. Die Kinder auch. Wallu, die die kleinen Glöckchen am Vorhang gehört hatte, wandte sich zu ihr um.

»Ich habe die Kinder zum Spielen hinausgeschickt«, sagte sie. »Eevroen stand bei Sonnenaufgang auf. Er behauptete, daß er nicht mehr wüßte, was in der Nacht vorgefallen war, aber ich kann beschwören, daß er gelogen hat. Er stöhnte ein wenig, es tat ihm wohl der Kopf weh. Dann frühstückte er einen Bissen und verließ das Haus.« Wallu grinste. »Ich glaube, er hat Angst vor dir.«

»Gut!« brummte Masha. »Hoffentlich bleibt das so.«

Sie setzte sich, während Wallu umherhinkte und

ihr einen halben Laib Brot, ein Stück Ziegenkäse und eine Orange brachte. Masha fragte sich, ob ihr Mann sich wohl an das erinnerte, was sie ihrer Mutter über Benna und den Edelstein erzählt hatte.

Er erinnerte sich!

Als sie mit dem Klappstuhl unter dem Arm, auf den sie ihre Patienten setzte, zum Basar ging, umringten sie sofort ganze Scharen von Männern und Frauen. Alle wollten etwas von dem Juwel wissen.

Der verdammte Idiot! dachte sie.

Eevroen versorgte sich heute mit Trinkbarem, indem er seine Geschichte erzählte. Wo immer er umherstolperte – in den Schenken, im Basar, auf dem Bauernmarkt und im Hafen –, überall verbreitete er seine Neuigkeiten. Offensichtlich aber erwähnte er nichts davon, daß Masha ihn ohnmächtig geschlagen hatte. Es hätte ihm nur Spott eingebracht, und er hatte anscheinend noch genug Stolz, den Vorfall zu verschweigen.

Zunächst versuchte Masha, alles zu leugnen. Sie erkannte jedoch, daß die meisten ihr nicht glauben würden, jeder würde meinen, sie hätte den Stein. Ihr Leben wäre von da an nicht mehr viel wert. Vielleicht verlöre sie es sogar. Es gab viele, die nicht zögerten, sie an einen abgelegenen Ort zu schleppen und sie so lange zu foltern, bis sie verriet, wo der Edelstein war.

Also beschrieb sie genau, was geschehen war, erwähnte jedoch nicht, daß sie versucht hatte, Eevroen den Schädel einzuschlagen. Wenn sie ihn öffentlich lächerlich machte, würde er vielleicht wütend und verprügelte sie.

An diesem Tag hatte sie nur einen Patienten. Denn so schnell jene wegrannten, die die Geschichten gehört hatten, um nach Ratten zu suchen, so schnell nahmen andere ihren Platz ein. Und dann kamen, was unvermeidlich war, die Soldaten des Statthalters. Sie war überrascht, daß sie nicht schon früher erschienen waren. Sicherlich hatte einer ihrer Informanten ihnen die Neuigkeit zugetragen, sofort nachdem er sie selbst erfahren hatte. Und das mußte gleich gewesen sein, nachdem sie in den Basar gekommen war.

Erst wurde sie vom Unteroffizier befragt, dann nahmen sie sie zum Wachhaus mit. Dort erzählte sie einem Hauptmann ihre Geschichte. Anschließend mußte sie einem Oberst noch einmal dasselbe berichten. Nachdem sie dann mindestens zwei Stunden in einem Raum zugebracht hatte, brachte man sie zum Statthalter. Der gutaussehende Jüngling hielt sie erstaunlicherweise nicht lange auf. Er hatte offenbar über ihre Schritte Nachforschungen angestellt. Er mußte einen Zeitplan angefertigt haben, von dem Zeitpunkt, da sie Shoozs Haus verließ, bis zu dem Augenblick, als sie heimkam. Also hatte man ihre Mutter ebenfalls befragt.

Einem Gardisten waren zwei fliehende Raggah aufgefallen, das bestätigte ihre Aussage.

»Na, Masha«, sagte der Statthalter. »Da habt Ihr ja ein Rattennest aufgescheucht.« Er lächelte über seinen eigenen Scherz, und die Gardisten und Höflinge lachten.

»Es gibt keinen Beweis, daß dieses Juwel tatsächlich existiert«, sagte er. »Wir haben nur Bennas Geschichte, und der starb unter großen Schmerzen an Gift. Mein Arzt untersuchte seine Leiche, und er versicherte mir, daß die Schwellungen von Spinnenbissen stammen. Natürlich ist er nicht allwissend. Es wäre nicht das erste Mal, daß er sich irrt.«

»Die Leute werden jedoch glauben, daß es dieses wertvolle Juwel tatsächlich gibt. Und was immer irgend jemand, mich eingeschlossen, auch sagen mag, wird sie nicht vom Gegenteil überzeugen. Ihr Eingreifen wird jedoch auch eine gute Seite haben, für eine Weile werden wir von den Ratten befreit sein.«

Er machte eine Pause, runzelte die Stirn und sagte schließlich: »Es wäre allerdings auch möglich, daß dieser Benna dumm genug gewesen ist, etwas vom Purpurmagier zu stehlen. Ich kann mir keinen anderen Grund vorstellen, weshalb die Raggah ihn sonst verfolgt haben sollten. Es mag sich jedoch auch etwas anderes zugetragen haben. Wenn es dieses Juwel aber gibt, ist der, der es findet in größter Gefahr. Der Purpurmagier wird nicht zulassen, daß, wer immer es findet, es auch behält.

Das ist zumindest meine Meinung. Ich weiß nicht viel über den Magier, aber das wenige, was ich weiß, erweckt keineswegs den Wunsch in mir, ihn besser kennenzulernen.«

Masha wollte ihn fragen, warum er nicht seine Soldaten zur Insel schickte, um den Magier herzuholen. Aber sie behielt es für sich. Der Grund war offensichtlich. Niemand, nicht einmal der Statthalter, wollte den Zorn eines Zauberers heraufbeschwören. Solange der Magier den Statthalter nicht direkt bedrohte, würde dieser ihn in Ruhe lassen, und er konnte ungestört seinen Geschäften nachgehen, was immer diese waren.

Als die Befragung beendet war, wies der Statthalter den Schatzmeister an, Masha einen Goldsheboozh zu geben.

»Das sollte den Verlust, den Ihr durch die Befragung vielleicht erlitten habt, mehr als gut machen.«

Masha dankte ihm überschwenglich, verbeugte sich, als sie sich rückwärts entfernte, und machte sich dann eilig auf den Heimweg.

In der folgenden Woche fand die große Katzenjagd statt. Es wurde auch in Mashas Wohnung eingebrochen. Sie war gerade unterwegs, um im Haus des Kaufmanns Ahloo shik-Mhanukhee bei der Geburt eines Babys zu helfen. Drei maskierte Männer schlugen Shmurt, den Hausmeister, nieder und traten die Türe zu ihrer Wohnung ein. Während die Mädchen und ihre Mutter in einer Ecke kauerten, stellten die Männer alles auf den Kopf. Sie leerten sogar den Nachttopf, um sicherzugehen, daß darin nichts versteckt war.

Sie fanden nicht, wonach sie suchten, und einer der Männer schlug in seiner Wut Wallu einen Zahn aus. Masha war jedoch dankbar, daß sie den kleinen Mädchen keine Gewalt angetan hatten. Das lag jedoch weniger am Edelmut der Einbrecher, als an der Tatsache, daß der Hausmeister wieder die Besinnung erlangte. Er schrie sofort um Hilfe, und die drei Gauner ergriffen die Flucht, ehe die Nachbarn die Soldaten alarmieren konnten.

Eevroen kam weiterhin spät nachts betrunken nach Hause. Er sprach wenig, die Wohnung diente ihm nur noch zum Essen und Schlafen. Masha war selten wach, wenn er da war. Es hatte den Anschein, daß er sein Bestes tat, ihr aus dem Weg zu gehen. Ihr war das recht.

Mehrmals, bei Tag und Nacht, hatte Masha den Eindruck, daß ihr jemand folgte. Sie tat ihr möglichstes, herauszufinden, wer ihr Schatten war, aber es gelang ihr weder während des Tages noch in der Nacht. Sie glaubte schließlich, daß ihre Nerven ihr alles nur vorgaukelten.

Dann begann die große Hundejagd. Masha hielt das für den Gipfel der Hysterie und Dummheit. Aber es bereitete ihr Sorgen. Was würde als nächstes dran sein, wenn alle Hunde gefangen und geschlachtet waren? Oder, um genauer zu sein, wer? Masha hoffte nur, es würde nicht sie selber treffen.

Während der Woche der Hundejagd wurde die kleine Kheem krank. Masha ging arbeiten, und als sie nach Sonnenuntergang heimkam, litt Kheem an hohem Fieber. Wallu sagte, daß sie auch Krämpfe hatte. Masha ging sofort zu Doktor Nadeeshs Haus im Ostviertel. Er hieß sie eintreten und ließ sie die Krankheitssymptome der kleinen Kheem beschreiben. Er weigerte sich jedoch, Masha nach Hause zu begleiten.

»Das Labyrinth ist nachts zu gefährlich«, sagte er. »Auch am Tag würde ich mich ohne Leibwächter nicht dorthin wagen. Du hättest das Kind zu mir bringen sollen.«

»Sie ist zu krank, um außer Haus gebracht zu werden«, erwiderte Masha. »Ich bitte Sie, kommen Sie mit mir.«

Nadeesh blieb hart, aber er gab ihr einige Pulver mit, die das Fieber des Kindes senken würden.

Sie dankte ihm mit Worten, innerlich aber verfluchte sie ihn. Auf dem Rückweg, sie war nur noch einen Block von ihrer Wohnung entfernt, hörte sie plötzlich dumpfe Schritte hinter sich. Sie sprang zur Seite, wirbelte herum und zog gleichzeitig ihren Dolch. Es schien kein Mond, nur ein spärlicher Lichtschein kam von einer Öllampe hinter einem vergitterten Fenster im ersten Stock über ihr.

In diesem Schimmer erblickte sie einen großen

Schatten in einem Kapuzenumhang. Der Größe nach war es ein Mann. Dann hörte sie einen leisen, heiseren Fluch, und fand ihre Vermutung bestätigt. Er hatte versucht, sie von hinten zu packen oder niederzuschlagen, aber ihr unerwarteter Sprung hatte sie gerettet. Für den Augenblick zumindest. Jetzt griff der Mann sie wieder an, und sie erblickte etwas Langes, Dunkles in seiner erhobenen Hand. Eine Keule.

Statt vor Angst zu erstarren oder wegzurennen, duckte sie sich und griff ihn an. Das hatte er nicht erwartet. Und ehe er sich von seiner Verblüffung erholen konnte, fuhr ihm ihre Klinge in die Kehle.

Im Fallen riß er sie jedoch mit und fiel hart auf sie. Einen Augenblick lang blieb ihr die Luft weg. Sie war hilflos, und als sie einen zweiten Schatten über sich sah, wußte sie, daß sie keine Chance hatte.

Der zweite Mann, der ebenfalls einen Umhang mit Kapuze trug, hob den Arm, um seine Keule auf ihren Kopf niedersausen zu lassen.

Sie wand sich, aber der Tote nagelte sie fest, und sie konnte nichts tun, als den Schlag zu erwarten. Kurz dachte sie an die kleine Kheem, dann sah sie, daß der Mann die Keule fallen ließ. Er ging in die Knie und umklammerte etwas, das ihm den Atem geraubt hatte.

Einen Augenblick später lag er mit dem Gesicht nach unten im Staub, tot oder ohnmächtig.

Der Mann, der über dem zweiten Angreifer stand, war klein und breit und trug ebenfalls einen Kapuzenumhang. Er steckte etwas in die Tasche, wahrscheinlich den Strick, mit dem er den Angreifer erdrosselt hatte, dann näherte er sich ihr vorsichtig. Er schien nichts in den Händen zu halten.

»Masha?« fragte er sanft.

Inzwischen war sie wieder zu Atem gekommen

und arbeitete sich unter dem Toten hervor. Sie zog ihren Dolch aus seiner Kehle und stand auf.

Der Mann sprach mit fremdem Akzent. »Du kannst deinen Dolch einstecken, meine Liebe. Ich habe dich nicht gerettet, um dich anschließend umzubringen.«

»Ich danke dir, Fremder«, erwiderte sie. »Bleib aber trotzdem stehen, wo du bist.«

Trotz ihrer Warnung kam er zwei Schritte näher. Da wußte sie, wer er war. Kein anderer in Freistatt roch so nach ranziger Butter.

»Smhee«, sagte sie, ebenso sanft wie er zuvor.

Er kicherte.

»Du kannst mein Gesicht nicht sehen. Also werde ich, obwohl es gegen meine religiöse Überzeugung ist, ein Bad nehmen und meinen Körper und meine Haare nicht mehr mit Butter einschmieren. Ich bewege mich so leise wie ein Schatten, aber was hilft mir das, wenn mich jeder schon von weitem riechen kann?«

Sie ließ kein Auge von ihm, als sie sich bückte und ihren Dolch am Umhang des Toten säuberte.

»Bist du mir ständig gefolgt?«

Er pfiff vor Erstaunen durch die Zähne. »Du hast mich gesehen?«

»Nein, aber ich wußte, daß mir jemand nachschleicht.«

»Ah! Du hast den sechsten Sinn. Oder ein schlechtes Gewissen. Komm, laß uns gehen, ehe uns jemand hier sieht.«

»Ich wüßte gerne, wer diese Männer sind – waren.«

»Das waren Raggah«, erwiderte Smhee. »Zwei weitere warten etwa fünfzig Schritt von hier. Sie passen auf, denke ich. Bald werden sie kommen, um herauszufinden, warum sich diese beiden hier nicht mit dir sehen lassen.«

»Willst du damit sagen, daß der Purpurmagier hinter mir her ist? Warum denn?«

»Ich weiß es nicht. Vielleicht glaubt er, was so viele andere auch glauben. Nämlich, daß dir Benna mehr erzählt hat, als du zugibst. Aber jetzt komm! Schnell!«

»Wohin?«

»Zu dir nach Hause. Dort können wir uns doch unterhalten, nicht wahr?«

Eilig gingen sie zu ihrem Haus. Smhee blickte ständig zurück, aber die Stelle, an der sie die beiden Männer getötet hatten, war nicht mehr zu sehen. Als sie an die Haustür kamen, hielt Masha inne.

»Wenn ich jetzt nach dem Hausmeister klopfe, könnten es die Raggah hören«, flüsterte sie. »Aber ich muß rein. Meine Tochter ist sehr krank. Sie braucht die Medizin, die mir Dr. Nadeesh gegeben hat.«

»Ah, deshalb warst du bei ihm«, sagte Smhee. »Also gut, klopf jetzt an die Tür. Ich decke uns den Rücken.«

Er war plötzlich verschwunden, für einen so fetten Mann wie er bewegte er sich erstaunlich gewandt. Sein Geruch jedoch blieb.

Sie tat, wie er sie geheißen, und Shmurt kam sofort brummelnd zur Tür und sperrte auf. Gerade als sie eintrat, wurde der Geruch von Butter stärker und Smhee war neben ihr. Er schloß die Tür, ehe der überraschte Hausmeister protestieren konnte.

»Er ist in Ordnung«, beruhigte Masha den Aufgeregten.

Der alte Shmurt musterte Smhee im Licht seiner Öllampe. Selbst bei besserer Beleuchtung hätte er jedoch sein Gesicht nicht sehen können. Es war hinter einer grünen Maske verborgen.

Shmurt wirkte angewidert.

»Ich weiß ja, daß dein Mann nicht viel taugt«, krächzte er. »Aber daß du dich mit diesem Ausländer, diesem Faß ranziger Butter einläßt ... *shewaw!*«

»Du siehst das ganz falsch«, erwiderte Masha gekränkt.

Smhee meinte:

»Ich muß unbedingt baden. Jeder erkennt mich sofort.«

»Ist Eevroen zu Hause?« fragte Masha.

Shmurt grunzte und sagte: »So früh? Nein, du und dein stinkender Liebhaber seid sicher.«

»Verdammt noch mal!« brauste Masha auf. »Er ist geschäftlich hier!«

»Tja, geschäftlich.«

»Hüte deine Zunge, du alter Furz«, tobte Masha, »oder ich schneide sie dir raus.«

Shmurt schlug die Tür zu seinem Zimmer hinter sich zu und schimpfte. »Hure, Schlampe, Ehebrecherin!«

Masha zuckte die Schultern, entzündete ihre Lampe und ging die Treppe hinauf. Smhee folgte ihr. Wallu war sehr überrascht, als der fette Mann mit ihrer Tochter eintrat.

»Wer ist das?«

»Da ist jemand, der mich nicht kennt?« staunte Smhee. »Stimmt etwas nicht mit ihrer Nase?«

Er nahm die Maske ab.

»Sie verläßt selten das Haus«, erklärte Masha. Dann eilte sie zu Kheem, die schlafend auf ihrem Deckenhaufen lag. Smhee nahm seinen Umhang ab, und zum Vorschein kamen dünne Arme und Beine, und ein Körper, der aussah wie ein Käselaib. Hemd und Weste aus Samt, mit glitzernden Ziermünzen bestickt, schmiegten sich eng an seinen Körper. Ein breiter Ledergürtel umspannte seinen Wanst. Daran hingen zwei Hüllen, in denen Messer steckten, und eine weitere, aus der das Ende einer Bambuspfeife ragte, und ein Ledersack, der etwa so groß war wie Mashas Kopf. Um eine Schulter und seitlich vom Hals war ein dünner Strick aufgewickelt.

»Handwerkszeug«, erklärte er, als er Mashas fragenden Blick bemerkte.

Masha wunderte sich, welchem Handwerk er wohl nachging, hatte aber keine Zeit ihn zu fragen. Sie fühlte Kheems Stirn und Puls und ging zum Wasserkrug, der auf einem Sims in der Ecke stand.

Sie mischte das Pulver mit dem Wasser, wie Nadeesh sie angewiesen hatte, und gab etwas von der Lösung auf einen großen Löffel, dann wandte sie sich um. Smhee kniete neben dem Kind und kramte in seinem Lederbeutel am Gürtel.

»Ich verstehe etwas vom Heilen«, erklärte er, als sie zu ihm kam. »Hier, vergiß die Medizin dieses Quacksalbers und nimm das.«

Er erhob sich und reichte ihr einen kleinen Lederumschlag.

Sie sah ihn nur an.

»Ja, ich kann mir schon denken, daß du mit einem Fremden kein Risiko eingehen willst. Aber glaub mir, bitte. Dieses grüne Pulver ist tausendmal besser als das Beruhigungsmittel, das dir Nadeesh gegeben hat. Wenn das dem Kind nicht hilft, schneide ich mir die Kehle durch, das verspreche ich dir.«

»Was das wohl dem Baby nützt«, brummte Wallu.

»Ist das ein Zaubertrank?« fragte Masha.

»Nein. Zauberei würde nur die Schmerzen lindern, doch die Krankheit heilen kann sie nicht. Da, nimm es. Ich möchte nicht, daß ihr beide jemals ein Wort darüber verliert, aber ihr sollt wissen, daß ich einst in der Kunst des Heilens unterwiesen wurde. Und dort, wo ich herkomme, sind die Ärzte denen in Freistatt zwanzigmal überlegen.«

Masha musterte sein dunkles, glänzendes Gesicht. Er sah aus, als wäre er etwa vierzig. Die hohe breite Stirn, die lange gerade Nase und sein wohlgeformter Mund hätten ihm ein gutes Aussehen verliehen, wären nicht die übermäßig dicken Wangen und das Doppelkinn gewesen. Seine Beleibtheit tat jedoch seiner Intelligenz keinen Abbruch. Die schwarzen Augen unter den buschigen Brauen blickten scharf und lebhaft.

»Ich kann es mir nicht leisten, mit Kheem ein Risiko einzugehen«, sagte Masha.

Er lächelte, vielleicht, weil er die Unsicherheit in ihrer Stimme bemerkt hatte.

»Du kannst es dir nicht leisten, es nicht zu tun«, erwiderte er. »Wenn du deinem Kind das nicht gibst, wird es sterben. Und je länger du zögerst, desto näher kommt sie dem Tod. Jeder Augenblick zählt.«

Masha nahm den Umschlag und ging zum Wasserkrug zurück. Sie legte den Löffel nieder, ohne den Inhalt zu verschütten, und begann nach Smhees Anweisungen zu arbeiten. Er blieb bei Kheem, eine Hand hatte er auf ihre Stirn gelegt, die andere auf die Brust. Sie atmete rasch und flach.

Wallu protestierte. Masha wies sie an, den Mund zu halten, schärfer, als sie es eigentlich wollte. Wallu biß sich auf die Lippen und beobachtete Smhee.

Smhee richtete Kheems Oberkörper auf und hielt sie, als Masha ihr die grünliche Flüssigkeit einflößte. Schon etwa zehn Minuten später begann das Fieber zu sinken. Nachdem der Sand einmal durch das

Stundenglas gerieselt war, bekam sie einen weiteren Löffel voll. Bei Sonnenaufgang schien das Fieber aus ihrem Körper gewichen zu sein und sie schlief friedlich.

Während sie Krankenwache hielten, sprachen Masha und Smhee leise miteinander. Wallu war kurz vor Sonnenaufgang zu Bett gegangen, schlief aber noch nicht. Eevroen war nicht erschienen. Wahrscheinlich schlief er in einem leeren Kahn im Hafen oder in einem Torweg seinen Rausch aus. Masha war froh darüber. Sie hatte sich schon darauf vorbereitet, ihm einen weiteren Krug über den Schädel hauen zu müssen, für den Fall, daß er sich aufregen und die kleine Kheem wecken sollte.

Sie hatte den kleinen fetten Mann schon einige Male gesehen, wußte aber nicht viel über ihn. Auch sonst kannte keiner ihn näher. Er war vor sechs Wochen (sechzig Tagen) nach Freistatt gekommen. Ein Kauffahrer der Banmaltleute brachte ihn her, was aber über seine Herkunft wenig aussagte, denn das Schiff lief viele Länder und Inseln an.

Smhee hatte sich gleich ein Zimmer im ersten Stock über der »Khabeeber«- oder »Tauchervogel«-Schenke genommen. (Der Wirt hatte sein Gasthaus spaßeshalber so genannt, weil er der Meinung war, seine Gäste tauchten ebenso tief in den Alkohol, um ihr Ende zu finden, wie der *Khabeeber* im Ozean nach Fischen taucht.) Er arbeitete nicht, man wußte jedoch, daß er weder stahl, noch Leute ausraubte. Er schien genug Mittel zu besitzen für seine Zwecke, was immer diese auch waren, führte jedoch ein einfaches Leben. Weil er Körper und Haare mit ranziger Butter einschmierte, nannte man ihn heimlich den »Stinkenden

Butterball« oder den »Alten Stinker«. Er besuchte alle Schenken und war auch oft im Basar und auf dem Markt anzutreffen. Soviel man von ihm wußte, zeigte er weder an Frauen, Männern, noch an Kindern sexuelles Interesse. Oder, wie ein Witzbold sagte: »Nicht einmal an Ziegen.«

Seine Religion kannte keiner, man munkelte aber, daß er in seinem Zimmer ein Idol in einem kleinen hölzernen Kästchen aufbewahrte.

Jetzt, als sie auf dem Boden neben Kheem saßen, und ihr jede halbe Stunde Wasser zu trinken gaben, stellte Masha ihm Fragen. Genau wie er ihr.

»Du bist mir gefolgt«, sagte Masha. »Warum?«

»Ich habe auch andere Frauen beobachtet.«

»Du hast mir noch nicht den Grund dafür genannt.«

»Immer der Reihe nach. Ich habe hier etwas zu erledigen, und ich brauche eine Frau, die mir dabei hilft. Sie muß schnell sein, stark, sehr mutig und intelligent – und verzweifelt.«

Er sah sich auf eine Art und Weise in dem Zimmer um, als müßte jemand, der hier lebte, in der Tat verzweifelt sein. »Ich kenne deine Geschichte«, sagte er. »Du stammst aus einer wohlhabenden Familie, und als Kind lebtest du im Ostviertel. Du bist nicht im Labyrinth zur Welt gekommen und dort aufgewachsen, und du willst hier raus. Du arbeitest hart, aber du kannst dir deine Träume nicht erfüllen. Nicht, bis dir etwas Unerwartetes über den Weg läuft, und du den Mut hast, danach zu greifen, was immer das für Folgen für dich haben mag.«

»Das hat doch etwas mit Benna und dem Edelstein zu tun, habe ich recht?«

»Ja.« Er zögerte.

»Und mit dem Purpurmagier.«

Sie holte tief Luft. Ihr Herz schlug schneller, was aber nicht an ihrer Müdigkeit lag. Kälte durchfuhr ihren Körper von den Zehen bis unter die Kopfhaut – eine nicht unangenehme Kälte.

»Ich habe, im Schatten verborgen, dein Haus beobachtet«, sagte er. »Viele Nächte. Und vor zwei Nächten sah ich die Raggah, wie sie sich in andere Schatten duckten, und dein Fenster ebenfalls nicht aus den Augen ließen. Glücklicherweise kam an diesem Abend kein Baby zur Welt, dem du helfen mußtest. Aber heute nacht ...«

»Warum sollten die Raggah an mir interessiert sein?«

Er lächelte.

»Du solltest schlau genug sein, das zu wissen. Der Magier ist der Meinung, du wüßtest mehr über das Juwel, als du verrätst. Vielleicht meint er auch, Benna erzählte dir mehr, als du zuzugeben bereit warst.«

Er hielt kurz inne und fragte schließlich: »Hat er?«

»Warum sollte ich es dir erzählen, wenn es so gewesen wäre?«

»Du schuldest mir dein Leben. Falls dir das nicht genug Vertrauen zu mir gibt, überzeugt dich das vielleicht. Ich habe einen Plan, wenn er gelingt, wirst du reicher sein als jeder Kaufmann, wahrscheinlich sogar reicher als der Statthalter selbst. Du wirst sogar Freistatt verlassen können und in die Hauptstadt ziehen. Oder wohin immer du willst.«

Sie dachte, wenn Benna es geschafft hat, dann könnten wir es auch. Aber Benna hatte es nicht geschafft.

Sie sagte. »Warum brauchst du eine Frau? Warum nicht einen anderen Mann?«

Smhee schwieg eine ganze Weile. Offensichtlich überlegte er, wieviel er ihr verraten konnte. Plötzlich lächelte er, und etwas schien von ihm zu fallen, wie eine unsichtbare Last. Er sah fast schlanker aus.

»Ich bin so weit gegangen«, sagte er. »Also muß ich den Weg auch zu Ende gehen. Es gibt nun kein Zurück mehr. Der Grund, warum ich eine Frau brauche, ist die Zauberkraft des Magiers. Sie hat eine schwache Stelle. Seine magische Verteidigung ist so aufgebaut, daß sie Männer abwehrt. Gegen Frauen wird er keine Verteidigung aufrechterhalten. Es kommt ihm gewiß nicht in den Sinn, daß eine Frau versuchen könnte, seine Schätze zu stehlen, oder – ihn zu töten.«

»Woher weißt du das?«

»Ich glaube, es wäre nicht klug, dir das jetzt zu erzählen. Du mußt es mir glauben. Ich weiß weitaus mehr über den Purpurmagier als sonst jemand in Freistatt.«

»Selbst wenn es so ist, mag das noch nicht viel sein.«

»Laß es mich dir anders erklären. Ich weiß viel über ihn. Genug, um ihm sehr gefährlich werden zu können.«

»Weiß er viel über dich?«

Smhee lächelte wieder. »Er weiß nicht, daß ich hier bin. Sonst wäre ich längst tot.«

Sie unterhielten sich bis Sonnenaufgang. Masha hatte sich bis dahin bereits entschieden. Versagte sie, würde sie ein schreckliches Schicksal erwarten. Ihre Töchter und ihre Mutter wären noch schlimmer dran. Viel schlimmer. Wenn sie aber weiterlebte wie bisher, hieße das, die drei auf jeden Fall ins Elend zu stürzen. Sie, Masha, könnte ja an Fieber sterben oder getötet werden, dann hätten sie keinen Ernährer mehr und niemanden, der sie beschützte.

Abgesehen davon war, wie Smhee unnötigerweise

andeutete, der Magier bereits hinter ihr her. Ihre einzige Verteidigungsmöglichkeit war ein rascher Angriff. Sie hatte keine Wahl, außer zu warten wie ein dummes Schaf, das zur Schlachtbank geführt wird. In ihrem Fall würde das Schaf jedoch gefoltert werden, ehe man es umbrachte.

Smhee wußte, wovon er sprach, als er sagte, sie befände sich in einer verzweifelten Lage.

In der trügerischen Dämmerung vor dem eigentlichen Morgengrauen erhob sie sich steif, ging durchs Zimmer und blickte aus dem Fenster. Es überraschte sie nicht, daß die Leichen der Raggah verschwunden waren.

Kurz darauf erwachte Kheem mit glänzenden Augen und verlangte nach Essen. Masha bedeckte sie mit Küssen und bereitete unter Freudentränen das Frühstück. Smhee ging. Er wollte vor Mittag zurück sein. Aber er schenkte ihr fünf *Shaboozh* und ein paar kleinere Münzen. Masha weckte ihre Mutter und gab ihr das Geld. Sie sagte ihr, daß sie einige Tage nicht hier sein würde. Wallu wollte wissen weshalb, aber Masha erklärte ihr fest, daß es besser für sie wäre, wenn sie nichts Näheres wüßte.

»Wenn Eevroen sich dafür interessiert, wo ich bin, dann sag ihm, ich wurde von einem reichen Bauern gerufen, um bei einer Entbindung zu helfen. Will er den Namen wissen, dann sag ihm, er heißt Shkeedur sha-Mizl. Er lebt weit außerhalb und kommt nur zweimal im Jahr in die Stadt, außer er hat wichtige Geschäfte zu erledigen. Es spielt keine Rolle, daß das eine Lüge ist. Wenn ich nämlich zurückkomme, und das ist schon sehr bald, gehen wir sofort hier weg. Pack alles, was wir für eine lange Reise brauchen in diesen Beutel. Kleider, Eßgeschirr und die Medizin. Wenn Kheem einen Rückfall haben sollte, dann gib ihr von Smhees Pulver.«

Wallu fing an zu jammern, und Masha mußte sie beruhigen.

»Versteck das Geld. Nein! Leg einen *Shaboozh* so hin, daß Eevroen ihn findet, wenn er nach Geld sucht. Den Rest bewahre gut auf, daß es ihm nicht in die Hände fällt. Er wird den *Shaboozh* nehmen und saufen gehen, dann hast du Ruhe vor seinen lästigen Fragen.«

Als die flammende Messingschüssel der Mittagssonne ihren Höhepunkt erreicht hatte, kam Smhee. Seine Augen waren rot, aber er schien nicht erschöpft zu sein. Er trug eine Teppichtasche, aus der er zwei Umhänge zog, zwei Gewänder und zwei Masken, wie sie die Priester Shalpas in der Öffentlichkeit trugen.

Er fragte: »Wie bist du deine Mutter und die Kinder losgeworden?«

»Eine Nachbarin paßt auf die Kinder auf, bis Mutter vom Einkaufen zurück ist«, antwortete sie.

»Eevroen hat sich noch nicht blicken lassen.«

»Er wird auch noch lange auf sich warten lassen«, sagte Smhee. »Im Vorübergehen ließ ich eine Münze fallen, als er an mir vorbeistolperte. Er schnappte sie natürlich und verschwand damit in der nächsten Schenke.

Die ›*Segelfisch*‹ wird den Hafen in drei Tagen verlassen. Ich habe eine Überfahrt auf ihr gebucht, und auch ein Versteck gefunden, falls sich die Abfahrt verzögern sollte. Ich war den ganzen Vormittag beschäftigt.«

»Du hast gebadet«, stellte sie fest.

»Das könnte dir auch nicht schaden«, sagte er.

»Aber du kannst im Fluß baden, wenn wir dort sind. Zieh das an.«

Sie ging in ihr Zimmer, legte ihre Kleider ab und zog das Priestergewand an. Als sie wieder ins andere Zimmer trat, war Smhee vollständig angekleidet. Die Tasche an seinem Gürtel bauschte seinen Umhang.

»Gib mir deine alten Sachen«, sagte er. »Wir verstecken sie außerhalb der Stadt, ich glaube jedoch nicht, daß wir sie brauchen werden.«

Sie reichte sie ihm, und er stopfte sie in seine Gürteltasche.

»Gehen wir«, forderte er sie auf.

Sie kam mit zur Tür. Er drehte sich um und sagte: »Was ist los? Hast du kalte Füße bekommen?«

»Nein«, erwiderte sie. »Es ist nur ... Mutter ist ziemlich kurzsichtig. Ich fürchte, man wird sie übervorteilen beim Einkaufen.«

Er lachte und sagte etwas in einer fremden Sprache.

»In Igils Namen! Wenn wir wiederkommen, werden wir reich genug sein, den Markt leerzukaufen, tausendmal reicher!«

»Wenn wir zurückkommen ...«, murmelte sie. Sie wollte in Loozas Zimmer gehen und den Kindern einen Abschiedskuß geben. Aber sie hielt sich zurück. Sie fürchtete, daß ihre Entschlossenheit sie verlassen könnte, wenn sie die beiden jetzt sah.

Sie verließen das Haus, und der alte Shmurt starrte ihnen nach. Er war der schwächste Punkt in ihrem Alibi, aber sie hofften, daß sie keines brauchen würden. Im Augenblick war er zu verblüfft, um irgend etwas zu sagen. Er würde es auch nicht wagen, deswegen zu den Soldaten zu gehen. Wahrscheinlich glaubte er, daß zwei Priester auf magische Weise das Haus betreten hatten, und es indiskret wäre, sich in ihre Angelegenheiten einzumischen.

Eine halbe Stunde später setzten sie sich auf ihre Pferde, die Smhee an einen Baum außerhalb der Stadtgrenze hatte binden lassen.

»Hattest du keine Angst, daß sie gestohlen würden?« fragte sie.

»Im Gras, dort beim Fluß, halten sich zwei kräftige Burschen verborgen«, gab er zur Antwort. Er winkte in die Richtung, und sie sah zwei Männer hervortreten.

Sie winkten ebenfalls und machten sich auf den Weg, zurück in die Stadt.

Eine holprige Straße führte am Schimmelfohlenfluß entlang, und machte dann einen weiten Bogen. Drei Stunden lang ritten sie die Straße entlang, dann sagte Smhee: »Eine Viertelmeile landeinwärts steht ein alter Lehmbau. Wir werden dort eine Weile schlafen. Ich weiß nicht, wie es dir geht, aber ich bin müde.«

Sie war froh über die Rast.

Als sie die Pferde inmitten von braunem hohen Wüstengras angekoppelt hatten, legten sie sich in den Ruinen nieder. Smhee schlief sofort ein. Masha sorgte sich noch eine ganze Weile um ihre Familie, dann wurde sie plötzlich von Smhee geschüttelt. Die Dämmerung brach an.

Sie aßen etwas getrocknetes Fleisch, Brot und Obst, dann saßen sie wieder auf. Nachdem sie am Fluß getrunken und ihre Pferde getränkt hatten, ritten sie drei Stunden in leichtem Galopp. Dann zügelte Smhee sein Pferd. Er zeigte auf die Bäume, die eine Viertelmeile landeinwärts standen. Dahinter erhoben sich die schroffen Klippen, auf der anderen Seite des Flusses. Die Bäume auf dieser Seite verhinderten einen Blick auf den Schimmelfohlenfluß.

»Dort ist das Boot versteckt«, sagte er. »Falls es nicht gestohlen wurde. Das ist jedoch nicht sehr wahrscheinlich. Nur wenige wagen sich in die Nähe der Insel Shugthee. Sie halten sich ganz dicht am Ostufer und fahren nur bei Tageslicht. Sehr schnell.«

Sie überquerten das felsige Gelände, ritten an einigen niedrigen Sträuchern und ein paar Eisenbäumen mit grotesk verwachsenen Ästen vorbei. Ein Hase mit langen Ohren huschte an ihnen vorüber und erschreckte Mashas Pferd, daß es sich aufbäumte. Sie konnte es wieder beruhigen, obwohl sie seit ihrem elften Lebensjahr nicht mehr auf einem Pferd gesessen hatte. Smhee sagte, er sei froh, daß es nicht sein Pferd war. Alles was er vom Reiten verstand, hatte er bei einem Bauern in wenigen Stunden gelernt, nachdem er nach Freistatt gekommen war. Er würde sich glücklich schätzen, wenn er niemals wieder eines besteigen müßte.

Das Wäldchen bestand aus etwa fünfzehn bis zwanzig Bäumen und reichte bis zum Ufer. Sie stiegen von ihren Pferden und sattelten sie ab, dann koppelten sie sie an. Anschließend gingen sie zwischen hohen, schilfrohrartigen Pflanzen hindurch und kämpften gegen Fliegen und andere lästige Insekten, bis sie den Fluß erreichten. Dort wuchsen hohe Binsen, an einer kleinen Erhebung aus schwammigem Erdreich lag Smhees Boot. Es war ein Einbaum, der gerade groß genug war für zwei.

»Gestohlen«, bemerkte Smhee, ohne eine weitere Erklärung.

Durch das Dickicht sah sie zum Fluß hinunter. Etwa eine Viertelmeile flußabwärts weitete sich der Fluß zur Größe eines Sees, er maß von Ufer zu Ufer etwa zweieinhalb Meilen. In der Mitte erhob sich die Insel Shugthee, eine purpurne Felsmasse. Aus dieser Entfernung konnte sie keine Einzelheiten erkennen.

Beim Anblick der Insel wurde ihr kalt.

»Ich hätte gerne einen ganzen Tag und eine Nacht Zeit, die Insel zu erkunden«, sagte Smhee. »Du könntest dich dann auch mit der Gegend vertraut machen. Aber wir haben keine Zeit. Ich kann dir jedoch alles erklären, was ich weiß. Ich wünschte, es wäre mehr.«

Sie zog sich aus und badete im Fluß, während Smhee den Pferden die Fußfesseln abnahm und sie ein Stück flußaufwärts tränkte. Als sie fertig war, sah sie ihn gerade zurückkommen.

»Noch ehe es dämmert, bringen wir sie flußabwärts an eine Stelle, die von der Insel aus gut zu erreichen ist. Satteln müssen wir sie auch«, sagte er.

Sie ließen die Pferde allein und gingen zu einem Felsblock außerhalb der Bäume, aber abseits der Straße. An seinem Fuß war eine Mulde, groß genug, daß sie sich darin niederlegen konnten. Hier schliefen sie, wachten zwischendurch einige Male auf, unterhielten sich leise, aßen eine Kleinigkeit, oder gingen hinter den Felsen, um dort zu urinieren. Es gab hier nicht so viele Insekten wie zwischen den Bäumen, aber es war immer noch schlimm genug.

Soviel sie sahen, benutzte nicht ein einziges Mal jemand die Straße.

Als sie die Pferde flußabwärts führten, sagte Smhee: »Du hast dir deine Fragen geschickt verkniffen, aber ich merke, daß du vor Neugier fast platzt. Du hast keine Ahnung, wer der Purpurmagier wirklich ist. Es sei denn, du weißt mehr als alle anderen in Freistatt.«

»Alles was ich weiß«, antwortete sie, »ist, daß man sich erzählt, der Purpurmagier sei vor zehn Jahren in diese Gegend gekommen, und zwar mit einigen gemieteten Dienern und vielen Kisten, großen und kleinen. Keiner weiß, aus welchem Land er kam. Er blieb auch nicht lange in der Stadt. Eines Tages verschwand er, und mit ihm die Diener und die Kisten. Es dauerte eine Weile, ehe man herausfand, daß er in die Höhlen der Insel Shugthee gezogen war. Niemand war jemals dort gewesen, weil man glaubte, die Geister der Shugthee trieben dort ihr Unwesen. Das waren kleine, behaarte Leute, die das Land bewohnten, lange bevor die ersten der alten Städte erbaut wurden.«

»Woher weißt du, daß er ein Magier ist?« fragte Smhee.

»Ich weiß es nicht, aber jeder sagt, er sei einer. Ist es denn nicht so?«

»Es ist so«, erwiderte Smhee und blickte düster.

»Auf jeden Fall schickte er gelegentlich seine Diener um Vieh, Ziegen, Schweine, Pferde, Gemüse, Viehfutter und Obst zu kaufen. Diese Diener stammen aus einem fremden Land, jedoch nicht aus seinem. Eines Tages wurden sie von den Raggah abgelöst. Und niemand hat die Diener, die damals mit ihm kamen, jemals wieder gesehen.«

»Er hatte sich ihrer anscheinend entledigt«, meinte Smhee. »Vielleicht gab es Gründe, ihnen zu mißtrauen, oder aber, er brauchte keine Gründe.«

»Trapper, die an seiner Insel vorüberfuhren, berichteten von seltsamen Dingen. Haarige Zwerge mit Tiergesichtern. Gigantische Spinnen.«

Sie schauderte.

»Benna starb an Spinnenbissen«, sagte er.

Der fette, kleine Mann langte in seine Gürteltasche und holte eine Metalldose hervor. Er sagte: »Ehe wir heute nacht ins Boot steigen, werden wir uns mit der Salbe aus dieser Dose einreiben. Sie wird einige der Spinnen abstoßen, leider aber nicht alle.«

»Woher weißt du das?«

»Ich weiß es.«

Eine Weile gingen sie schweigend nebeneinander her. Dann seufzte er und sagte: »Wir werden gebissen, das ist sicher. Nur werden die Spinnen, die uns beißen, das hoffe ich wenigstens, keine echten sein. Sie sind magische Trugbilder. Aber Trugbilder, die ebenso schnell oder so langsam – und für gewöhnlich genauso schmerzhaft –, zu töten vermögen, wie die echten Spinnen.«

Er hielt kurz inne und sagte dann: »Benna starb wahrscheinlich an ihren Bissen.«

Masha hatte das Gefühl, daß sie unter ihrer dunklen Haut weiß wurde. Sie umfaßte seinen Arm mit ihren Händen.

»Aber ... aber!«

»Ja, ich weiß. Wenn die Spinnen nicht echt waren, warum konnten sie ihn dann verletzen? Die Erklärung ist einfach, er dachte, sie seien echt, und seine Einbildung besorgte den Rest.«

Es war ihr gar nicht recht, daß ihre Stimme zitterte, aber sie konnte nichts dagegen tun.

»Wie kann ich wissen, welche echt sind und welche nicht?«

»Bei Tageslicht sehen die künstlichen Spinnen ein wenig durchsichtig aus. Wenn sie also stillstehen, kann man verschwommen durch sie hindurchsehen. Aber sie stehen nicht oft still. Und wir werden in der Dunkelheit der Nacht auf sie treffen. So ...

Sieh, Masha. Du hast schon sehr viel Mut bewiesen, als du hierhergekommen bist. Du hast deine Angst überwunden. Jemand, der sich von der Angst leiten läßt, wird sterben, auch wenn er weiß, daß die Spinnen nicht echt sind. Er ruft die Schmerzen des Bisses und die Wirkung des Giftes selbst hervor. Und er tötet sich selbst. Ich habe das in meinem Heimatland gesehen.«

»Aber du sagst, daß wir vielleicht auch von echten Spinnen gebissen werden. Wie können wir sie in der Dunkelheit unterscheiden?«

»Das ist ein Problem.«

Nach ein paar Augenblicken fügte er hinzu: »Die Salbe sollte die meisten der echten Spinnen abwehren. Vielleicht haben wir Glück. Du siehst, daß wir Benna gegenüber im Vorteil sind. Ich weiß, was uns erwartet, weil ich aus dem Heimatland des Magiers komme. Sein wahrer Name ist Kemren, und er brachte die echten Spinnen und andere, ähnlich gefährliche Kreaturen mit. Sie waren wahrscheinlich in einigen der Kisten. Ich bin auf sie vorbereitet, und auch du wirst es sein. Benna hatte davon keine Ahnung, und auch jeder andere Dieb aus Freistatt würde sein Schicksal teilen.«

Masha fragte, warum Kemren hierhergekommen war.

Smhee kaute eine Weile an seiner Oberlippe, ehe er antwortete.

»Ich glaube, du solltest alles wissen. Kemren war ein Priester der Göttin Weda Krizhtawn auf der Insel Sharranpip. Das liegt sehr weit von hier in südöstlicher Richtung, vielleicht hast du schon einmal davon gehört. Wir sind ein Volk des Wassers, der Seen, der Flüsse und des Meeres. Weda Krizhtawn ist die oberste Wassergöttin, und sie hat einen mächtigen Tempel mit vielen Schätzen nahe am Meer.

Kemren war einer der höheren Priester, und er diente der Göttin viele Jahre gut. Dafür wurde er im inneren Kreis der Magier aufgenommen, wo man ihn Weiße und Schwarze Magie lehrte. Es gibt kaum einen Unterschied zwischen beiden Zweigen, der eine gebraucht seine Macht lediglich für gute Zwecke, der andere für böse.

Es ist nun nicht immer leicht zu unterscheiden, was gut und was böse ist. Wenn ein Magier einen Fehler macht, und sein Zauber bewirkt etwas Böses, auch wenn er der festen Überzeugung war, er hätte seine Macht zu guten Zwecken angewandt, gibt es einen Rückprall. Der Charakter des Magiers ändert sich zum Schlechten, im Verhältnis der Menge magischer Energie, die er benutzt hatte.«

Er blieb stehen.

»Wir befinden uns jetzt auf der Höhe der Insel.«

Von der Straße aus konnte man sie nicht sehen. Das Gelände stieg dort steil an und bildete nahe am Fluß einen Grat. Der große, ausladende schwärzliche *Hukharran*busch wuchs dort oben. Sie führten die Pferde hangaufwärts und koppelten sie neben einem Regenwassertümpel an. Die Tiere weideten das lange bräunliche Gras, das zwischen den Büschen wuchs.

Die Insel in der Mitte des Sees schien hauptsächlich aus purpurfarbenem Fels zu bestehen.

Hänge erhoben sich sanft bis zur Mitte, wo seltsame Formationen einen Grat bildeten. Die höchste Erhebung war ein Monolith, der an seiner Spitze durchbrochen war, als hätte man einen Tunnel durchgebohrt.

»Das Kamelauge, von dem Benna sprach«, sagte Smhee. »Diese Formation da drüben heißt Affenkopf, und die Erhebung am anderen Ende wird von den Einheimischen Drachenschwanz genannt.«

Am Ufer der Insel wuchsen einige Bäume und im Wasser daneben das allgegenwärtige große Schilfrohr.

Auf der Insel war kein Zeichen von Leben zu sehen oder zu hören. Sogar die Vögel schienen sie zu meiden.

»Ein paarmal habe ich mich nachts an der Insel vorbeitreiben lassen«, sagte Smhee. »Ich konnte das Muhen der Rinder und den Schrei eines Esels hören. Auch einen unheimlichen Schrei vernahm ich, weiß aber nicht, ob es ein Vogel oder ein anderes Tier war. Ebenso hörte ich ein merkwürdiges Grunzen, das gewiß nicht aus einer Schweinekehle kam.«

»Das Kamelauge sieht aus wie ein guter Platz für einen Wachposten«, sagte sie. »Wahrscheinlich ist Benna dort in die Höhlen eingedrungen. Es muß sehr gefährlich gewesen sein, da hochzuklettern, vor allem in der Dunkelheit.«

»Benna war ein guter Mann«, sagte er, »aber er war nicht gut genug vorbereitet. Die Insel wird sicher auch jetzt überwacht, wahrscheinlich durch die Löcher im Felsen. Soviel ich gehört habe, ließ der Magier durch seine Diener Ausgrabungswerkzeug kaufen. Er hat damit gewiß die Höhlen vergrößern und sie durch Tunnel verbinden lassen.«

Masha warf einen letzten Blick im Licht der Sonne auf die finstere purpurne Masse, dann wandte sie sich ab.

Die Nacht war hereingebrochen, und der Wind hatte sich gelegt. Eine dünne Wolkendecke verbarg den Himmel. Durch sie schimmerte das Mondlicht, nur manchmal brach es ganz durch. Die Nachtvögel stießen absonderliche schaurige Schreie aus. Mücken summten in dichten Schwärmen, und ohne Smhees Salbe wäre es unerträglich gewesen. Frösche quakten im Chor, und Wesen, die sie nicht sehen konnten, platschten ins Wasser.

Sie schoben den Einbaum an den Rand des Schilfgrases und stiegen ein. Sie trugen nun ihre Mäntel, beabsichtigten aber, sie auf der Insel abzulegen. Mashas Waffen waren ein Dolch und ein kurzer, schmaler Degen.

Sie paddelten so leise wie möglich und nutzten die Strömung, bis die Insel sich dunkel zu ihrer Rechten erhob. In der Mitte des Ostufers landeten sie und zogen das Boot vorsichtig zum nächsten Baum.

Ihre Mäntel legten sie in den Einbaum, und Masha warf sich ein aufgewickeltes Seil über Schulter und Hals.

Die Insel war still. Kein Geräusch war zu hören. Dann ertönte ein seltsamer, grunzender Schrei, gefolgt von einem halb stöhnenden, halb schreienden Laut.

Ihre Nackenhaare stellten sich auf.

»Was immer das ist«, sagte Smhee, »eine Spinne sicher nicht.« Er kicherte, als hätte er einen Witz gemacht.

Sie beschlossen – was blieb ihnen auch anderes übrig –, das Kamelauge zu meiden, da es nach Bennas gescheitertem Versuch wohl zu gut bewacht sein würde. Aber es mußte ja noch andere Einstiegsmöglichkeiten geben. Diese würden allerdings auch bewacht sein, denn das Eindringen des jungen Diebes hatte gewiß bewirkt, daß die Sicherheitsvorkehrungen hier verstärkt wurden.

»Was ich gerne fände«, sagte Smhee, »ist ein Geheimausgang. Kemren hat gewiß einen oder mehrere anlegen lassen. Er weiß, daß er sie vielleicht eines Tages bitter nötig haben wird. Er ist ein durchtriebener Bursche.«

Ehe sie ins Boot gestiegen waren, hatte Smhee ihr eröffnet, daß Kemren mit einem großen Teil des Tempelschatzes aus Sharranpip geflohen war. Auch einige Spinneneier und andere tierische Tempelwächter hatte er mitgenommen.

»Wenn er Hohepriester war«, wunderte sich Masha, »warum hätte er das tun sollen? War er denn nicht mächtig und reich genug?«

»Du verstehst unsere Religion nicht«, erklärte der fette Dieb. »Die Priester sind umgeben von Schätzen, die dir die Augen übergehen ließen, wenn du sie sehen würdest. Aber sie sind durch Eide an ein karges, hartes Leben in großer Armut, Keuschheit und Härte gebunden. Ihr Lohn ist die Genugtuung, Weda Krizhtawn und ihrem Volk dienen zu dürfen. Das war Kemren nicht genug. Das Böse muß von ihm Besitz ergriffen haben, als er einen Zauber wirkte, der mißlang. Er ist der erste Priester, der jemals eine solche Blasphemie beging.

Und ich, ein niedriger Priester, wurde erwählt, ihn ausfindig zu machen, und für sein Verbrechen zahlen zu lassen. Ich suche ihn nun schon seit dreizehn Jahren.

In dieser Zeit mußte ich, um meinem Auftrag gerecht zu werden, einige meiner eigenen Eide brechen und Verbrechen begehen, für die ich büßen muß, wenn ich in mein Land zurückkehre.«

»Wird die Göttin nicht verzeihen, weil du es in ihrem Namen getan hast?« fragte Masha.

»Nein. Sie erkennt keine Entschuldigungen an. Sie wird mir danken für die Ausführung meiner Mission, aber ich muß trotzdem dafür bezahlen. Als ich Sharranpip verließ, war ich so dürr wie du. Ich führte ein vorbildliches Leben. Ich aß wenig und schlief im kalten Regen, bettelte um mein Essen und betete viel. Aber während der Jahre meiner Verbrechen und der Verbrechen meiner Jahre habe ich so viel gegessen, daß Kemren, wenn er von einem fetten Burschen hören sollte, mich nicht erkennen würde. Ich habe mich betrunken, gespielt – eine schreckliche

Sünde –, ich habe mit den Fäusten und mit der Klinge gekämpft, ich habe getötet, ich ...«

Er sah aus, als würde er gleich anfangen zu weinen.

Masha sagte: »Aber du hast nicht aufgehört, dich mit Butter einzuschmieren?«

»Ich hätte es tun sollen, ich hätte es wirklich tun sollen!« stieß er hervor. »Aber abgesehen von Intimitäten mit Frauen, ist es das einzige, was ich nicht fertigbrachte, obwohl es das erste hätte sein sollen. Ich werde dafür zahlen, wenn ich nach Hause komme, denn das ist für einen Priester das Schlimmste. Ich habe gehört, daß sogar Kemren, obwohl er der Göttin nicht mehr dient, sich noch immer mit Butter einreibt. Und der einzige Grund, warum ich damit aufgehört habe, ist der, daß Kemren höchstwahrscheinlich seine echten Spinnen und seine Wachtiere so abgerichtet hat, daß sie jeden angreifen, der nach Butter riecht. Auf die Art und Weise ist er sicher, oder er glaubt sicher zu sein, daß kein Verfolger ihm zu nahe kommen kann. Deshalb badete ich mich heute morgen, obwohl ich fast vor Scham und Schuld gestorben wäre.«

Masha hätte gelacht, wenn er ihr nicht so leid getan hätte. Darum also waren seine Augen so rot gewesen, als er nach dem Bad in ihre Wohnung gekommen war. Es war nicht die Müdigkeit gewesen, sondern Tränen.

Sie zogen ihre Waffen, Masha den Degen und Smhee einen langen Dolch. Dann machten sie sich auf den Weg zum Fuß der Erhebungen, die in der Mitte der Insel lagen und deren Gipfel den Zacken eines Drachenrückens glichen. Sie waren noch nicht weit gekommen, da hielt Smhee Masha am Arm zurück.

»Vor uns ist ein Spinnennetz – zwischen den beiden Büschen. Sei vorsichtig, aber achte auch auf andere Gefahren, denn eine so offensichtliche Falle könnte die Aufmerksamkeit von weiteren ablenken. Denk auch daran, daß die Dornen an diesem Busch wahrscheinlich giftig sind.«

Im blassen Mondlicht schimmerte das Netz. Es war riesig, mindestens so breit wie ihre Armspanne. Sie dachte, wie groß wohl die Spinne sein mochte, die das Netz gesponnen hatte.

Es schien jedoch leer zu sein. Langsam ging sie links daran vorbei, ließ es aber nicht aus den Augen.

Etwas Großes kam unter dem Busch auf sie zu. Sie unterdrückte einen Schrei und stürzte sich auf das Ding, anstatt davonzulaufen, was sie viel lieber getan hätte. Als das Wesen sprang, schoß Mashas Degen nach vorne und spießte es auf. Etwas Weiches berührte ihren Handrücken. Das Ende eines zuckenden Beines.

Als sie unbeweglich dastand und ihren Arm so weit wie möglich ausgestreckt hielt, um das Spinnentier von sich fernzuhalten, tauchte Smhee hinter ihrem Gegner auf. Der fette Mann schlitzte den Rükken der Spinne auf und ein fauler Gestank entwich. Er trat mit einem Fuß auf ein Bein der Spinne und flüsterte. »Zieh deine Klinge heraus, ich halte sie hier fest.«

Sie tat es und sprang zurück. Ihr Atem ging schwer.

Mit einem Satz sprang er hoch und landete mit beiden Füßen auf dem Tier. Die Spinnenbeine bewegten sich noch eine Weile, dann war das Tier tot.

»Das war eine echte Spinne«, erklärte er überflüssigerweise. »Das hast du wohl auch bemerkt. Ich vermute, daß die falschen Spinnen viel kleiner sind.«

»Warum?« fragte sie und wünschte sich, ihr Herz würde aufhören, in ihrer Kehle zu schlagen.

»Weil die Herstellung der Spinnen viel Kraft erfordert, und es wirkungsvoller ist, viele kleine Spinnen zu machen als einige große, es kostet auch weniger Energie. Da sind auch noch andere Gründe, die ich aber jetzt nicht näher erklären will.«

»Vorsicht!« schrie sie, viel lauter, als sie eigentlich wollte. Aber es geschah so plötzlich und hatte sie völlig überrascht.

Smhee wirbelte herum und schlug zu, obwohl er das Ding nicht selbst gesehen hatte. Es sprang über das Netz. In dem fahlen Lichtschein erkannte man die ausgestreckten Glieder und runden Ohren. Knurrend stürzte es in Smhees Klinge. Es war keine der kopfgroßen Spinnen, sondern ein Wesen von der Größe eines gewaltigen Hundes, der Körper war behaart und stank ähnlich wie ein Affe, auch war es weitaus vitaler als das Spinnenwesen. Sein Gewicht ließ Smhee rückwärts auf die Erde stürzen.

Knurrend setzte es an, seine Fänge in Smhees Kehle zu schlagen. Masha schüttelte ihre Benommenheit ab und stieß zu, die Angst verlieh ihr Kraft. Die Klinge durchbohrte den Körper. Sie sprang zurück, zog sie heraus und stach erneut zu. Diesmal drang die Spitze in die Kehle.

Nach Luft schnappend, schob Smhee den Kadaver zur Seite und stand auf.

»Beim Schnurrbart Wishvus, ich bin ja überall besudelt«, stellte er entsetzt fest. »Nun werden mich die anderen wittern.«

»Was ist das?« fragte Masha bebend.

»Ein Menschenaffe, seinesgleichen bewachen bei uns den Tempel. Es ist an und für sich kein richtiger Primat, sondern ein sehr großer, schwanzloser Affe.

Kemren muß ein paar Jungtiere mitgebracht haben.«

Masha trat näher an das tote Tier heran, das auf dem Rücken lag. Die Zähne im offenen Maul waren wie die eines Leoparden.

»Sie fressen Fleisch«, erklärte Smhee. »Aber im Gegensatz zu anderen Affen sind sie Einzelgänger. Der Name, den wir ihnen gaben, hieße übersetzt etwa ›einsamer Affe‹.«

Masha fragte sich, ob Unterrichten wohl zu Smhees Pflichten gehört hatte. Sogar unter den gegebenen Umständen nahm er es ganz genau.

Er sah sich um. »Einsam oder nicht, auf dieser Insel gibt es wahrscheinlich mehrere davon.«

Nachdem sie beide Kadaver in den Fluß gezerrt hatten, gingen sie vorsichtig weiter. Smhee blickte meist nach vorne und Masha zurück. Beide ließen aber auch die Seiten nicht außer acht. Sie erreichten den Fuß der Bergkette. Smhee sagte: »Die Tierpferche sind im Norden. Da habe ich sie gehört, als ich mich im Boot vorbeitreiben ließ. Wir sollten uns von dort fernhalten. Wenn die Tiere uns wittern und anfangen zu brüllen, haben wir die Raggah am Hals.«

Smhee blieb plötzlich stehen und sagte »Halt!«

Masha blickte sich rasch um. Was mochte er gesehen oder gehört haben?

Der fette Mann kniete sich nieder und drückte in die Erde vor sich.

Er erhob sich und sagte. »Vor uns ist eine getarnte Fallgrube. Ich fühlte, wie der Boden nachgab, als ich meinen Fuß darauf setzte. Das ist einer der Gründe, warum wir hier nicht schnell gehen sollten.«

Sie machten einen Bogen um die Stelle, Smhee prüfte jeden Schritt. Masha dachte bei sich, daß sie bei diesem Tempo die ganze Nacht brauchen würden, um auf den Kamm zu gelangen. Er führte sie auf felsiges Gelände, und sie atmete leichter. Er meinte jedoch: »Sie könnten auch in den Stein eine Grube geschlagen und sie mit einer Falltür verschlossen haben.«

»Warum gehen wir hier entlang?« fragte sie. »Du sagtest, die Eingänge seien am Nordende.«

»Ich erwähnte nur, daß ich beobachtet habe, wie Leute am Nordende die Höhlen betreten haben. Ich habe aber auch hier in der Nähe etwas sehr Interessantes beobachtet. Ich möchte es untersuchen. Vielleicht ist es das Richtige für uns, aber ...«

Sie gingen noch immer sehr vorsichtig, doch etwas rascher als auf dem Erdreich. Vor einem Tümpel hielten sie an. Er hatte etwa einen Durchmesser von zehn Fuß, und das dunkle Wasser blubberte. Smhee kniete nieder und starrte auf die unheimlich aussehende Oberfläche.

Masha wollte etwas fragen, aber er wehrte ab: »Psst!«

Plötzlich krabbelte etwas klackend über das felsige Ufer. Sie sprang zurück, schrie jedoch nicht auf. Das Geschöpf sah im Dunkeln wie eine Spinne aus, aber riesig, größer als die, welche sie getötet hatten. Es beachtete sie nicht, vielleicht hatte es sie aber auch nur nicht bemerkt. Es tauchte in den Tümpel und verschwand. Smhee sagte: »Komm, wir verstecken uns hinter dem Stein.«

Als sie sich verborgen hatten, fragte sie: »Was ist los?«

»Als ich die Gegend auskundschaftete, sah ich, wie etwas aus diesem Loch kam und wieder darin verschwand. Um mehr zu erkennen, war ich zu weit weg, aber ich vermutete, riesige Spinen oder vielleicht Krabben.«

»Und?«

Seine Hand umfaßte ihr Handgelenk.

»Warte!«

Die Zeit schien sich dahin zu schleppen. Mücken summten, Vögel schrien auf der anderen Seite des Flusses, und einmal meinte sie, sie höre dieses halb grunzende, halb schreiende Geräusch. Dann platschte etwas im Fluß. Sie hoffte, daß es nur ein Fisch war.

Schließlich sagte Smhee leise: »Ah!«

Er wies auf den Tümpel. In der Mitte erblickte sie eine kleine Erhebung, die sich auf den Rand des Gewässers zubewegte, dann verließ sie das Wasser. Sie klackte und schoß auf den Fluß zu. Bald darauf kam ein weiteres solches Wesen, und noch eines. Mindestens zwanzig krabbelten über den felsigen Grund.

Schließlich erklärte Smhee der vor Neugierde fast platzenden Masha, was hier vor sich ging.

»Sie sehen aus wie die *Bengil*krabben aus Sharranpip. Sie leben in Höhlen, aber sie müssen sich im Fluß Fische fangen.«

»Ist das für uns wichtig?«

»Ich glaube, der Tümpel ist ein Eingang zu einer oder mehreren Höhlen. Die Krabben sind Kiemenatmer.«

»Sind sie gefährlich?«

»Nur im Wasser. An Land laufen sie entweder weg, oder sie verteidigen sich, wenn sie in die Enge getrieben werden. Sie sind nicht giftig, aber sie haben kräftige Zangen.«

Er war einen Augenblick lang still. »Der Magier muß sie hier ausgesetzt haben, um den Eingang zu einer Höhle zu bewachen, dessen bin ich sicher. Aber ein Eingang ist auch ein Ausgang. Für ihn genauso wie für die Krabben. Der Tümpel ist gewiß einer seiner geheimen unterirdischen Fluchtwege.«

Masha dachte: O nein! und verdrehte die Augen. Hoffte dieser fette Narr tatsächlich, durch den Tümpel ins Innere zu gelangen?

»Wie soll denn der Magier auf diesem Weg herauskommen, wenn ihn die Krabben angreifen würden?«

»Er gäbe ihnen vergiftetes Fleisch. Sicher hat er aber auch noch andere Möglichkeiten. Wichtig ist nur, daß er sich bestimmt nicht die Mühe gemacht hätte, die Krabbeneier von Sharranpip mitzubringen, wenn er keine Verwendung dafür gehabt hätte. Auch wären sie nicht hier, wenn er sie nicht als Wächter für diesen Tümpel bräuchte. Ihr Fleisch ist für alle Lebewesen außer dem *Ghoondah*fisch giftig.«

Er kicherte. »Aber der Magier war zu schlau. Wenn ich die *Bengil* nicht gesehen hätte, wäre ich nicht darauf gekommen, daß der Tümpel ein Eingang ist.«

Während er flüsterte, hatte eine weitere Gruppe den Tümpel in Richtung Fluß verlassen. Er zählte dreißig Stück.

»Jetzt ist es Zeit, reinzugehen«, meinte er. »Sie fressen jetzt alle. Die erste Krabbe war der Kundschafter. Sie fand einen guten Fischplatz, sah, daß kein Feind in der Nähe war, und kehrte mit den guten Neuigkeiten zurück. Ihr Verhalten ähnelt dem der Ameisen. Glücklicherweise sind ihre Höhlen nicht so dicht besiedelt wie Ameisenhaufen.«

Er schlug vor, noch ein wenig zu warten, bis alle die Höhle verlassen hatten. »Mit allen meine ich fast alle. Ein paar bleiben immer zurück, um die Eier zu bewachen.«

»Smhee, wir werden ertrinken!«

»Wenn andere durch den Tümpel herauskönnen, kommen wir auch hinein.«

»Du weißt nicht sicher, daß der Tümpel ein Fluchtweg ist. Was ist, wenn der Magier die Krabben aus einem anderen Grund hier ausgesetzt hat?«

»Was ist, wenn! Was ist, wenn! Ich habe dir gesagt, daß es sehr gefährlich werden kann. Aber die Belohnung ist das Risiko wert.«

Sie erstarrte. Der seltsame Schrei ertönte wieder, und er klang diesmal weitaus näher.

»Es könnte hinter uns her sein«, murmelte Smhee. »Vielleicht hat es das Blut des Affen gerochen.«

»Was ist es?« fragte sie und versuchte, nicht mit den Zähnen zu klappern.

»Ich weiß es nicht. Aber es hört sich an, als wäre es bald da. Gut! Das wird uns das Rückgrat stärken. Laß uns jetzt gehen!«

Er fürchtete sich also auch. Das gab ihr ein wenig Auftrieb.

Sie streckten die Beine ins Wasser, fanden aber keinen Grund. Smhee eilte auf die andere Seite des Tümpels, bückte sich und tastete mit den Händen. »Der Fels fällt etwa einen Fuß senkrecht ab und macht dann eine Biegung nach innen«, erklärte er. »Ich schätze, daß das einmal eine Mulde war. Als Kemren kam, ließ er wahrscheinlich Tunnel zur Höhle graben und dann mit Flußwasser anfüllen.«

Er stand auf. Der tiefe Schrei erklang erneut, diesmal deutlich näher. Masha vermeinte, einen riesigen dunklen Schatten im Norden zu sehen.

»O Igil!« stieß sie hervor. »Ich muß mal!«

»Mach es im Wasser. An Land kann es deinen Urin riechen. Vielleicht ruft es dann weitere, oder alarmiert die Raggah.«

Er glitt ins Wasser und hielt sich am felsigen Rand des Tümpels fest.

»Komm rein! Es ist kalt, aber nicht so kalt wie der Tod.«

An seiner Seite glitt sie ins Wasser. Sie biß sich auf die Lippen, um nicht vor Kälte lautstark nach Luft zu schnappen.

Er gab ihr schnell ein paar Anweisungen, dann murmelte er: »Möge Weda Krizhtawn uns beschützen!«

Dann war er verschwunden.

Masha atmete tief durch und überlegte, ob sie nicht lieber aus dem Tümpel steigen und so schnell sie nur konnte zum Fluß laufen sollte, um ans andere Ufer zu schwimmen. Statt dessen aber tauchte sie und schwamm, wie Smhee sie angewiesen hatte, am Fels entlang. Selbst mit geöffneten Augen konnte sie nichts erkennen, und obwohl sie die meiste Zeit ans Ertrinken dachte, hatte sie noch genug Zeit, sich vor den Krabben zu fürchten.

Gerade als ihre Lungen zu platzen drohten, ihr Kopf dröhnte und sie meinte, sie müßte auf der Stelle nach Luft schnappen, ergriff etwas ihre suchende Hand. Im nächsten Augenblick wurde sie an die Luft gezogen.

Es war dunkel. Ihr schwerer Atem mischte sich mit dem Smhees.

Er sagte keuchend: »Hier ist genug Luft zwischen der Wasseroberfläche und der Decke. Ich bin noch einmal hinunter und so schnell ich konnte aufgetaucht, aber die Decke war nicht zu erreichen.«

Als sie wieder zu Atem gekommen waren, sagte er: »Tritt Wasser bis ich zurückkomme. Ich will erkunden wie groß diese Höhle ist.«

Sie mußte nicht lange warten. Als sie ihn schwimmen hörte, hoffte sie, daß er es war und nicht irgend etwas anderes. Leise rief sie ihn, als er nahe genug heran war. Er hielt an und flüsterte: »Es ist genug Luft vorhanden, bis zu der Stelle, an der die Höhle am Tümpel endet. Dann muß man unter einem nach unten ins Wasser ragenden Felsvorsprung durchtauchen. Natürlich bin ich draußen nicht mehr aufgetaucht, wegen dieser Kreatur, aber ich bin sicher, daß ich die Entfernung richtig eingeschätzt habe.«

Er schwamm voraus in die Dunkelheit. Nach einer Weile sagte er: »Hier geht es wieder runter.«

Sie betastete mit den Händen die Stelle, die er ihr zeigte. Der Fels tauchte etwa zwei Handbreit ins Wasser.

»Behindern dich deine Stiefel oder das Seil?« fragte er. »Wenn sie dir zu schwer werden, sieh zu, daß du sie los wirst.«

»Das ist schon in Ordnung.«

»Gut, ich bin gleich zurück, wenn alles so ist, wie ich es mir vorstelle.«

Sie rief ihm nach, er solle auf sie warten, aber er war schon untergetaucht. Mit den Fingerspitzen klammerte sie sich an den rauhen Felsen und trat ab und zu Wasser. Die Stille bedrückte sie, sie hallte in ihren Ohren. Als etwas ihren Oberschenkel berührte, schnappte sie erschreckt nach Luft.

Die Stiefel zogen sie tatsächlich ein wenig nach unten, und sie dachte daran, sich wenigstens von dem Seil zu befreien, als ihr etwas in den Magen stieß. Mit einer Hand griff sie danach, damit es sie nicht beißen konnte, und mit der anderen zog sie ihren Dolch. Gerade als sie unterging, stellte sie mit Erleichterung fest, daß sie nicht angegriffen wurde. Smhee, der zurückkam, war gegen sie gestoßen.

Ihre Köpfe tauchten wieder auf, und Smhee lachte.

»Hattest du auch so viel Angst wie ich? Ich glaubte schon, ein *Bengil* hätte mich erwischt.«

Keuchend sagte sie: »War nicht so schlimm. Was ist dort drüben?«

»Dasselbe wie hier. Ein weiterer Luftraum, etwa drei Schritte lang. Dann wieder eine Felswand.«

Er hielt sich einen Augenblick lang am Felsen fest. Dann sagte er: »Hast du bemerkt, wie frisch die Luft ist? Man kann sogar einen leichten Hauch spüren.«

Sie hatte es wohl bemerkt, sich aber keine Gedanken darüber gemacht. Das war ihre erste Erfahrung mit Unterwasserhöhlen.

»Jede dieser Höhlen ist gewiß mit einer Öffnung verbunden, die von oben frische Luft bringt«, sagte er. »Der Magier hätte sich bestimmt nicht so viel Mühe gemacht, wenn das kein Fluchtweg wäre.«

Sie hörte Smhee tief einatmen, dann spritzte Wasser auf. »Ich zog mich am Felsen hoch und tastete ihn ab«, erklärte er. »Da oben ist ein Loch, um Luft von der nächsten Höhle in diese zu lassen. Ich schätze, daß dort eine Öffnung in der Decke ist. Es scheint jedoch nicht gerade nach oben zu gehen, sonst würde Licht hereindringen. Vielleicht hätten wir jedoch Licht hier, wenn es draußen Tag wäre.«

Er tauchte, Masha folgte ihm. Sie hielten sich an der rechten Wand. Als sie zum nächsten Höhlenende gelangten, tauchten sie darunter hindurch.

Am Ende dieser Höhle ertasteten sie einen Felsvorsprung, der leicht schräg nach oben führte. Sie kletterten ihn hoch. Masha hörte Smhees Hände nach etwas suchen, dann sagte er: »Erschrick jetzt bitte nicht. Ich zünde eine Fackel an.«

Trotzdem war sie erstaunt über das Licht. Es kam aus der Spitze eines schlanken Holzstabes in seiner Hand. In diesem Schein sah sie, wie er eine kleine Kiefernfackel entzündete. Sie fing Feuer und erhellte die nähere Umgebung. Das Feuer an dem Stab erlosch. Smhee steckte ihn zurück in den geöffneten Beutel an seinem Gürtel.

»Wir wollen nichts zurücklassen, was unsere Anwesenheit verraten könnte«, flüsterte er. »Ich habe dir noch nicht gesagt, daß dieser Sack viele Dinge enthält, auch einen wasserdichten Beutel. Aber wir müssen uns beeilen. Die Fackel wird nicht lange brennen, und ich habe nur noch eine.«

Sie erhoben sich und gingen los. Einige Schritte weiter erblickten sie im unsteten Licht der Fackel einige dunkle Gebilde. Boote. Jedes war groß genug, um drei Leute aufnehmen zu können. Daneben lagen Paddel.

Smhee zog seinen Dolch und begann die Häute aufzuschlitzen. Masha half ihm, nur ein Boot ließen sie unbeschädigt.

Er sagte: »Es müssen Durchgänge in die Felswände geschlagen sein, unter denen wir gerade durchgetaucht sind. Ich vermute sie auf der linken Seite. Jeder Schwimmer hält sich natürlich rechts, und so bemerkt er sie nicht. Die Vorsprünge, auf denen die Krabben hausen, dürften auch links liegen. Denke daran, wenn wir zurückkommen. Aber ich sehe lieber einmal nach. Wir müssen unseren Weg genau kennen, wenn es soweit ist.«

Er steckte die Fackel in eine Halterung vorne am Boot und schob es den Hang hinunter ins Wasser. Masha hielt das schmale Fahrzeug, und er stieg ein. Sie blieb am Strand und fühlte sich alleingelassen mit all der Dunkelheit hinter sich. Sie beobachtete ihn im Schein der Fackel. Nach einigen Minuten kam er grinsend zurück.

»Ich hatte recht. Es gibt eine Öffnung in der Felswand, gerade hoch genug, um mit dem Boot durchzufahren, wenn man sich bückt.«

Sie zogen das Boot wieder auf die Felsbank. Die Höhle endete etwa hundert Schritt vom Wasser. Zur Rechten war ein U-förmiger Eingang. Dort lagen zu beiden Seiten Fackeln aufgestapelt, Feuersteine und Zunderschachteln. Smhee entfachte zwei Fackeln, gab Masha eine und ging zurück, um seine kleine auszulöschen.

»Ich glaube, der Magier konzentriert all seine Zauberkraft auf die magischen Spinnen innerhalb der Höhlen«, meinte er. »Es würde ihn zuviel Energie kosten, auch außerhalb einige herumlaufen zu lassen. Je weiter sie von ihm entfernt sind, desto mehr Kraft braucht er, um sie am Leben zu erhalten. Der Energieaufwand erhöht sich im Quadrat zur Entfernung.«

Masha fragt ihn nicht, was er mit »Quadrat« meinte.

»Bleib dicht bei mir. Nicht nur zu deiner Sicherheit. Auch mir zuliebe. Wie ich dir schon sagte, wird der Magier sicher nicht daran gedacht haben, daß auch Frauen hier eindringen könnten, also wird er nur auf männliche Eindringlinge vorbereitet sein. Das hoffe ich wenigstens. Auf diese Weise spart er magische Kräfte.«

»Willst du, daß ich vorangehe?« fragte sie, und hoffte zugleich, er würde nein sagen.

»Wenn du so viel Erfahrung hättest wie ich, würde ich keinen Augenblick zögern. Aber du bist ja noch ein Lehrling. Wenn wir hier lebend herauskommen, wirst du jedoch auf dem besten Weg sein, Meister zu werden.«

Sie stiegen die Stufen hoch, die in den Stein gehauen waren. Am Kopfende befand sich ein weiterer Torweg. Smhee hielt davor an und hob seine Fackel, um hineinsehen zu können. Er ging jedoch nicht hinein.

»Hah!«

Er bedeutete ihr, zu ihm zu kommen. Sie sah, daß die Mauer des tiefen Torwegs gerillt war. Zwischen den Rillen zeichnete sich die Unterseite eines großen Steinblocks ab.

»Wenn ein Mechanismus betätigt wird, saust dieser Block herunter und versperrt jedem, der dem Magier folgt, den Weg«, erklärte Smhee. »Und jeder, der gerade hier im Tor steht, würde zerschmettert. Vielleicht …«

Er betrachtete die Wand um den Torweg, fand aber nichts.

»Der Betätigungsmechanismus muß in dem anderen Raum sein. Ein Verzögerungsmechanismus.«

Er näherte sich dem Eingang so weit es ging, ohne ihn zu betreten, dann hielt er seine Fackel in die Öffnung.

»Ich kann nichts sehen. Er muß sich um die Ecke befinden. Aber ich sehe Netze.«

Masha holte tief Luft.

»Wenn es echte Spinnen sind, wird das Licht sie abschrecken«, sagte er. »Es sei denn, der Magier hat sie abgerichtet, das Licht nicht zu scheuen, oder er benutzt Magie, damit sie ihre natürliche Furcht vor dem Licht überwinden. Die künstlichen Spinnen werden den Flammen keine Beachtung schenken.«

Sie war der Meinung, daß das alles sehr vage war, sagte aber nichts.

Er bückte sich und besah sich den Steinboden direkt unter dem Torbogen. Dann drehte er sich um. »Deine jungen Augen sind besser als meine alten. Kannst du einen Faden oder etwas Ähnliches erkennen, das über den Boden direkt unter dem Bogen gespannt ist?«

Sie sagte: »Nein, ich sehe nichts.«

»Warte.«

Er warf seine Fackel durch den Torbogen. Seinen Anweisungen folgend, legte sie sich ganz flach auf den Boden, und blickte angestrengt in die Flammen.

Dann stand sie auf und sagte: »Ich kann eine sehr dünne Linie ganz knapp über dem Boden erkennen, es könnte ein Faden sein.«

»Wie ich's mir dachte. Ein alter Sharranpip-Trick.«

Er ging ein paar Schritte zurück, und nachdem er sie gebeten hatte, aus dem Weg zu gehen, sprang er durch den Torbogen und landete hinter der Schnur. Sie folgte ihm. Als sie ihre Fackeln aufgehoben hatten, erklärte er ihr: »Dort sind die Mechanismen. Einer dient der Zeitverzögerung, der andere bedient die Tür, so daß sie hinter dem ersten, der durchläuft, zufällt. Jeden Folgenden wird die Felsplatte erschlagen.«

Nachdem er sie gemahnt hatte, den Rest des Raumes im Auge zu behalten, untersuchte er die Anordnung der Räder, Zahnräder und Gegengewichte, sowie die Schnur, die von der Vorrichtung durch ein Loch in der Decke führte.

»Die Schnur ist wahrscheinlich mit einem Alarmsystem dort oben verbunden«, meinte er. »Sehr gut. Ich weiß, wie man beides in Gang setzt. Falls du, durch irgendeinen unglücklichen Zufall, alleine zurückkommen solltest, mußt du nur hier durchspringen und dann eine Fackel oder etwas anderes auf die Schnur werfen. Die Tür wird dann heruntersausen und deinen Verfolgern den Weg versperren. Sieh aber zu, daß du so schnell wie möglich hinauskommst, wegen ...«

Masha fiel ihm ins Wort: »Ich weiß warum.«

»Sehr gut. Jetzt zu den Spinnen.«

Die Wesen, die aus den Netzen kamen, waren im Fackelschein deutlich zu erkennen. Masha hatte erwartet, daß sich das Licht rot in ihren Augen widerspiegeln würde, aber das war nicht der Fall. Ihre vielen Augen waren groß, purpurn und kalt. Sie trippelten vorwärts, ihr vorderstes Beinpaar schwenkten sie in der Luft. Als Smhee seine Fackel auf sie richtete, wichen sie zurück. Masha ging seitlich von ihm, halb nach hinten gewandt, um mit der Fackel einen möglichen Angriff von dort abwehren zu können.

Plötzlich sprang etwas aus der Dunkelheit und schwebte auf sie zu. Sie stieß mit der Fackel danach. Aber die Kreatur schien durch die Fackel hindurchzugleiten.

Es landete auf ihrem Arm und packte ihre Hand, die die Fackel hielt. Masha hatte die Zähne zusammengepreßt, um nicht aufzuschreien, falls so etwas geschehen sollte. Aber sie dachte nicht einmal daran, ihre Angst hinauszubrüllen. Sie schloß ihre Hand um den Körper des Wesens, um es zu erdrücken, doch ihre Finger fühlten nichts.

Im nächsten Augenblick war die Spinne verschwunden.

Sie erzählte Smhee, was geschehen war.

»Gedankt sei Klooshna!« stieß er hervor. »Du bist immun gegen sie. Wäre dem nicht so, würdest du jetzt anschwellen.«

»Was wäre geschehen, wenn sie echt gewesen wäre?« fragte sie und schwenkte ihre Fackel gegen die Monster, die sie nun umkreisten. »Ehe meine Hand sie umschloß, wußte ich nicht, daß sie nicht echt war.«

»Dann würdest du jetzt sterben. Allein, daß sie das Feuer nicht mied, zeigte dir, daß sie nicht echt war. Du erkanntest es, auch wenn es dir nicht bewußt war.«

Sie kamen an einen weiteren Torbogen. Sie warf

ihre Fackel hindurch und legte sich auf die Erde, um nach einem weiteren Faden zu sehen, während Smhee die Spinnen in Schach hielt.

»Es scheint keiner da zu sein«, sagte sie.

»Scheinen ist nicht genug«, erwiderte er. »Hah, zurück, ihr Kreaturen der Finsternis! Sieh genau hin! Erkennst du vielleicht feine Linien am Boden selbst? Feine Sprünge?«

Nach einigen Herzschlägen sagte sie: »Ja. Sie bilden ein Viereck.«

»Eine Falltür, die uns in eine Grube stürzen lassen soll«, meinte er. »Spring drüber. Und laß uns hoffen, daß dahinter keine weitere Falle ist.«

Sie sagte, daß sie einen kleinen Anlauf brauchte. Smhee griff, wild mit seiner Fackel fuchtelnd, die Spinnen an, und sie wichen zurück. Als sie ihm zurief, sie sei in Sicherheit, wandte er sich um, rannte und sprang ebenfalls. Ein haariges, vielbeiniges Ding schoß nach ihm durch den Durchgang. Masha schritt vor und wehrte es mit den Flammen ihrer Fackel ab. Es hielt inne. Hinter ihm wogte eine Masse dunkler Schatten.

Smhee stürzte sich auf die vorderste Spinne und stieß ihr die lodernde Spitze der Fackel in den Kopf. Der Gestank verbrannten Fleisches drang ihnen in die Nase. Die Spinne rannte zurück, wurde aber von den nachfolgenden aufgehalten. Dann wichen auch diese zurück, und die Spinne mit den ausgebrannten Augen begann ziellos umherzurennen, bis sie schließlich in der Dunkelheit verschwand. Die anderen waren jetzt am Torbogen, Smhee warf seine Fackel hinein.

»Das wird sie davon abhalten, hier durchzukommen«, stieß er schwer atmend hervor. »Ich hätte noch ein paar Fackeln mitnehmen sollen, aber selbst der größte Geist macht manchmal Fehler. Hast du bemerkt, daß die Spinnen die Falltür nicht zum Einsturz gebracht haben? Die Tür muß ein Mindestgewicht haben, das sie trägt. Du wiegst nur fünfundachtzig Pfund, vielleicht ...?«

»Vergiß es«, antwortete sie.

»Du hast recht«, gab er grinsend zurück. »Aber weißt du, Masha, wenn man ein Meisterdieb ist, muß man an alles denken.«

Sie hätte ihn an die vergessenen Extrafackeln erinnern können, tat es aber nicht. Sie gingen weiter durch eine gewaltige Höhle und kamen zu einem Tunnel. Aus seinem dunklen Schlund strömte ein Gestank wie aus einer frisch geöffneten Gruft. Dann hörten sie den halb grunzenden, halb rufenden Schrei.

Smhee hielt inne. »Ich gehe nicht gerne in diesen Tunnel. Aber wir müssen. Du siehst nach oben, ob in der Decke Löcher sind. Und ich behalte alles weitere im Auge.«

Der Fels machte jedoch einen soliden Eindruck. Als sie den Tunnel zur Hälfte hinter sich gelassen hatten, dröhnte ihnen ein gewaltiges Brüllen und Knurren entgegen.

»Löwen?« fragte Masha.

»Nein, Bären.«

Am Ende des Tunnels standen zwei riesige Tiere. Ihre Augen glühten rot in dem Licht, und ihre Fänge schimmerten matt.

Die beiden Eindringlinge schritten, nachdem sie auf den Angriff der Bären vergeblich gewartet hatten, weiter. Diese blieben brüllend und mit den Pranken schlagend am Torbogen stehen.

»Es waren diese Bären, die den merkwürdigen Schrei ausstießen«, staunte Masha. »Auf den Basaren habe ich Tanzbären gesehen, aber noch nie gehört, daß sie so merkwürdige Geräusche von sich gegeben hätten. Sie waren auch nicht so groß.«

»Sie sind am Hals angekettet«, stellte er fest. »Komm.«

Als sie sich den Bestien bis auf ein paar Schritte genähert hatten, blieben sie stehen. Der Gestank war überwältigend und das Gebrüll der Tiere, in der Enge des Tunnels betäubend.

Smhee wies Masha an, ihre Fackel ruhig zu halten. Er öffnete seinen Gürtelsack und zog zwei Bambusrohre heraus, die er zusammensteckte. Dann entnahm er vorsichtig aus einer hölzernen Schachtel einen gefiederten Pfeil. Er lud damit das Blasrohr und führte es an den Mund.

»An der Pfeilspitze ist genug Gift, um ein Dutzend Männer zu töten«, erklärte er. »Ich bezweifle jedoch, daß es viel ausrichten wird, wenn es in dem dicken Fett stecken bleibt. Also ...«

Er setzte das Rohr nun ganz an seine Lippen und zielte. Dann blies er, und der Pfeil schoß heraus. Der Bär auf der rechten Seite brüllte noch lauter und grabschte nach dem Geschoß, das in sein linkes Auge gedrungen war. Die Bestie auf der linken Seite zerrte an den Ketten um ihren Hals. Smhees zweiter Pfeil fand sein Ziel in der Zunge des Tieres.

Der erste Bär fiel, mit den Pranken um sich schlagend, zur Seite, und sein Brüllen verstummte. Der andere Bär kämpfte länger, aber schließlich schnarchten beide.

»Hoffentlich sterben alle zwei«, sagte Smhee. »Ich bezweifle, daß wir auf dem Rückweg genug Zeit haben, noch mal zu schießen.«

Masha sorgte sich vielmehr darum, daß das Brüllen der Tiere vielleicht die Wachen alarmiert haben könnte.

Sie gingen durch eine große Höhle, auf deren Boden Menschen-, Rinder- und Ziegenskelette, sowie Bärenkot verstreut lagen. Bis sie den Ausgang erreichten, hielten sie sich die Nasen zu. Der Torweg führte zu einer Treppe. An ihrem oberen Ende befand sich eine schwere Holztür mit einem gewaltigen Riegel.

»Ein weiteres Hindernis für die Verfolger«, bemerkte Smhee. »In unserem Fall die Raggah.«

Nachdem er die Tür genau untersucht hatte, öffnete er sie. Sie war frisch geölt und schwang geräuschlos auf. Sie gelangten in einen sehr großen Raum, der an einem Ende von sechs großen Fackeln beleuchtet wurde. Hier strömte Wasser, aus sechs Löchern in der Decke, über hölzerne Rinnen auf viele hölzerne Räder, die zwischen metallenen Stäben angebracht waren.

An der rechten Seite der gegenüberliegenden Wand befand sich eine weitere Tür, ebenso massiv wie die erste. Auch sie konnte versperrt werden.

Anders als die nackten Wände der Höhlen waren diese mit vielen seltsamen Symbolen bemalt.

»Hier ist Zauberei im Spiel«, sagte Smhee. »Ich rieche es.«

Er schritt zu dem Becken, in dem die Räder angebracht waren. Das herunterstürzende Wasser drehte sie ständig. Masha zählte laut. »Zwölf.«

»Eine magische Zahl«, stellte Smhee fest.

Sie waren in Reihen zu jeweils drei angeordnet. Das eine Ende der Achse einer jeden Reihe war mit einigen Zahnrädern verbunden, die wiederum an eine Welle angeschlossen waren, welche in einem

Kasten unter dem Rad verschwand. Smhee griff nach dem Rad, das dem Rand des Beckens am nächsten lag und hielt es an. Dann ließ er es wieder los und öffnete den Deckel des Kastens unter dem Rad. Masha blickte an ihm vorbei ins Innere des Kastens. Sie erblickte eine verwirrende Anordnung von winzigen Zahnrädern und Wellen. Die Wellen und weitere Zahnräder waren am Ende der Achsen winziger Räder durch Stäbe miteinander verbunden.

Smhee hielt das Rad erneut an und drehte es gegen die Kraft des Wasserfalls. Der Mechanismus im Inneren des Kastens arbeitete nun auch entgegengesetzt.

Smhee lächelte. Er schloß den Kasten, ging zur Tür und verriegelte sie. Dann begab er sich rasch zur anderen Seite des Beckens. Dort befand sich ein großer Kasten auf dem Boden. Er öffnete ihn und entnahm einige Zangen und Schraubenschlüssel.

»Hilf mir, diese Räder aus ihrer Befestigung zu lösen«, wies er Masha an.

»Warum?«

»Das erkläre ich dir, während wir arbeiten.« Er sah sich um. »Kemren hätte besser daran getan, hier menschliche Wächter aufzustellen. Aber ich nehme an, daß er nicht glaubte, jemand könne bis hierhin vordringen. Vielleicht meinte er aber auch, daß jemand, der es wirklich schaffen könnte, nicht wissen würde, wofür diese Räder gut sind.«

Er erklärte ihr, was sie mit den Rädern machen sollte, und sie wateten in das Becken. Das Wasser reichte nur bis zu ihren Fesseln. Ein großer Abfluß in der Mitte sorgte dafür, daß das Becken nicht überlief.

Masha wurde nicht gerne naß, aber sie war davon überzeugt, daß Smhee wußte, was er tat.

»Diese Kästen enthalten Vorrichtungen, die die mechanische Kraft der Wasserräder in magische umsetzen«, erklärte er. »Man sagt, es gäbe solche im Tempel Weda Krizhtawns, aber mein Rang war zu niedrig, um sie je zu sehen. Ich hörte jedoch die Hohenpriester darüber sprechen. Sie waren manchmal unvorsichtig in der Gegenwart von uns Niederen. Aber wir waren ohnehin durch Eide gebunden, darüber zu schweigen. Ich weiß nicht genau, wofür diese Räder hier sind, aber sie liefern gewiß, für welche Magie auch immer, Energie, zumindest einen Teil der Energie.«

Sie verstand nicht genau worüber er sprach, aber sie ahnte wohl ein wenig davon. Ohne auf die Nässe zu achten, arbeitete sie eifrig, entfernte ein Rad und setzte es entgegengesetzt wieder ein.

Jede Schaufel der Räder war mit Symbolen verziert, auch die äußeren Ringe, an denen die Schaufeln befestigt waren, trugen aufgemalte Zeichen an der Seite.

Jedes Rad wies dieselben Symbole auf, jedoch jeweils in einer anderen Reihenfolge.

Als sie ihre Arbeit beendet hatten, sagte Smhee: »Ich weiß nicht, was das Umkehren der Räder für eine Auswirkung haben wird, ich bin mir jedoch sicher, daß es nicht zu Kemrens Bestem ist. Wir müssen uns jetzt beeilen. Wenn er den Zu- und Abstrom seiner Magie fühlt, wird er merken, daß etwas nicht in Ordnung ist.«

Masha dachte sich, es wäre besser gewesen, die Aufmerksamkeit des Magiers nicht zu wecken. Aber Smhee war der Meister, und sie nur der Lehrling.

Smhee wandte sich von den Rädern ab, blieb aber stehen.

»Schau!«

Er wies auf die Räder.

»Und?«

»Siehst du nichts?«

Es dauerte eine Weile, ehe sie bemerkte, was ihr komisch vorkam. Kein Wasser lief von den Schaufeln der Räder ins Becken. Das Wasser schien einfach zu verschwinden, nachdem es sie berührt hatte.

Sie sah ihn verwundert an. »Ich sehe, was du meinst.«

Er breitete seine Hände aus. »Ich weiß nicht, was hier vor sich geht. Schließlich bin ich kein Magier oder Zauberer. Aber – das Wasser muß ja irgendwohin fließen.«

Sie zogen sich ihre Stiefel wieder an, und Smhee entriegelte die Tür. Sie gelangten in einen Durchgang, der zu einer weiteren Treppe führte, die ebenfalls an einer Tür endete. Dann gingen sie einen Korridor entlang, dessen Wände nackter Fels waren. Dort brannten Fackeln, die in Haltern an der Wand steckten.

Am Ende des Korridors gelangten sie zu einem runden Raum. In dem Fackellicht erkannten sie, daß es eigentlich ein hoher Schacht war. Vom Boden aus nach oben blickend, konnten sie ein schwarzes Rechteck erkennen, das von schmalen Lichtstreifen umrahmt war.

Stimmen erklangen von oben.

»Das muß ein Lift sein«, flüsterte Smhee. Er sagte etwas in seiner Heimatsprache, und es klang wie ein Fluch. »Wir sitzen hier fest, bis der Lift kommt.«

Kaum hatte er das gesagt, vernahmen sie ein metallenes Quietschen, und das Viereck kam langsam herunter.

»Wir haben Glück!« rief Smhee. »Es sei denn, sie schicken Männer, um nachzusehen, was mit den Rädern geschehen ist.«

Sie zogen sich hinter die Tür am anderen Ende zurück. Hier warteten sie mit gezückten Klingen. Smhee ließ die Tür einen Spalt offen.

»Es sind bloß zwei. Beide tragen Säcke, und einer hat eine Rinderkeule. Sie wollen gewiß die Bären und Spinnen füttern!«

Masha fragte sich, wie die Männer, an den Bären vorbei, zu den Spinnen gelangen wollten. Aber vielleicht griffen die Bären nur Fremde an.

»Einer hat eine Fackel«, flüsterte Smhee.

Die Tür schwang auf, und ein Raggah in einem rotschwarz gestreiften Gewand trat ein. Smhee stieß seinen Dolch in die Kehle des Mannes. Masha sprang hinter der Tür hervor und durchbohrte mit ihrem Degen den Hals des anderen Mannes.

Nachdem sie die Leichen in den Raum gezerrt hatten, zogen sie ihnen die Gewänder aus und schlüpften selbst hinein.

»Es ist mir zu groß«, klagte Masha. »Ich sehe lächerlich aus.«

»Schneide es unten ab«, schlug Smhee vor, doch sie hatte bereits damit begonnen.

»Man kann das Blut auf den Gewändern sehen.«

»Wenn wir es auswaschen würden, wären die Sachen tropfnaß, und das wäre noch verräterischer. Laß es uns so versuchen.«

Sie ließen die Leichen liegen und kehrten zum Lift zurück. Es war ein seitlich offener Käfig aus leichtem (und teurem) Bambus. Der Deckel war geschlossen, hatte aber eine Falltür. Durch sie hing ein Seil hindurch.

Sie blickten hinauf, sahen jedoch niemanden oben.

Smhee zog an dem Seil, und eine Glocke ertönte. Aber ihr Klang rief niemanden herbei.

»Wer immer diesen Lift hochzieht, ist weggegangen. Zweifellos erwarten sie die beiden nicht so früh zurück. Wir müssen die Seile hochklettern. Ich hoffe, du kannst das.«

»Besser als du, Fettwanst«, erwiderte Masha.

Er griente. »Wir werden ja sehen.«

Masha gelangte tatsächlich schneller nach oben als er. Sie mußte auf einen Balken klettern, an dem das Rad befestigt war, dann darauf entlangbalancieren und sich in den Eingang schwingen. Smhee hielt sie, als sie auf der Kante landete, obwohl sie diese Hilfe nicht gebraucht hätte.

Sie standen in einer mit teuren Möbeln ausgestatten Vorhalle, deren Wände mit kostbaren Teppichen behangen waren. Öllampen sorgten für angenehme Beleuchtung.

»Jetzt kommt der harte Teil.« Smhee atmete schwer. »An jedem Ende der Halle ist eine Treppe. Welche führt uns zum Magier?«

»Ich würde diese nehmen«, sagte Masha und deutete auf eine.

»Warum?«

»Das kann ich dir nicht genau sagen. Ich fühle lediglich, daß diese die richtige ist.«

Er lächelte und sagte: »Das ist für mich so gut wie jeder andere Grund. Gehen wir.«

Sie zogen ihre Dolche, verbargen sie aber in den weiten Ärmeln ihrer Gewänder, und zogen die Kapuzen tief ins Gesicht. Dann stiegen sie die Treppe hoch. Diese machte eine Biegung und führte sie in eine weitere, noch prunkvoller ausgestattete Halle. Geschlossene Türen befanden sich an den Seiten, aber Smhee öffnete keine.

»Du kannst dich darauf verlassen, daß der Magier vor seinen Gemächern Wachen aufgestellt hat.«

Sie stiegen eine weitere Treppe hinauf und sahen

gerade noch den Rücken eines Raggah in Richtung Halle verschwinden. An der Ecke hielt Masha inne und schaute sich um. Niemand war zu sehen. Sie ging einen Schritt nach vorne, und in dem Moment bog ein Raggah um die Ecke am rechten Ende der Halle. Masha verlangsamte ihren Schritt, unauffällig, wie sie hoffte, dann ging sie weiter. Sie hörte Smhee hinter sich flüstern. »Wenn du etwa zehn Schritt von ihr entfernt bist, dann duck dich an die Seite.«

Masha befolgte seine Anweisungen. In diesem Moment bemerkte die Raggahfrau das Blut auf ihrem Gewand. Sie wollte gerade ihren Mund öffnen, als Smhees Messer sich in ihren Bauch grub. Mit einem »Plumps« fiel sie nach vorn. Der fette Mann nahm sein Messer wieder an sich –, säuberte es am Gewand, und dann schleppten sie die Leiche durch einen Torbogen. Der Raum war nicht beleuchtet. Sie ließen sie nahe der Tür liegen und schlossen diese hinter sich.

Dann gingen sie zum Ende der Halle und blickten um die Ecke. Vor ihnen lag ein sehr breiter, hoher Korridor. Licht strahlte aus einer großen Tür von mittlerer Höhe. Viele Stimmen waren zu hören, und der Duft von Essen drang in ihre Nasen. Masha wurde mit einemmal bewußt, wie hungrig sie war. Ihr lief das Wasser im Mund zusammen.

»Zur anderen Seite«, flüsterte Smhee und schritt leise auf die Treppe zu. Oben angekommen, spähte Masha um die Ecke. Etwa in der Mitte des Ganges stand ein Mann vor einer Tür. Er hielt einen Speer in der Hand, und neben ihm kauerte ein riesiger wolfähnlicher Hund an einer Leine.

Sie berichtete Smhee, was sie gesehen hatte.

Noch nie hatte sie ihn so aufgeregt erlebt. »Er bewacht gewiß die Gemächer des Magiers.«

Dann fügte er etwas ruhiger hinzu: »Er hat noch

nicht bemerkt, was wir getan haben. Sicher liegt er mit einer Frau oder einem Mann im Bett. Sex, weißt du, entzieht einem Menschen mehr als nur körperliche Kraft. Kemren denkt jetzt gewiß nicht an seine Räder.«

Masha sah keinen Grund, darauf etwas zu erwidern, sondern sagte: »Der Hund hat mich nicht bemerkt, aber wir können nicht näher ran, sonst alarmiert er den Wächter.«

Besorgt blickte sie zurück. Die Halle war noch leer. Aber was würde geschehen, wenn der Magier sich ein Mahl bestellt hatte?

Sie teilte Smhee ihre Befürchtungen mit. Nach kurzer Aussprache gingen sie wieder die Treppe hinunter. Sie besorgten sich ein kostbares Silbertablett und stellten bemaltes Porzellan und goldene Becher darauf. Darüber breiteten sie ein goldenes Tuch, das wesentlich mehr wert war, als Masha mit der Herstellung künstlicher Zähne oder als Hebamme in hundert Jahren hätte verdienen können.

Sie hofften, daß ihr Tablett richtig gedeckt war, so daß man es für ein spätes Mahl halten würde. So gerüstet, machten sie sich wieder auf den Weg. Masha war der Meinung, daß es unverdächtiger aussähe, wenn jeder ein Tablett trüge, falls der Magier, wie Smhee vermutete, tatsächlich jemanden bei sich hatte. Ehe jedoch Smhee widersprechen konnte, wurde ihr klar, daß er seine Hände besser frei hatte. Außerdem machte ein vollgeladenes Tablett schon genug Lärm, wenn es auf den Boden fiel. Obwohl das Scheppern durch den dicken Teppich gedämpft werden würde.

Der Wächter schien zu dösen, aber das Knurren seines Hundes weckte ihn. Er wandte sich ihnen zu, nicht ohne vorher jedoch das andere Ende des Korridors in Augenschein zu nehmen. Masha, die vor Smhee ging, tat, als wäre es ihr gutes Recht, hier zu sein. Der Wächter hielt ihnen die Spitze seiner Lanze entgegen und sagte etwas in seiner harten, kehligen Sprache.

Smhee entgegnete ihm einige nichtssagende Worte, mit tiefer, aber ebenso harter Stimme. Der Wächter erwiderte etwas. Dann täuschte Masha ein Stolpern vor und ließ das Tablett fallen. Sie beugte sich darüber und murmelte etwas, das wie eine Entschuldigung für ihre Ungeschicklichkeit klingen sollte.

Sie konnte Smhee nicht sehen, aber sie wußte, daß er sein Blasrohr aus dem Ärmel holte und es an die Lippen setzte. In einer fließenden Bewegung zog sie ihren Degen, richtete sich auf und stürzte sich auf den Hund. Der sprang sie an, denn der Wächter hatte die Leine losgelassen. Die Klinge drang tief in seine Kehle. Masha wurde vom Gewicht des Tieres nach hinten gerissen und fiel auf den Boden.

Der Griff des Degens entglitt ihrer Hand, und der Hund lag schwer aber reglos auf ihrer Brust. Sie befreite sich von ihm, obwohl er gewiß soviel wog wie sie. Dann rollte sie zur Seite und kam rasch, wenn auch zitternd, auf die Beine. Der Wächter saß am Boden, den Rücken an die Wand gelehnt. Eine Hand umklammerte den Pfeil in seiner Wange. Die Augen waren offen und glasig. Wenige Augenblicke später sank die Hand hinab. Er kippte um, und seine Gedärme bewegten sich geräuschvoll.

Der Hund lag ausgestreckt, das obere Ende des Degens ragte aus seiner Kehle. Die Zunge hing aus dem aufgerissenen Rachen, blutig, fast ein eigener Körper, ein erschlagener Wurm.

Smhee ergriff den bronzenen Türgriff.

»Bete, Masha! Wenn er die Tür von innen verriegelt hat...«

Die Tür schwang auf.

Smhee sprang hinein, den Speer des toten Wächters in der Hand. Masha folgte ihm. Vor ihr lag ein großer Raum, die Luft war grün und roch nach Räucherwerk. Teppiche verhüllten die Wände, und die schweren dunklen Möbel trugen Ornamente in Form von Dämonenhäuptern. Sie hielten inne und lauschten. Außer einem gedämpften Blubbern herrschte Stille.

»Schnell! Schaffen wir die Toten herein!« zischte Smhee, und sie zogen die Leichen in den Raum. Jeden Augenblick erwarteten sie, daß der gefürchtete Magier auftaucht. Aber er ließ sich noch nicht sehen. Sie schlossen die Tür.

Smhee flüsterte: »Jeder, der draußen vorbeigeht, wird das Fehlen der Wache bemerken.«

Vorsichtig betraten sie den nächsten Raum. Dieser war noch größer und offensichtlich das Schlafgemach. Ein riesiges rundes Bett ruhte auf einer Plattform, die über drei Stufen zu erreichen war. Schwerer scharlachroter Brokat bedeckte die Liegestatt.

»Er arbeitet gewiß in seinem Labor«, flüsterte Smhee.

Langsam öffneten sie die Tür zum nächsten Raum.

Das Blubbern war jetzt deutlicher zu vernehmen. Masha sah, daß es aus einem großen Glasgefäß kam, das die Form eines umgedrehten Kegels hatte. Eine schwarzgrüne Flüssigkeit schimmerte darin, große Blasen stiegen auf und entwichen nach oben. Ein Abzug aus Metall an der Decke ließ die Gerüche entweichen.

Den Boden überzog ein marmornes Mosaik, in das Pentagramme und Neunecke eingelassen waren. Aus der Mitte eines dieser Zauberzeichen stieg stinkender Rauch auf. Nur kurz, dann verschwand er.

Auf vielen Tischen befanden sich geheimnisvolle Dinge, und auf Regalen lagen dicke Rollen aus Papyrus und Pergament. In der Mitte des Raumes stand ein großer Tisch aus glänzendem, rötlichem Holz, davor ein Stuhl aus demselben Material mit Arm- und Rückenlehnen in der Form menschenköpfiger Drachen.

In diesem Stuhl saß der Magier. Er trug eine purpurne Seidenrobe, in die goldene Zentauren und Greifen gestickt waren. Sein Gesicht ruhte auf dem Tisch, und die Arme waren daneben ausgebreitet. Er stank nach ranziger Butter.

Smhee näherte sich ihm langsam, dann griff er nach den dünnen gekräuselten Haaren des Knotens am Kopf des Magiers und hob ihn hoch.

Der Tisch war naß, Wasser rann aus Nase und Mund des toten Mannes.

»Was ist mit ihm geschehen?« flüsterte sie.

Smhee antwortete nicht sofort. Er zog die Leiche vom Stuhl und legte sie auf den Boden. Dann kniete er nieder und klopfte auf die Brust des Magiers.

Schließlich erhob er sich lächelnd.

»Was geschehen ist? Wir haben die Räder umgekehrt laufen lassen. Deshalb ist das Wasser, das von den Rädern hätte laufen sollen, in den Magier geflossen. Die Umformung der physischen Energie in magische, wurde wieder umgewandelt.«

Er hielt inne.

»Das Wasser drang in den Körper des Magiers. Er *ertrank!*«

Smhee blickte nach oben und rief: »Gesegnet sei Weda Krizhtawn, die Göttin des Wassers! Sie hat Rache geübt, durch ihren treuen Diener Rhandhee Ghee!«

Er blickte Masha an. »Das ist mein wahrer Name. Rhandhee Ghee. Ich habe die Göttin und ihre Gläubigen gerächt. Der Dieb und Schänder ist tot, und ich kann jetzt nach Hause zurückkehren. Vielleicht vergibt sie mir einige meiner Sünden, weil ich ihre Aufgabe erfüllt habe. Sicherlich komme ich nicht in die Hölle. Wahrscheinlich werde ich eine Weile im Fegefeuer aushalten müssen, und dann, durch Schmerz gereinigt, gelange ich in den niedersten Himmel. Und dann …«

»Du vergißt, daß ich noch bezahlt werden muß«, unterbrach sie ihn.

»Nein, das habe ich nicht vergessen. Der Magier trägt goldene Ringe mit Steinen von unschätzbarem Wert. Nimm sie, und laß uns von hier verschwinden.«

Sie schauderte und sagte: »Nein. Sie würden Unglück bringen.«

»Na gut. Der nächste Raum wird die Schatzkammer sein.«

So war es. Dort standen Truhen und Kisten, gefüllt mit Smaragden, Diamanten, Türkisen, Rubinen und vielen anderen Edelsteinen. Auch Idole und Statuetten aus Gold und Silber zierten den Raum. Genug Reichtum war hier angehäuft, um ein Dutzend der kleineren Städte des Reiches und alle ihre Bürger zu kaufen.

Aber sie durfte nur nehmen, was sie tragen konnte, um in ihrer Bewegungsfreiheit nicht behindert zu werden.

Verzückt griff sie in eine Truhe voll funkelnder Brillanten. Bei ihrer Berührung verblaßten die Juwelen und waren verschwunden.

Sie schrie bitter enttäuscht auf.

»Das waren Werke seiner Magie!« erklärte Smhee. »Um Diebe zu täuschen. Benna muß einen von ihnen erwischt haben. Aber wie er hierher gelangte, und dann wieder entkommen konnte, verstehe ich nicht. Das Juwel behielt seine Stofflichkeit, weil der Magier lebte, und seine Kräfte stark waren. Aber ich schätze, daß es sehr schnell verschwand, als die Ratte es verschluckt hatte. Deshalb fanden es die Suchenden nicht, obwohl sie die ganze Stadt auf den Kopf stellten!«

»Hier gibt es noch genug, was man mitnehmen kann!« meinte Masha.

»Nein, alles zu schwer. Aber er muß seine echten Edelsteine irgendwo aufbewahren. Zum nächsten Raum!«

Nur waren da keine weiteren Räume.

»Glaub nicht, was du siehst«, sagte Smhee. Er riß die Teppiche von den Wänden, die mit einem stark gemaserten, purpurnen Holz getäfelt waren. Schließlich sagte er: »Ah!« Und seine Hände tasteten flink über das Holz. »Hier ist eine Öffnung, gerade groß genug für meinen kleinen Finger. Hier stecke ich ihn durch, so, dann ziehe ich, so, und dann ...«

Ein Teil der Wand schwang nach außen. Masha nahm sich eine brennende Lampe und leuchtete in den Raum dahinter. Das Licht viel auf zehn offene Truhen und zwanzig offene Kisten. Edelsteine glitzerten.

Sie betraten den Raum.

»Nimm zwei Handvoll«, forderte Smhee sie auf. »Nicht mehr, wir sind hier noch nicht raus.«

Masha löste ihren kleinen Beutel vom Gürtel, zögerte kurz, dann füllte sie ihn. Es brach ihr fast das Herz, den Rest hierzulassen, aber sie wußte, daß

Smhees Rat weise war. Eines Tages würde sie vielleicht zurückkommen und sich mehr holen. Nein. Das wäre dumm. Sie hatte bereits mehr als genug.

Auf dem Rückweg hielt Smhee inne. Er öffnete das Gewand des Magiers über der rasierten Brust, auf die ein Wesen mit sechs Armen, vier Beinen und einem starrenden Gesicht mit langem Rüssel tätowiert war. Mit dem Messer ritzte er die Haut um die Tätowierung auf, zog sie ab und gab sie zusammengerollt und gefaltet in ein kleines Salbentiegelchen. Nachdem er es zurück in die Tasche gesteckt hatte, erhob er sich und sagte: »Die Göttin kennt die Wahrheit über seinen Tod. Aber das ist der Beweis, falls einer verlangt wird.«

»Wir sollten vielleicht nach dem geheimen Fluchtweg des Magiers suchen«, meinte Masha. »Dann laufen wir den Raggah nicht in die Arme.«

»Nein. Jeden Moment kann jemand das Fehlen der Wache bemerken. Außerdem hat der Magier wahrscheinlich auch in seinen Fluchtweg Fallen eingebaut, das können wir nicht ausschließen.«

Sie erreichten den Liftschacht unbeobachtet. Aber vor dem Eingang zum Lift standen zwei Männer. Sie sprachen aufgeregt miteinander und blickten den Schacht hinunter. Der eine rannte dann den Korridor entlang, in die entgegengesetzte Richtung der Ecke, hinter der die beiden Eindringlinge sich verborgen hielten.

»Er holt Verstärkung, ehe sie hinuntersteigen, um nachzusehen, warum die beiden, die die Tiere füttern sollten, nicht zurückkommen«, flüsterte Smhee.

Der Mann, der zurückgeblieben war, blickte noch immer den Schacht hinunter. Masha und Smhee überfielen ihn von hinten. Er durchschnitt seine Kehle, sie stieß ihm den Dolch in den Rücken.

Danach ließen sie sich an den Seilen hinunter und durchtrennten sie, ehe sie durch die geöffnete Falltür schwangen. Als sie aber den Käfig verließen, zischte ein Speer durch die Öffnung und blieb mit der Spitze im Boden stecken. Oben brüllten Männer.

»Sie werden Seile holen und sich daran herunterlassen«, befürchtete Smhee. »Andere werden uns am Teich erwarten. Lauf, aber denk an die Fallen.«

Und an die Spinnen und Krabben, dachte sie. Ich hoffe, daß die Bären tot sind.

Sie waren tot. Die Spinnen lebten, und es gab nur noch echte, jetzt, da der Magier tot war. Glücklicherweise wichen sie vor den Flammen der Fackeln, die die beiden hastig entzündet hatten, zurück. Smhee und Masha erreichten das Fellboot. Sie schoben es ins Wasser und paddelten verzweifelt. Es schoß durch den ersten Felsbogen, dann durch den zweiten. Rechterhand erhoben sich einige Klippen, auf denen dichtgedrängt weiße Wesen saßen, mit klackenden Zangen und Stielaugen. Die Krabben! Die beiden lenkten ihr Boot weg von ihnen, aber aus der wogenden Masse lösten sich viele Einzelwesen und platschten ins dunkle Wasser.

Sehr bald waren die Klippen leer. Von den Tieren war keines mehr zu erkennen, doch die beiden wußten, daß sie auf sie zuschwammen.

Sie paddelten noch schneller, obwohl ihnen das bis dahin unmöglich erschienen war. Dann rammte der Bug des Bootes die Felswand.

»Schwimm!« brüllte Smhee, daß die Wände und die hohe Felsdecke von seinem Ruf widerhallten.

Masha hatte Angst, ins Wasser zu tauchen, sie fürchtete, die riesigen Klauen würden sie zerreißen. Aber sie ließ sich ins Wasser gleiten.

Etwas berührte ihr Bein, als sie unter dem Fels hindurchtauchte. Dann war ihr Kopf schon wieder über der Oberfläche und Smhee neben ihr.

Hastig kletterten sie an das felsige Ufer. Hinter sich hörten sie das Klacken der großen Scheren, aber keine der Krabben folgte ihnen an Land.

Der Himmel war schwarz; im Norden grollte Donner; Blitze zuckten grell vor dem pechschwarzen Hintergrund. Ein eisiger Wind pfiff durch ihre nassen Gewänder.

Sie rannten auf ihren Einbaum zu und wichen dabei vorsichtig den Büschen mit den giftigen Dornen aus. Ehe sie ihr Fahrzeug erreichten, fiel der Regen.

Sie zerrten das Boot ins Wasser und stiegen ein. Über ihnen zerriß ein Blitz den Himmel. Ein weiterer erhellte für kurze Zeit die Nacht, und sie sahen hinter sich zwei Bären und einige Männer.

»Sie können uns jetzt nicht fangen!« brüllte Smhee. »Aber sie werden ihre Pferde mit Flößen über den Fluß bringen und uns bis nach Freistatt folgen, um uns zu erwischen!«

Spar dir deinen Atem, dachte Masha. Das weiß ich selbst.

Der Fluß war vom Wind aufgepeitscht, aber trotz der rauhen Wellen erreichten sie sicher das andere Ufer. Keuchend kletterten sie das steile Ufer hinauf und fanden ihre Pferde, die aus Furcht vor dem Gewitter wieherten. Als sie den Fuß des Bergrückens erreichten, jagten sie ihre Pferde durch das Licht der grell aufzuckenden Blitze, die überall um sie herum einzuschlagen schienen. Eine Meile galoppierten sie, dann gönnten sie ihren Pferden eine langsamere Gangart.

»Sie können uns nicht einholen!« brüllte Smhee durch den Donner. »Wir haben einen zu großen Vorsprung.«

Es dämmerte. Der Regen hörte auf. Die Wolken verzogen sich, und die heiße Wintersonne der Wüste ging auf. Sie hielten an der Hütte, in der sie geschlafen hatten, ließen die Pferde grasen und stärkten sich mit Brot und Käse.

»In drei Stunden werden wir Freistatt sehen können«, sagte der fette Mann. »Wir werden deine Familie an Bord der *Schwertfisch* bringen, und die Raggah werden vergeblich nach uns suchen.«

Er war einen Augenblick still, dann fragte er: »Was wirst du mit Eevroen machen?«

»Nichts«, antwortete sie. »Wenn er mir in den Weg kommt, schlage ich ihm wieder den Schädel ein.«

Er lachte, bis er sich an seinem Brot verschluckte. Als er wieder Luft bekam, sagte er: »Was bist du für eine Frau! Du hast den Mut, den die Göttin dir gegeben hat. Auf den Kopf gefallen bist du auch nicht. Hätte ich nicht den Keuschheitseid abgelegt, würde ich um dich werben! Ich mag ja fünfundvierzig sein, und fett ...«

Er hielt inne und blickte auf seine Hand. Sein Gesicht erstarrte zu einer Maske des Grauens.

Auch Masha packte das Entsetzen.

Eine purpurne Spinne krabbelte auf Smhees Hand.

»Beweg dich ganz vorsichtig«, preßte er leise zwischen halb geöffneten Lippen hervor. »Ich wage nicht, mich zu bewegen. Erschlag sie, wenn deine Hand nur einige Fingerbreit von ihr entfernt ist.«

Sie erhob sich und machte einen Schritt in seine Richtung.

Wo war die Spinne hergekommen? In der Hütte waren keine Netze. War sie von draußen hereingekrabbelt?

Sie trat einen weiteren Schritt auf ihn zu, beugte sich vor und senkte langsam ihre Hand über die

Kreatur. Sie schien sich ihrer Gegenwart nicht bewußt zu sein, die Augen bewegten sich nicht.

Vielleicht ist sie nicht giftig, dachte Masha.

Plötzlich schrie Smhee auf, er zerquetschte die Spinne mit seiner anderen Hand. Dann sprang er auf und wischte den kleinen Körper von seiner Hand.

»Sie hat mich gebissen! Sie hat mich gebissen!«

»Sie ist keine der Kreaturen des Magiers«, sagte sie. »Das Gift ist vielleicht nicht tödlich.«

»Sie kommt vom Magier«, erwiderte er. Sein sonst so dunkles Gesicht war jetzt weiß.

»Sie muß in meine Tasche gekrabbelt sein. Auf dem Weg zum Gemach des Magiers kann es nicht passiert sein. Wahrscheinlich geschah es, als ich den Beutel öffnete, um die Haut mit der Tätowierung abzuziehen. Der Magier hat sich also gerächt!« heulte er auf.

»Das ist nicht sicher«, murmelte Masha, aber sie wußte, daß es doch so war. Vorsichtig nahm sie ihren kleinen Beutel ab, der an ihrem Gürtel hing, und leerte ihn aus. Aber außer den Edelsteinen war nichts darin.

»Es fängt an, weh zu tun«, flüsterte Smhee. »Bis zur Stadt könnte ich es noch schaffen. Benna gelang es auch, und er hatte mehrere Bisse. Aber ich kenne diese Spinnen. Ich werde so sicher sterben wie er. Es gibt kein Gegengift.«

Er setzte sich und wiegte seinen Körper stöhnend vor und zurück. Dann sagte er: »Masha, es hat keinen Sinn, wenn ich mit dir gehe. Aber durch mich bist du reich geworden wie eine Königin. Wirst du mir einen Gefallen tun? Wenn es dir nicht zuviel ist, worum ich dich bitte.«

»Sag es mir«, forderte sie ihn auf.

»Bring die Dose mit der tätowierten Haut nach

Sharranpip, und erzähle unsere Geschichte dem höchsten Priester der Göttin Weda Krizhtawn. Er wird für mich zu ihr beten, und man wird einen großen Grabstein für mich im Garten des Pfaus errichten, und Pilger aus ganz Sharranpip werden kommen und für mich beten. Aber wenn du nicht willst ...«

Masha kniete nieder und küßte ihn auf den Mund. Er fühlte sich kalt an.

Sie erhob sich und sagte: »Ich verspreche es dir. Wie du schon sagtest, es ist das wenigste, was ich für dich tun kann.«

Er lächelte, obwohl es ihm schwerfiel.

»Gut. Dann kann ich in Frieden sterben. Geh, Weda Krizhtawn segne dich.«

»Aber die Raggah – sie werden dich foltern!«

»Nein. In diesem Beutel habe ich ein kleines Fläschchen mit Gift. Sie werden nur einen Toten finden. Wenn sie mich überhaupt entdecken.«

Masha brach in Tränen aus. Aber sie nahm das Döschen, sammelte ihre Edelsteine wieder ein, und nachdem sie Smhee noch einmal geküßt hatte, ritt sie davon. Smhees Pferd trottete hinter ihr her.

Weit hinten kam eine dunkle Schar schnell näher. Die Raggah.

Sie wandte sich ab und galoppierte davon.

ENDE

Wer ist wer in Freistatt

Von einem Besucher in Freistatt kann man natürlich nicht erwarten, daß er jeden Händler oder Dieb mit Namen kennt. Doch es gibt eine Reihe von Leuten, die man kennen *sollte* – und sei es nur, weil man sich vor ihnen hüten muß:

Die ehrenwerte Gesellschaft

Prinz Kadakithis, kaiserlicher Statthalter von Freistatt, ist schlank, noch keine zwanzig Jahre alt und ein Idealist. Er ist auch intelligent und weiß genau, warum er hier ist – weil sein kaiserlicher Bruder ihn aus dem Weg haben wollte und hofft, daß ihm hier am Ende der Welt irgendein Mißgeschick widerfährt. Kadakithis ist ziemlich fair, wenn es geht. Diejenigen, die seine diplomatische Art weniger schätzen, gaben ihm den Spitznamen Kittycat.

Die Höllenhunde sind vormals fünf, nunmehr vier Wachsoldaten, die Prinz Kadakithis aus der Hauptstadt Ranke mitbrachte, um Ordnung in Freistatt zu schaffen. Ihr Hauptmann ist *Zalbar,* ein ehrenhafter Mann, den selbst seine Liebe zu der Kurtisane Myrtis nicht allzu weit vom rechten Weg abbringt. Außerdem gehören zu ihnen der arrogante, aber nichts-

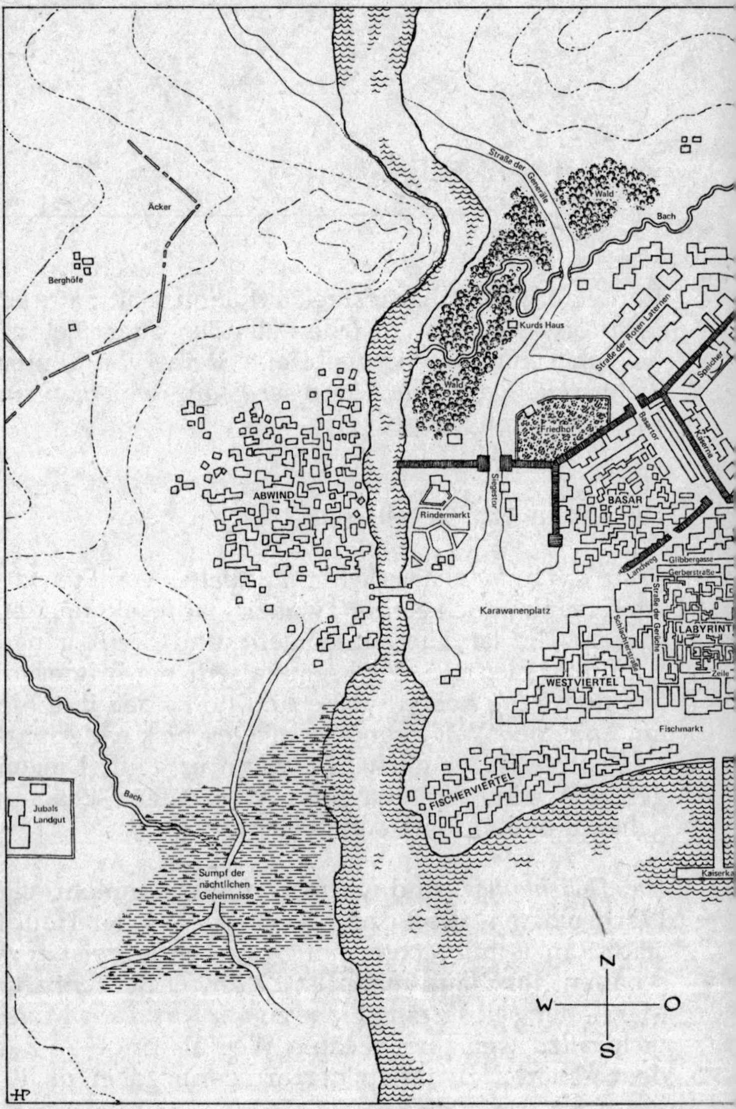
Äcker
Berghöfe
Straße der Generäle
Wald
Bach
Kurds Haus
Straße der Roten Laternen
Speicher
Wald
Friedhof
Basartor
Kaserne
ABWIND
Rindermarkt
Siegestor
BASAR
Landweg
Glibbergasse
Gerberstraße
Karawanenplatz
Straße der Gerüche
Schlachterstraße
LABYRINT
Zeile
WESTVIERTEL
Fischmarkt
FISCHERVIERTEL
Bach
Jubals Landgut
Sumpf der nächtlichen Geheimnisse
Kaiserka
N
W
O
S
HP

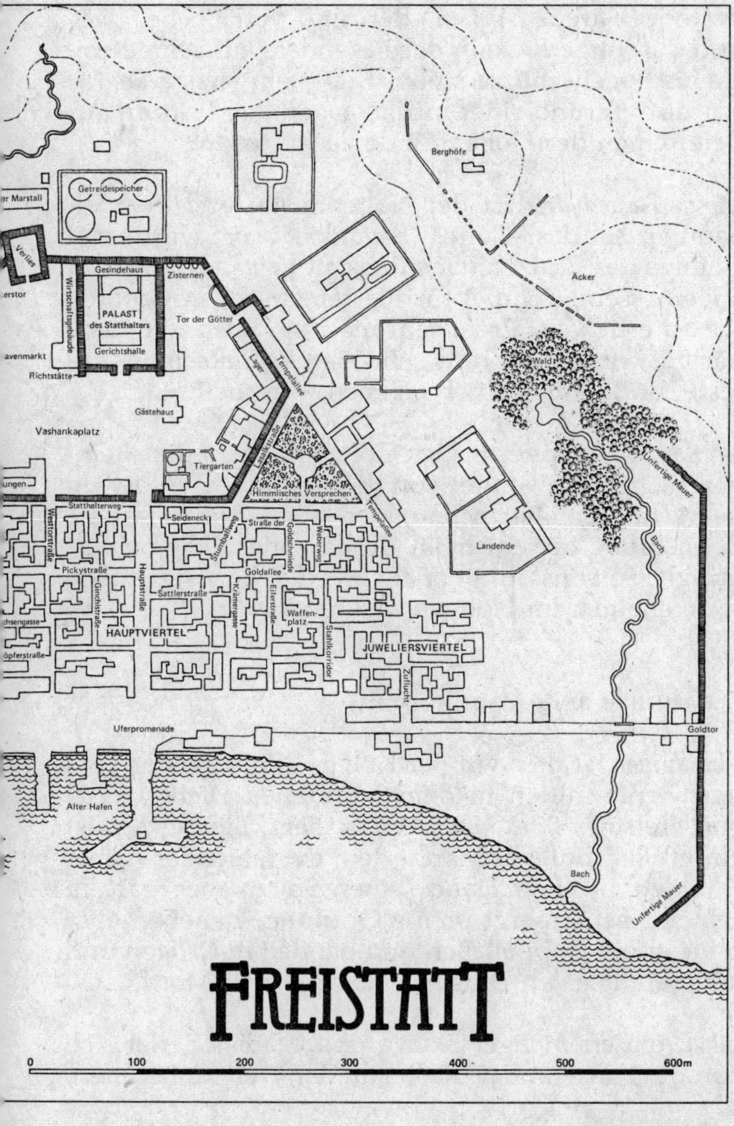
Berghöfe
Getreidespeicher
er Marstall
Verlies
Gesindehaus
Zisternen
erstor
Wirtschaftsgebäude
PALAST
des Statthalters
Tor der Götter
Äcker
Wald
avenmarkt
Gerichtshalle
Richtstätte
Lager
Tempelallee
Gästehaus
Vashankaplatz
Lasalkstraße
Tiergarten
ungen
Himmlisches Versprechen
Unfertige Mauer
Landende
Statthalterweg
Westtorstraße
Seideneck
Straße der Goldschmiede
Stumballweg
Weberweg
Tempelallee
Bach
Pickystraße
Hauptstraße
Goldallee
Sattlerstraße
Krämergasse
Eilerstraße
Ginchistraße
Waffenplatz
chsengasse
HAUPTVIERTEL
Stahlkorridor
JUWELIERSVIERTEL
öpferstraße
Zuflucht
Uferpromenade
Goldtor
Alter Hafen
Bach
Unfertige Mauer
FREISTATT
0 100 200 300 400 500 600m

destotrotz treue *Arman,* der alte, verläßliche *Quag* und der junge *Razkuli,* der besonders auf seine Künste als Bogenschütze stolz ist. Der ehrgeizige *Bourne* wurde aufgrund einer Intrige gegen den Prinzen aus den Reihen der Höllenhunde ausgestoßen.

Molin Fackelhalter ist der Hohepriester und Tempelbaumeister des Gottes Savankala, er wurde im Gefolge des Prinzen nach Freistatt entsandt, um dort angemessene Tempel für die rankanischen Gottheiten zu errichten. Er ist sehr mächtig, reich und hartnäckig, wenn es darum geht, den Ruhm seines Gottes – und damit seinen eigenen – zu mehren.

Gordonesh, Erzpriester des Gottes Ils, dem die alteingesessenen Einwohner von Freistatt huldigen, ist ein gebrechlicher alter Mann, der seine Zeit in seniler Betrachtung der einstigen Größe seiner Religion verbringt. Ansonsten überläßt er die Tagesgeschäfte weitgehend dem Hoheflamen Hazroah.

Die dunkle Seite von Freistatt

Eindaumen ist der Wirt der Kneipe »Zum Wilden Einhorn«, die mitten in dem verrufenen Diebesviertel von Freistatt, dem »Labyrinth«, liegt. Eindaumen ist ein großer, bulliger Mann, dem ein fehlender halber Daumen an einer Hand seinen Spitznamen gab. In seiner Kneipe sorgt er für Ordnung, daneben aber führt er ein Doppelleben und handelt in Drogen und anderen illegalen Dingen – bis hin zum Mord.

Jubal, ein ehemaliger Sklave und Gladiator, der sich zum Ziel gesetzt hat, Rache an der Welt zu nehmen, ist der König der Unterwelt, obwohl er natürlich nicht alle ungesetzlichen Aktivitäten in der Stadt kontrolliert. Er hat eine private Armee von Söldnern, die man aufgrund ihrer charakteristischen Masken, die sie tragen, wenn sie in seinem Auftrag unterwegs sind, die »Falkenmasken« nennt.

Myrtis ist die ungekrönte Königin der Straße der Roten Laternen. Sie leitet das Aphrodisiahaus, das feinste Bordell in Freistatt. Das einzige Zeichen ihres Alters ist ihr graues Haar, doch ansonsten wird sie, wie man munkelt, durch die Kunst des Magiers Lythande jung gehalten. Sie paßt gut auf ihre Mädchen auf, aber herrscht über ihr Etablissement mit fester Hand. Sie selbst gibt sich nicht mehr Kunden hin – es sei denn aus besonderen Gründen, wie im Falle Zalbars, des Höllenhunds.

Die Mächte im Zwielicht

Enas Yorl gilt als einer der mächtigsten Magier des rankanischen Reiches. Er ist nur an seinen roten, leuchtenden Augen zu erkennen, da er durch einen Fluch dazu verdammt ist, in unregelmäßigen Abständen seine Gestalt zu wechseln. Er ist Jahrhunderte alt und interessiert sich für alles, was in der Stadt vor sich geht. Er ist ein Kämpfer, aber sehr schnell mit einem Zauber bei der Hand. Er wohnt in einer palastartigen Residenz unter dem Juweliersviertel, die, wie das Gerücht geht, von Basilisken bewacht wird.

Kemren der Purpurmagier, ursprünglich aus Sharranpip abkömmlich, lebt (wenn er nicht gestorben ist) auf der Insel Shughthee im Schimmelfohlenfluß, der bei Freistatt ins Meer mündet. Sein gewaltiger Schatz ist nur auf verborgenen Pfaden zugänglich, die von Riesenspinnen und anderen Monstern bewacht werden. Er läßt sich nie in Freistatt sehen, sondern sendet stets seine wilden Raggah-Diener, wenn er mit jemandem Kontakt aufnehmen will.

Lythande, ein hochgewachsener, schlanker, grauhaariger Magier von der Gilde der Pilgeradepten, erkenntlich an dem blauen Stern auf der Stirn. Lythande ist dafür bekannt, nie in Gegenwart anderer Menschen etwas zu essen oder zu trinken zu sich zu nehmen, und vertraut keinem, es sei denn Madame Myrtis vom Aphrodisiahaus. Wie jeder Magier des Blauen Sterns hat auch Lythande ein Geheimnis, in dem der Quell aller magischen Kraft liegt und das niemand entdecken darf.

Mizraith ist ein alter Mann, der selten sein Haus verläßt, aber er läßt mit sich handeln und hält seinen Teil des Geschäfts gewöhnlich ein. Mizraiths magische Spezialität sind lang andauernde Zauberflüche, die er aufrechterhält, indem er die Kräfte geringerer Magier anzapft. Er hat drei Söhne, *Stefab, Nesteph* und *Marype,* die er zu Magiern ausbildet. Sein größter Rivale ist *Markmor,* mit dem einer seiner Söhne heimlich paktiert.

Doch so manches Geheimnis kommt in Freistatt ans Licht, und auch hinter manchem unauffälligen Bürger steckt mehr, als der äußere Anschein vermuten läßt.

Das Labyrinth

Das Labyrinth mit seinen übelrichenden, dunklen Gassen, die sich zwischen alten, halbverfallenen Gebäuden hindurchwinden, ist der verrufenste Teil von Freistatt. Hier wohnen Leute, die das Gesetz scheuen, Bettler und Diebe, die nichts zu verlieren haben, Schmuggler, die das Rattennest von Tunneln unter dem Labyrinth für ihre Zwecke nutzen, Mörder, Schläger, Banditen und ein paar Künstler und Handwerker mit ungewöhnlichem Gewerbe – Fälscher, Messerschleifer und so weiter. Über allem stehen die Bandenführer, die einander mißtrauisch beobachten. Die Stadtwache weigert sich, das Labyrinth zu betreten, und selbst die Höllenhunde wagen sich nur in Verkleidung dort hinein. Im Herzen des Labyrinths liegt das Gasthaus »Zum Wilden Einhorn«, eine Taverne, wo der Wein und das Leben billig, aber niemals fade sind.

Einen Plan des Labyrinths zu erstellen ist eigentlich ein Widerspruch in sich; denn die Gebäude des Viertels sind ohne erkennbares System ineinander verschachelt. Die Straßen und Gassen, ob halb überdeckt durch das vorstehende zweite Stockwerk eines Gebäudes, sind mit Unrat bedeckt und genauso dunkel und gewunden wie die Gedanken ihrer Bewohner. Die meisten Häuser sind aus Holz; einige davon sind ehemalige Lagerhäuser, die in dreckige, halb-

DAS LABYRINTH

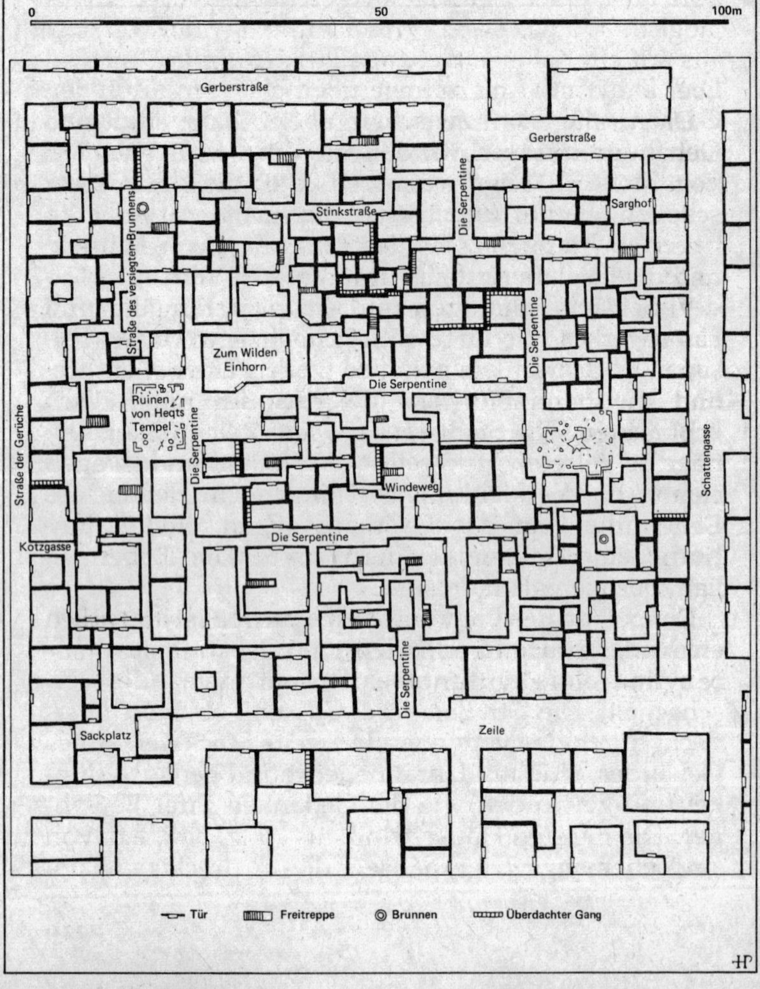

leere Verschläge unterteilt sind, welche denjenigen, die das Unglück haben, hier leben zu müssen, als Unterkünfte dienen. Andere haben Freitreppen, die oft mit angrenzenden Gebäuden verbunden sind und so die Gassen darunter in Tunnel verwandeln und weitere Fluchtwege für diejenigen schaffen, die sich dort auskennen. Für einen geschickten Dieb ist es möglich, auf das Dach eines Schuppens und von dort aus auf ein höheres Gebäude zu klettern und sich so über die Dächer zu bewegen.

Die wenigen dreistöckigen Gebäude sind alte Steinbauten mit Innenhöfen und Gärten aus besseren Zeiten. Ihre Dächer sind mit scharfen Eisenspitzen gespickt, um Eindringlinge abzuschrecken. Hier leben die Herren des Labyrinths, die Bandenführer und die erfolgreichsten Schmuggler.

Viele der Gebäude besitzen Keller mit Eingängen in das unterirdische Netz von Tunneln und Abwasserkanälen, das diesen Teil der Stadt unterhöhlt. Eng und gewunden, bieten sie Wege für Schmuggler und Schlupfwinkel für geheime Treffen. Zweimal am Tag trägt die hereinkommende Flut eine Wolke von giftigem Sumpfgas aus dem Sumpf der nächtlichen Geheimnisse die Kanäle hinauf. Doch dies ist nur eine der geringsten Gefahren, die in den Tiefen des Labyrinths lauern.

Denn, wie ein geflügeltes Wort in Freistatt sagt: »Nur die, die den Tod suchen – oder ihn feilbieten, betreten das Labyrinth.«